大地文学

（卷二十一）

中国国土资源报社
中国国土资源作家协会 编

海洋出版社
2014年4月·北京

图书在版编目(CIP)数据

大地文学. 第21卷 / 中国国土资源报社, 中国国土资源作家协会编. -- 北京 : 海洋出版社, 2014.4

ISBN 978-7-5027-8858-2

Ⅰ. ①大… Ⅱ. ①中… ②中… Ⅲ. ①中国文学－当代文学－作品综合集 Ⅳ. ①I217.1

中国版本图书馆CIP数据核字(2014)第066199号

责任编辑：鹿　源
责任印刷：赵麟苏
海洋出版社 出版发行
http://www.oceanpress.com.cn
北京市海淀区大慧寺路8号　邮编：100081
北京睿特印刷厂大兴一分厂印刷　　新华书店北京发行所经销
2014年4月第1版　2014年4月第1次印刷
开本：787mm×1092mm　1/16　印张：10
字数：230千字　定价：25.00元
发行部：62132549　邮购部：68038093　总编室：62114335
海洋版图书印、装错误可随时退换

大地文学(卷二十一)编委会

目　录

诗行大地

评论言说

投稿信箱:dadiwenxue@126.com　　联系电话:010-66557885

非难

冯炬明

文学是人学，它真实而有价值，无论各界方家宣称文学的前途多么黯淡、颓败，这都只是一种相对而言的判定。我以为“人在阵地就在”，如若你虔诚倾爱于文学，大可不必为其明天的坎坷或通达而担忧或庆幸，关键的是静下心，俯下身，把该做的事情做好，让词语的光亮照彻原野和市景的每一个角落，温暖和警示每一个恰如其分的灵魂。

入冬后，天一直阴沉着，就是不肯下雪。由于天干物燥，我竟成了带电人，无论与什么接触都会放电，放电的一瞬间，指尖会产生一阵揪心的麻疼感，有时伴随“噼啪”声响之际，还会生出蓝色的火花来。我被这个冬天折腾得苦不堪言。你总不能老是将双手弄得湿漉漉油乎乎的才去外出行事吧。于是，更经常地选择窝在家里，尝试着与自己的心思交流。无聊之余，就胡乱翻翻闲书，偶尔还凝心聚神划上几笔。我知道写东西很难，尤其是小说，要想把连篇谎话写成最真实的体现，就像活人一样无能为力。文具盒摆在我右前方，形状近于矩形，由一种半透明的硬塑制成。我的上半身几乎可以全部投影其上，温柔和模糊，圆柱状的笔筒依偎着文具盒，里面有许多笔，我该使用哪一支呢?

穆笛伫立在门外。

我根本没有听到穆笛的脚步声，她是怎样寻址至此又是如何逼近的，真的说不清楚。穆笛犹如一个飘然的影子，来去自由，很有些仙姿怡态的味道。可我总能充分感受到她活生生的存在。门的偏上方特意设置了猫眼，我正是通过这个凹透镜凸透镜组成的狭窄孔洞窥见了穆笛，况且没有什么可以挡住穆笛饱含香甜的呼吸。穆笛扯动着丰厚的双唇在吃吃笑，露出的小虎牙还是那样锐利。她略显暧昧的笑声伙同诱人的呼吸从猫眼漏进来，让我沉闷的房子里平添了勃勃生气和久违的骚动。

是笑我的笨拙还是笔的笨拙，难道我手中握着的黑色笔管里流淌出来的不再是抒情写意的墨汁，而是一种近似被污染的水么？

这也说明我不甘放弃，还在努力做。

穆笛，别这样。

真的，穆笛，别这样。

穆笛是我同学，我们曾在一所大学里学习过。

纯属偶然事件，使我和穆笛在共同学习同时，拥有了新鲜刺激的爱恋之情。

那天，我去锅炉房打开水，十几个开启的水龙头让锅炉房几乎成了蒸笼，弥漫的水汽令隐患无时不在。我看到，穆笛弯下了腰，一束淡黄的马尾状头发稍稍偏重于左侧圆满的肩膀。突然，她惊叫起来，滚烫的开水喷溅到手上，她快速躲闪，连带着将暖瓶碰倒了。她心有不甘，想抢出滚进水沟的暖瓶，慌乱中忘记关掉水龙头，加之脚下湿滑，以致整个人跌倒了。哗然而出的内胆碎片刺伤了她的手臂和小腿，殷红的血淌出。我赶忙将她搀扶起来，并一路护送到学校医务室。路上，她一直微微低头，沉默不语。临近医务室要下路边陡陡的台阶时，伴随着那束马尾的甩动，她仰起了脸庞，我看到她白皙的脖颈抽颤了几下，眼中顿时有了泪花和比泪花更明亮、更温热的涌现。

必须承认，正是穆笛才使得我枯燥的三点一线的大学生活充满了色彩的斑痕。

毕业在即，那一刻，我们都想到了将来，想到了比将来更富有柔情蜜意的往日。无能共同面对将来，将来因为残酷的现实已经变得遥不可及，甚至就是明白无误的虚无，唯有往日愈发显得真实，即便是不经意的一个细节一声别样的问候。

穆笛的抉择是家庭压力所迫，我不会苛责她。

从操场边望过去，教学楼已经安静下来，稍远处的宿舍楼还洋溢着惯常的嚷闹。

两个人的对话在昏暗处展开。

我问：事情只能这样么？

看不真切穆笛是点了头还是摇了头。

长久的沉默中，有流星曳着光明的尾巴划过夜幕。

我说：我恨不能将心掏出来。

穆笛说：我全看到啦。

其实，我明白她是随口应答，她根本什么也没看到，回我话的时候，她双眼闭着，有泪水顺着眼角流下来。那些晶莹的泪珠冒着热气，在潮湿的秋夜里微微颤抖。随即，她紧紧抱着我，似乎被我挤出了一句话：我们都不再说话了，好吗？

姻缘是命定的，也是无常的，谁也不能轻易把握。

一段略显夸张，却无可替代的情感体验结束啦。我曾经为此快乐、发呆、狂想，让自己独处而不寂寞，与穆笛共处而不疲倦，把心情可着劲朝高远放飞，现在必须整理好，重新收回来。

我只是忧虑，她如何安放自己的感情砝码？

我是北方人，从窗外颜色的变化判定雪下来了，这绝对不会有误，在某些方面我所表现出来的杰出得益于一种经验的升华。单一的窗花轮廓酷似一朵真实的雪花，相差异的是窗花的中心被室内的温暖气息吞吞吐吐，丧失了冰晶那种华贵的光泽，裸露出一片乏味的灰白。

给我一个透敞的视角，便可以预知外面的大世界。我训练有素，法眼无边。

这是今年的第一场雪。

下雪啦。我又重复了一遍。

面对满地新雪，皑皑的白令我为之眩目，但很快就适应了。我见过无数场雪，只要将一双眼睛迷离得恰如其分，雪们便清晰无遗，渐次分解成原始的花朵。雪还在下，细碎的声响不绝于耳，使耳孔有了不能承受之重。如此，我觉得这一墙之隔花朵的开放富有诗意和连续性。

大学毕业后，我背叛了师长的教诲，选择了与自己所学风马牛不相及的职业。作为一个民族传统文化采集者，整日里奔波在山野和村寨之间，坚硬蜿蜒的石板小路像一根孤独的大肠，把众多愁闷的苦节串联起来。我敢说，这绝对不是虚构的叙事。我沿着这样的小路探寻，渐渐畸变成一只躁动的蛀虫，在这孤独的大肠里蠕动，这是青春的狂热消失后泛起的另一种喧哗。我几乎没有力量再仰望头顶那一线天空，我担心两侧沉重的山体会顷刻坍塌把我挤瘪，像一只黑色的接骨丹，在永久的沉寂中度过一生。我没有呼唤，实际上在内心已经呼唤过一万遍了，嗓音已经喑哑，除了引发杂芜的荆棘献媚似的摇曳，除了惊动两只做爱的丰腴斑鸠外，一无所获。我默默地走着，软底的旅游鞋在石板上踩出一种年轻的情绪。我禁不住开始思念穆笛。确实，在我陷入困惑的时候，除了思念那段只开花没结果的爱情，真的不知道究竟应该干些什么才好，虽然这种思念对我来讲无疑是虚妄的，但我无法控制追忆袭来时的冲动。我是一个感情充沛身体健康的男人，我有血有肉，不肯与现实生活同流合污。我通过帐篷窄小的窗口与夜幕上窄小的月亮对话，穆笛在这光的纽带上翩跹舞蹈，恍若轻舒广袖的寂寞嫦娥。

梦在疯狂的意境里化作阵阵欢快的暖流。

距离是一种客观量度，更是一种心理的虚拟，然而，无论何等微弱的触景生情，都会诱发怀念海啸般冲破堤坝，漫无边际地扩展。我时常为此心力交瘁。

因为穆笛与众不同。

她的父母都是教师，良好的家庭教育使她显得格外纯洁，她还拥有令人赞叹的智商，当我为解读一句绕舌的话语自惭形秽时，她精彩的阐述有如黄鹂鸣柳珠落玉盘，既清脆悦耳又节奏明快；如果这还算不上什么的话，穆笛对数学的痴迷和研究让人绝对信服，她就像中世纪那群以希伯来神秘主义哲学家闻名的犹太学者，可以用预定数值解读《圣经》中的矛盾、琐屑和谬误一样，能用数字对一些事物一个人的发展进程进行预测，而且近乎百发百中。不要以为穆笛是个脸色发青、头发杂乱的女巫，事实上，她举手投足如庄稼般优雅而自然，是个清清朗朗、俊俏时尚的美眉，爱穿一身打着假补丁的牛仔装，头发染成栗色，爱一边口中嚼着口香糖一边听着 MP4。这是我为穆笛销魂蚀魄的主要原因：她一半是真实的，另一半让人感觉是虚幻的；一半是深刻的，一半是浅白的。而这深刻，你一点都不讨厌不觉得佶屈聱牙，这浅白不是浅薄，而是透明是率真。

想不到的是，穆笛还会出现在我身边。

那天，一场牛毛雨刚刚将山野洗涤得碧绿青翠，穆笛现身垭口时多少有点梦幻，她穿着一身藕荷色衣裙，随着距离越来越近，有如被雨滋润的花朵依序开放。难为她也感谢她还记着我曾经说过的话，我说在所有的颜色中我最喜欢的是紫色。因为紫色充满了神秘感，紫色的梦充满了浪漫情调,让人遐想和回味。但是,我没有告诉她,紫色同样代表着内心不安,喜欢它的人异常敏感。

晚饭间,穆笛被几杯烧酒弄得面红耳赤后,说是要上厕所,竟然一去不回。最后,是一个孩子在一口旱井里发现了她,她仍然被酒意浸泡着,五米的垂直落体运动无伤她的筋骨,揩去她脸庞的浮土,还完全能够感觉到某种奇特的暖意正急不可耐地欲冲破那层薄薄的红晕释放出来。她只是一只手背有点擦伤,不规则的擦痕,让我想起不久前刚刚看过的一本诗集,里面有这样的诗句让人浮想联翩:玫瑰是玫瑰是玫瑰是玫瑰。

在玫瑰中央,我发现了自己最先意识到的丢失的珍宝。

不自觉中,我开始变得喜欢穆笛毕业后安居乐业的小城,那里有着无可替代的韵味和景象,一切都彰显着闲情逸致,到处是养眼怡神的自然风光。当然,我对小城的偏爱,主要因为穆笛。

“克勤克俭”面馆总是熙熙攘攘。门外不大的空地上停满了自行车、显出几分破败的出租车,偶尔还会夹杂着三五辆各种型号的轿车。这充分体现了穆笛对小面馆的评价:“经济实惠,雅俗共吃。”

我们找一个靠角落的位置坐下,不一会儿,两大盘子凉菜就端上了桌。服务员还是那个脸庞红红的小姑娘,第一次来这里时,我曾毫无谑意地认定这个健康的小姑娘是穆笛的表妹。说只有这里的姑娘才会看上去这么健康。穆笛不知就里,还洋洋自得,那当然啦。我诡诡地一笑,说怕全是吃毛蛋的结果吧。穆笛就大呼上当,在桌子下稍稍用力拧着我的腿说,再乱讲,我就将你装扮成一棵宝石红桃树,让你走起路来发飘。

在穆笛陪同下,我曾趁着阑珊灯火游遍小城,沿途总有不少打着卖毛蛋幌子的地摊。穆笛竭力撺掇我品尝一下,说这东西高蛋白,无污染。只剥开一个,看到那已经发育完整的小脑袋,和小脑袋上纤纤的绒毛,我就忍不住干呕了。

那个姑娘显然自感认识我们,将手臂屈了,托着那张红扑扑的脸凝视着我们。

我看到了,装作没看见。

拥有一个角落,就拥有了一份温馨的宁静和绵长的倾诉。我们不愿很直接地将两个人的久别重逢演绎为激情的燃烧,我们要细细品味它,咀嚼它,让它像酒一样渗透两个人的心肺两个人的骨髓。

我一点都不感到饥饿。刚下火车时,穆笛已经为我准备了充足的我最喜欢吃的食物:菜馍、鸡蛋灌饼,外加一袋酸奶或者一袋鲜豆浆。她看着我一点不剩地将它们消灭干净,然后,便依偎着我宽厚的胸怀,静静地抬起眼,把一种显然发酵过的思恋传导给我。我不能自持,顾不得出租车前面反光镜的存在,深情地吻着她颤动的睫毛。

谢谢你。穆笛将酒斟满。

谢我什么?我问道。

谢谢你又来看我。

如果等待用心可以丈量,应该说我们就从来没有分别过。

穆笛没有言语,泪水悄悄地涌流出来,把一种虚弱的致命力量张扬得无与伦比。

我激动地将她的手攥住,酒洒了一桌子。

两个人头抵着头，就那样一直没有说话。

四周的嘈杂潮水一样渐渐地淹没了我们。

事实上，每次来看望穆笛，我都作了充分准备，思想上的精神上的，自然也包括身体上的。我把穆笛这道复杂的试题演算得更加复杂，答案便是用自己的生命之根在她平坦白皙的腹部写下自己的名字或者对爱情亘古不变的誓言。它与那些因妊娠而残留下来的灰白瑕疵遥相呼应，成为一种生命不可磨灭的体征。穆笛将我拉回青春的年代，我在激情的旋涡之上徜徉，抒发自己的性灵。

那次在山村相见后，从穆笛的诉说中，我对她的生活环境有了一个大概了解。既简单又复杂，既激越又平坦，她应聘到一家事业单位做文案工作，不到一年就与单位的一个领导结了婚。还是不到一年的时间就怀了孕，但孩子并没有顺利生下来，而是胎死腹中，这让穆笛对性生活产生了强烈的排斥心理。于是，两个人由不断争吵，升级到冷漠敌视，最终发展到形同路人。等穆笛发现丈夫有了另外的女人，很平静地接受了现实，也开始了对往日恋情的不舍追寻。

于是，她找到了我。

她总爱说，那时候天空好辽阔，我们本该挽着手一同飞翔。但我不能违拗父母之命，平常感觉自己还算坚强，关键时刻才发觉自己是多么软弱。结果，我还是让他们失望了，甚至可以说伤害了他们。

我安慰道，经历了才会悟出真知。年轻时我们不懂爱情，更不懂得生活，现在好了，我们重新走到了一起。有时"眼泪"诉说的不尽是悲伤，更多的似是一种穿越时空的回音。

她又说，我毕竟变啦。

我将她额前被风搅乱的长发理顺，说我也变了，没有谁能抵挡得住时间的销蚀。但你是一部经典之作，每次重读都好像初读那样带来独特和新颖的发现。如此，我们的变化并不显得真的那么重要。

穆笛从不让我到她所谓的家里去，尽管她丈夫绝对不可能在家中。她担心我心里会有阴影，意外的刺激会让我从她的面前消失。穆笛有点多虑了，其实我只是想看看她生活的场景，是一种夹带着些许嫉妒的好奇表现。既然她有所顾忌，我尊重她的意见，绝不勉强。

我们爱结伴到城外一个叫义封的地方去，穆笛说她曾在那里参加过单位组织的义务劳动，是个好去处。至于怎么走，初始，连穆笛也说不出个一二三来，她说自己最差的就是方向感。在一个个怪模怪样的站牌前查询了老半天，才查到抵达义封的公交车。

这是一处僻静所在，有草地有池塘有飞鸟有风声，树们毫无修饰，却大大方方成长着，泥土丰厚，色泽沉稳。面对这样的景色，我们竟一时失语了，只是默默而深情凝睇对方，仿佛眼中有着一种言语的力量，像火一般很快就将我们燃为灰烬。事后，两个人并排躺在地上，穆笛让我看她刚才被蹭伤的脊背，娇嗔我将她抬得太高用力太大。我说爱就是要将七窍打通，那样你才能飞扬起来，才能感受到一种更高形式的自在。穆笛似乎还心存歉疚，她的目光和动作告诉了我一切。我摩挲着她的后背说，这丝毫没有必要，过去的都已经过去了，我们站在了新起点上。我用倍增的体谅和激情带动了她的疯狂。两个人有时难免有今日分别，不知何时才相聚的揪心。我们拼命接吻抚摸做爱，尽可能让身体的每个部位粘贴在一起，连着做几次丝毫没有倦意和满意。爱可以创造无数奇迹,这在我们随心的相会中得到了验证。我们仔细计算两个人相识和相爱的时日,计算两个人在一起激情四射的次数,仅仅简单地采用加权平均法,一下便算出了令人惊呼不止的数字。天呀,我结婚三年了,还远不及这短短的时间所做的爱。说这话的时候,穆笛天真得像个小女孩。此后,我们更是将每次相见实际完成的任务清清楚楚地记录下来。穆笛说,我怕为此会损伤身体。我说,也许最先弯下腰来的是我。穆笛不放心地说,到时候我走不动了你得背我。我说那当然,要是我们两个都走不动了,就买一辆电动车,在车厢里慢慢变老。我们竭力将自己最优秀最完美的一面再次毫无保留地展示给对方,让对方无法拒绝和怠慢。

我们在一起时,还总爱喝酒。穆笛有一定酒量,但肯定喝不过我。然而,每次最早喝得飘飘然的是我。穆笛有的是办法让我喝酒。她赤裸着身子趴在我身上,用口含了酒,像母亲喂婴儿一样,一点一点将酒顶进我口中,每顶一口,总还有些说辞,你长途旅行辛苦了,你猜宝要赖了。喝得我泪流满面,喝得我英雄气短。我搞不明白,为什么猜宝我总是输,而穆笛的动作看起来又是那样漏洞百出。

这样的时候,即使偶尔有电话打来,穆笛总是冷冷地说,我在出差。若电话里追问,在什么地方出差?穆笛就会把电话很坚决地挂断。有一次,她甚至非常激愤地将手机用力摔在墙上,歇斯底里地叫道,你究竟想干什么,我不是说过了吗?你自由吧,也别干涉我。

穆笛进一步谈到了他们的结合,说她压根就不该嫁给他,他粗俗、粗暴、粗野,是他借工作之便强行霸占了她。一个女人到了这种地步,何况是一个受过高等教育、视声誉为生命的女人,就只有屈从的份啦。她越来越相信自己是为另一个人而存在的——那个一度占据了她全部心身而又被她伤害的人。她一直把来自远方的祝福看成是一种生命的支撑,她活在一种幻想里。

穆笛神情落寞地说,有时候,生活很搞笑。

我说,真的很抱歉。我应该早点来找你,也许努力争取一下,结果就会是另外的样子。

她需要的不是这近于炫耀的道歉,她需要的是经过了长久积淀后更加芬芳馥郁的爱情。

我说,人活着绝不是为了自己,我们都要改变这些错误的认识。

那种来自青春岁月的呼唤,反省着涤荡着我们的灵魂,仿佛身边的一切都已远去,而远去的一切都又归来。

我们学会了淡忘,更催生了向往。

一到秋天,我就会像候鸟似的迁移到城市里租住的居所,聆听冷雨敲打窗台的同时,将收集到的相关资料和图片立卷归档。我似乎明白这样做的意义又说不真切,只是喜欢这样做,把它当做一件事来做。人不能整日里沉浸在空空的思想之中,应在思想之余让全身活灵活现,就算只是形成了一个阳光或者灯光下看上去扭曲的影子,也不枉尽心用力在人生的试纸上留下一片印渍。

这时候的城市仿佛被一种无形的魔力摧残,不经意间就变成了灰秃秃的一片,即使有所谓的常青树,也被林立的水泥建筑们反衬得没有多少生气了。街上的行人车辆也明显减少了,整个城市看上去空空荡荡的。

难得相见时,网络时常成为我们缩结同心的平台。而再次相见时,话题就更容易扩展开来。穆笛曾经问我，为什么要取“目中无人”这样一个名字，你真的那么孤傲和自大吗？还是想朝着绝世独立这样一个境界发展？我说，恰恰相反，我的眼睛一点都不好看，单眼皮，眼珠子黑白也不太分明，每逢春天，天一干燥，或者花粉一四处飘飞，还爱患病毒性角膜炎，连药店里的售货员都认识我了，我经常到他们那里购买五角钱一瓶的无环鸟苷治疗眼疾。我希望有一双好眼睛，并不是它的外形，而是功能，能够看清看透视野所及的一切，那样我的心中我的意识里才不会有模糊的悬疑。

穆笛便撒娇，看清楚我了吗？

她晃动着两个乳房，两个仍然呈浅红色的乳头，如两颗新鲜的樱桃使我的眼奋力睁大。那样的鲜红一直谜一样盘缠在我脑际，我想问个究竟，总觉得不尊重自己所爱的人，几次欲言又止。她张扬着生命的活力，或者说坚挺着，有什么不好呢？

我偏偏说，看清了，一只水生昆虫有什么琢磨的，从生物学的观点来看，它属于低等动物，结构简单。

穆笛呼地扑将上来，将我重重地压在床上，嚷着就你复杂就你复杂。把你的复杂借我一点好不好？不等我回答，穆笛就将丰满的唇贴在了我的脑门上狠命地吸吮起来。等我面对镜子时，发现自己脑门上多出了一个和穆笛乳头一样鲜活的东西。

以往，穆笛的到来对我来讲简直就像过生日一般兴奋不已，我可以毫无保留地将自己的苦苦思念一泻千里。

这次穆笛是被我邀请来的。我让她来，让她自己讲清楚一切。从穆笛口中确认了那封神秘的匿名信所写是真之后，我有种被侮辱的感觉，对着话筒怒不可遏吼道，不要再和我啰嗦，你简直是一辆重新烤了漆翻新的公共汽车，我就是张旧车票，也不愿与你沆瀣一气，我可以在风雨中独自烂掉，甚至悄无声息地死去。

电话的另一端是穆笛有气无力的争辩，你听我解释好不好？我真的不知该如何向你说。

我继续吼着，我不需要你解释，你去向你该解释的人解释去吧。

穆笛说，你拯救了失魂落魄的我，我是你真心爱过的人呀，别人伤害了我，你还忍心再来伤害我吗？更何况，你现在还爱着我，你从来就没有放弃过。穆笛哭了。我感到穆笛的颤抖通过电线一点一点传导给了我，我双眼闭拢，仰天长长吐了口气。

获知穆笛到达的时间，我仍禁不住内心悸动。

风刮过来，一些落叶也可着劲朝我伫立的地方旋转，不一会儿就要埋没我的脚了，使我看起来如风一样在落叶上行走。我考虑再三，变换了原来直直站立在场地中央让穆笛一眼就可以找到的做法，稍微遮蔽了一下，以现在的位置我有足够的优势可以观察到每辆车的出入和乘客上下车。我想让穆笛来，又不甘心穆笛不来，我可以接受没有爱情，却无法接受失望。就像尤拉看到心爱的拉莉萨被那个无耻该下地狱的律师带走一样。

穆笛来了，她走下车子四处张望，显然在找我。风把她的衣襟撩得歪歪扭扭，把她的头发拽直了又压下去。她的脸上满是凄然，人也一下子小了一圈。我的心又起伏了。在接到那封信后，在和穆笛就那封信多次沟通过程中，我的心始终处在矛盾交织的状态，它缠绕着纠葛着。穆笛说，你真就不能原谅我吗？我说不能，真的不能，这样的事情和别的事情不一样，别的事情还可以从头再来，而这样的事情，一旦发生了，就意味着我们必须重新审视自己和对方，对我们之间的事情进行梳理和判定。我们不都经历了这样的折磨吗？可没过多久，揪心的疼痛就被穆笛的温情融化了。我不能忘记那菜馍的清香，一经穆笛提起，余香就从我有些稀疏的齿缝间溢漫出来。我更不能忘记，在那繁星似锦的夜晚，穆笛伏在我的后背听我讲述，她口中的热气如利剑一样洞穿了我的心扉。我们的相识相知相爱是细微处见功夫的，是一点一滴凝结成的，就像溶蚀作用下的坚硬岩石，慢慢变成了千姿百态的结晶。

穆笛呀，可爱的穆笛，我的心叶就要被你当做笛膜吹冲得如蝶翼般纷然无存了。我对自己说。就像此刻，我怪味的等待。

我走了上去，穆笛立刻牵了我的手。穆笛的手是凉的，冰凉的。我并不拳拢手，任她就那样牵着。

我真的就那样让你讨厌吗？穆笛的声音颤抖着。

不知道。

我不看穆笛，平视着前方，我不想让她从自己眼中看出残存的依恋和缠绕。一辆无轨电车驰过，像一口偌大的箱子在街市上漂移。从窗口抛出来的一只空矿泉水瓶在灰黑的柏油路面上蹦跳了几下，埋身道边的落叶中。

我本欲当街与她了断，思忖再三，还是将她带到了我居住的小屋。

我挥手拦了一辆出租车，我要单独坐在前边副驾驶的位置上，却被穆笛一把拉了回来。我扭头，发现穆笛的眼中早已泪花闪动。我与她并排坐着，当穆笛稍稍倾斜身子靠近我时，我稍微挪动了一下，再没有躲避，而是将一只胳膊轻轻地伸展开来，以便让穆笛的倚靠更加舒适。

我看到了一头杂乱的发。

每每穆笛来临，只要将那湖蓝色的窗帘缓缓拉拢，世界上就仅剩下我们两个人啦。我们通常是激动不已的拥抱，接下来是长时间的亲吻，每个人都饥渴万状都恨不能将对方吞食下肚一样。穆笛说过，要是我们去参加热吻大赛，一准会夺得冠军。我说，接吻是两个人内心交流的一种外在形式，却绝对属于个人自觉的追求，在大庭广众面前做那样的事情，充其量算作表演。

也许这一次，曾经包裹着万千风情的窗帘即将成为沉痛的落幕。

变故总令人始料难及。那封神秘的匿名信是在一个夜间被快递公司送来的，当时我将埋在书本里的头抬起，打了一个长长的哈欠准备洗漱一下就寝，门铃响了。信中的言辞闪闪躲躲，可只要有点知识的人就能明白这些文字的实质有多么恶毒和邪恶。我头“嗡”地大了，自问道，这些是什么意思？没有人回答我，只有那些死苍蝇一样的墨块让我对穆笛的过去无法遏制地满腹狐疑：她为什么要那样做而又这样说？我在屋子里不停地走动，连窗外本已寂静的夜色也顿时喧嚣起来。我拨打穆笛的手机，穆笛的手机处于关机状态。我只好一个接一个地将信息发送过去。开始还有些隐晦，渐渐就难以自持了，变成了赤裸裸地责问。整个夜晚我在辗转反侧中度过，然而期望中的回复迟迟没有到来。第二天，我再将电话打过去，穆笛还是关机。我便继续一个一个发送信息，坚信只要她一开机一定会完完全全看到。但在没有得到穆笛的答复之前，我的神色变得有些恍惚迷离，我直直地盯着一个地方，一看就是小半天，而胸间的郁闷和羞恼却鼓荡着要破门而出。

终于，穆笛的电话通了。

我一连问了十几个为什么，穆笛那边是长久的沉默。待我发泄后，穆笛低声道，对不起，我很自卑，我无法坚定对你的信心。我们结束吧。我一听更加火冒三丈。结束？你说得多么轻巧，我苦苦地真切地爱着你，你这样暧昧的搪塞就算完了。穆笛说，我有时害怕你的也正是这些。爱与被爱是平等的，任何一方滋生了偏激的念想，那样的相爱绝不会是幸福的，而只能成为一种要求对方必须承担的负担必须服从的义务。我说，我只想问你，信里所写的一切是不是真实的。穆笛说，你为什么要逼我，你是不是觉得掌握了我的一点点隐私，就可以对着我大发脾气，这样就非常解气？我说过我只是想再次证明自己一下，这也许就是你经常嘲讽我的不成熟，我真的一点别的意思都没有。我说，如果那一切都是真的，我看你真的该去死了，你对得起谁呢？电话那边的穆笛突然提高了嗓门，我不需要你的说教，你觉得我们的所作所为就是高尚的吗？只不过我们给她披上了一件自以为保留尊严的遮丑布。既然在我是一张白纸的时候，你我无缘深入或者延伸，就注定我们的缘分只能是今天这个结果。真的，别人伤害我都能忍受，可你，一个曾经爱过我现在还爱着我的人这样伤害我，我真的受不了。我说，我并没有强求你什么，当我们分别的那一刻起，我心里非常清楚，你将永远不再是原来的你，当你再次出现在我的面前，你更是已经成为了另外一个你，这有时光作证。我可以接受你善意的谎言，容忍你用它为自己的人生剪裁制作适用的外罩，也许谁都会去如此运作。但现在是别人别有用心地戳穿了残酷的事实，我有一种被愚弄羞辱的感觉。对此难道我连追问的权利都没有吗？真是滑天下之大稽。

我们就这样反反复复地从一个话题扩散到若干话题，最后还是回归到那封神秘信件的内容上来，陷入了吵闹和分解吵闹的怪圈。

走进小屋，我猛地转身将穆笛抱起放在床上，连遮盖着的报纸都顾不上拿掉，一阵碎响，报纸被撕裂了，穆笛也被撕裂了。

穆笛显然对我的粗暴没有任何预见，望着我扭曲变形的脸，她使劲挣扎着，眼中充满了惶惑。

我自顾气喘吁吁地用力，我要使自己变得无比强大，强大到穆笛不能接受，让她求饶让她感到没有爱的做爱是生涩而痛苦的，是一种本能的发泄是人一种动物性的直示。

我知道你心里想什么。你说过我讲了，你就原谅了我，其实你根本就不可能忘记，这不怪你。就像一间屋子，炎炎夏日，你自然希望得到北面阴凉的屋子，寒冬腊月，你又渴盼阳光能按时照耀的南边的屋子。无所谓春秋冬夏，你不可以对屋子施威，你无论如何不该这样对待我。

床上有些日子没有活动的痕迹了，一些腾起的浮灰让穆笛扭转身体连着打了几个喷嚏，险些将我掀翻下来。我死死地控制着穆笛，拼命地进攻着，仿佛这一次之后，一切都将不再会有，一切都烟消云散了。当我从穆笛身上爬起来时，额头上的汗水分崩离析。

穆笛说，我不该听从你的话再来这里。

我紧紧地搂着穆笛，生怕她走掉似的。我帮穆笛理理有些凌乱的头发说，为了爱，我宁愿改变自己，就当什么也没发生过。我们有过去，有现在，必将还有美好的未来。

穆笛的头低垂着，双肩不住地耸动。

晚饭，我上街拎来了大包小包卤菜，还外带一瓶白酒。两个人频频举杯，很快就喝得面红耳赤。我提议猜宝定输赢喝酒，穆笛爽快地同意了，并且坚持自己出宝让我猜。当穆笛的手臂划一条优美的弧线,伸到我的面前时,十有八九我都输掉了。穆笛说看来你的超前心理法失灵了。每次输掉,我都很痛快地将酒倒进口中,我说,破解了一个谜,还赢了一杯酒喝,天底下去哪里找这样的好事?唉,实话实说,你也真的青出于蓝而胜于蓝了,最初十有八九是你输的。穆笛说我跟你学到的还远远不止这些。说着她就要奖励我,含了一杯酒,一点一点推进到我的口中,我觉得一条小火龙在顺势而下,我整个要燃烧起来。我想推她,她蛇一样缠绕着我根本推不动,她一个劲地吻着我面部的每一个部位,最后停留在眼窝处,她喃喃道,我要让你的眼睛永远亮丽。再看依偎在怀里的穆笛,竟有了几分淫荡和骚浪。

够了。我忽地坐起身,一下将穆笛摔倒在地。

穆笛莫名地望着我。

我在屋里疾走,将头低得几乎触着了穆笛的脸。

那个写信的人是谁?

穆笛哀求着,我真的不知道,你就不要再问啦。

我说,可我想知道,我的心中被突然楔进一颗钉子,我的心在流血,我说你别流了,这一切关你什么事呢,可它确实关乎我的事,因为我和你有了关系。我告诫我说,忘了吧忘了吧,可我怎样强迫自己,有时候也枉然。你说过我自私,天底下哪有不自私的人。你说过你要浴火重生,改变自己,把一生的真爱全部奉献给我,事实却根本不是这样的。这叫什么做派呢?你有最卓尔不群的特质,却在展示它的同时,将最无耻的东西也全盘托给了我,让我蒙羞受侮。说着,我抓起酒瓶朝嘴里倒着,空空如也后,用力砸向地面。

穆笛惊恐地退了几步,带着哭腔说,其实,你和我一样。我们和每个人都一样。真实地活在这个迷宫一般的世上,收获的有清风明月,还可能有流长蜚短。

穆笛没有阻拦我,她将衣服整理好,将自己的日用小物什一件一件装进手提袋里。

你要干什么?

我该回去啦。

请你别走,我们再谈谈。

没什么好谈的啦,就是谈也言不由衷。你不是在怀疑我,你根本就不相信自己,清清心心过自己的日子吧。

不,我不让你走。

求求你,放开我。我不适合你,你也根本不适合我。也许我们只适合一个人在这世界上孤单地行走,承担人生强加给我们的一切,让阳光枯萎,让时间停止,就是明天倒下啦,也是上帝的旨意。

我们两人互相扯拽着。穆笛的脸上流着泪水,我脸上也流着泪水。

蓦地,穆笛挣脱了我的双手,像一只鸟儿一般朝着窗口扑去。简陋的窗户破碎后,受了惊吓似的颤抖着晃来荡去。

夜幕上,有许多星星在窃窃私语。

这场雪下得并不大,很快又融化掉了,但我还是在残存着雪花而潮湿的地面依稀发现了一行深浅不一的足迹。那是穆笛留下来的,我敢断言绝对不会判定有误。

半个月亮爬上来

■冯炬明

1

多年前的一天，在一个叫沙窝小学的校园里，正值课间休息，董幸福率领几个半大孩子饶有兴致地玩着一种“穿闸”的游戏。游戏规则很简单，事先由董幸福伸出一只手，命令每个孩子将自己的中指置放其中，他数三个数后猛地收拢手掌，哪一个孩子中指躲闪不及被抓住，就变成了一个“闸门”。接下来，这个孩子必须弯下腰，双手依次由着地、脚脖、膝盖，腰部，不断提升阻挡的高度，其他孩子轮流从其背部跨越，跨不过去的，便替换先前的“闸门”受罚。

沙窝小学主楼三层，东西陪楼两层，一律青砖到顶，连院子的地面都铺陈着四四方方的板砖，显得十分平整干净。只是时值下午，加上西楼的遮掩，使并不宽敞的校园过早地显出昏暗和阴凉来。此刻，几个孩子就陷在这种阴暗里，他们不断摇摆的头颅像漂浮在这种阴暗上面的墨团，嘴里还发出“噢噢”的怪叫。

郝玉林挪动双脚，一点一点接近他们。

几个孩子乜斜郝玉林几眼，就又忘情地投入自己的游戏中去了。

郝玉林似乎无法忍受他们对自己的视而不见，遂提高声音对董幸福说：

你看，我真的有。我没骗你们。说着，他从口袋里掏出一枚毛主席像章。像章是陶瓷制作的，茶碗一样大小，且非常细腻精致，毛主席一身军装，面带微笑，右手凌空而出，仿佛在指挥着千军万马。

闻听，正在耍闹的董幸福扭过头来，发现了郝玉林手中攥着的像章，眼睛顿时瞪大了。他下意识地摸摸自己胸前纽扣一样的像章，问道：

从哪儿弄哩？

是我表哥专门从部队寄回来的。

瞎说，别是偷的吧？让我瞧瞧。

说着，董幸福上前挽住了郝玉林的脖子，由于用力过猛，郝玉林的脸憋得通红。董幸福的另一手便要抢郝玉林的像章，郝玉林死命躲闪着，还带着哭腔连声叫道，不是偷的，不是偷的。董幸福朝另外几个人挤眉弄眼，并吆喝着要他们一起收拾郝玉林个富农羔子。争夺中，那枚像章跌落在地上，发出很清脆的响声，随之分裂成了几块。有风吹过，那些细碎的瓷片竟树叶一样旋动起来。郝玉林怔了片刻，忙弯腰将它们一一拣起，想拼兑在一起，却总也不行，就撵着董幸福要他赔。董幸福趸圈跑，一边跑一边叽哝道，我根本就没挨着。渐渐郝玉林的眼中有了泪花闪动，一只鞋也掉了，却仍穷追不舍。见状，董幸福情绪显得有些激愤，说给你脸你真往上爬呀，是你故意摔烂了毛主席像章，反动得流坏水，我报告马老师去。说着，突然转身跳上北楼前高高的条石台阶。

是他抢我的像章才弄碎了，竟还倒打一耙。郝玉林要对其他几个孩子解释，话却没有说出口。

其他孩子则神情僵硬，原地待了一阵儿，固始的聚拢猛地散开了。

郝玉林不用想都知道这件事被董幸福上纲上线的后果有多么严重。前街的裁缝冯保和不小心将报纸上的毛主席像做了衣样，被思想觉悟高的妻子告发，立即被打成现行反革命由村里的基干民兵押着挂牌游街示众，到头来落了个妻离子散，自己也用裤腰带吊死在了窗户上。郝世运受命将冯保和卸吊，郝玉林就在旁边，颤栗中尿湿了裤裆。

郝玉林一时六神无主，“哇”地哭了。

恐惧中，郝玉林飞奔着穿过西楼与北楼间的夹道，朝校园西南角的厕所跑去，他奔跑的方向正好与落日的位置吻合，他仿佛不是自己在奔跑，而是被落日巨大的引力吸进了莫测的斑斓中。

2

这些孩子就读的学校有必要多交待几句。

当时，我们的祖国早已度过百业待举的开国时期，然而仍得实事求是地讲，新中国还很贫穷落后，还很想把一些事情办好而财力有限。沙窝小学的校园就是生动的例证。沙窝是三区的区政府所在地，新中国成立后农民翻身当家做了主人，做了主人就要有做主人的本领。过去为什么我们做不了主人？除了大家共知的一些原因外，人人斗大的字识不了一箩筐，那些地主老财剥削起你来简直易如反掌，就像《白毛女》中的黄世仁一样，一个“驴打滚”就把杨白劳给弄得云里雾里不知究竟啦，账算来算去连喜儿也搭了进去。所以，区里决定办学校。办学校是件天大的好事，可落实到具体办上就需要费心斟酌了。老师好说，县上可以给选派，课桌供应不上，用长条板替代或者砌垒个水泥台将就一下也不是不可以，但是没有校舍绝对不行。总不能让孩子们在露天上课吧，就算春秋天风和日丽，那三伏天三九天呢？说来说去，也就是说，孩子们上学必须有个固定的地方有几间屋子。

最先议定的地场是村里的冯氏祠堂，祠堂有三间正屋六间东西厢房还外带亩巴子大小的院落，可深入进去一看，被区里任命为校长雄心勃勃的冯文成就泄劲了。那也叫房子？房顶简直和前街打鱼家晾晒在门口的破渔网一样，窗户不知何时被什么人全部摘光了。冯文成去找区长，区长说那咋鸡巴弄？冯文成说，这事还不是你一句话。区长搔头搔了半天头说，这样吧，区里将房子腾出来，搬到祠堂里，学校就设在这儿吧。孩子们不学文化不行，那样就会吃二遍苦受二茬罪。区长很深明大义。区政府的房子自然比祠堂好,还不是一般的好。这里原本是村上地主张才俊的庄园,被没收后做了区政府的办公场所。

就这样,沙窝小学应运而生了。

成立学校后,人们从外面经过总能听到朗朗的读书声,特别是上学放学之际,孩子们鸟儿一样叽叽喳喳嬉戏着,简直成了沙窝一景。他们走进街上最高最好的房子,在里面学习文化知识,学习做人的道理和报效祖国的精神。在这样的地方学习还有一个好处,就是可以通过天窗上到楼顶,放眼四野,尽情饱览生养自己的这块土地。确实,在没有登高望远之前,孩子们大多认为地是方方正正的,因为被父辈精心耕作的他们赖以生存的田野阡陌纵横,井然有序。等到他们上了楼顶,才真切地看到不仅太阳是圆的,地是圆的,连他们认为极神秘的太行山也画了条弯弯曲曲的线,还有那颇有些优雅气质的淇河也几乎是环着沙窝的一个圆,而这圆是流动的是闪着光的是充满激情的。他们就极羡慕地主张才俊,原来想着他不过是天天吃香的喝辣的,穿绫罗绸缎,哪料到还比穷苦人多看了这么多的雅致?

区长换了一个又一个,后来区干脆都改称人民公社了,人民公社的房子早就修葺一新,而小学依旧窝在地主这个庄园里,相对日新月异的变化,它虽然还保持着几分雄伟的态势,但破败也是有目共睹的。但似乎人民公社的领导将这些都忘记了,没谁再关心这些琐碎的事情,搞得校长冯文成的孙子冯小成一筹莫展。他担心孩子们频繁地通过天窗上到楼上去会加速这座年久失修老楼的坍塌,另外有的孩子手狂,上了楼总也不安安稳稳地观风景或者乘凉用功读书,而是可着性追逐打闹,虽没有发生孩子坠楼事件,几次有惊无险已足够让人后怕啦,便用一把铁锁锁了天窗处的门。孩子们活动的范围被限制在院子这么一个狭窄的空间,四周青砖的冷寂和荒疏丝毫不减孩子们的想象力,他们的想象时常会插上翼翅超越站在楼顶所眺望的一切,变得无穷无尽绚丽多姿。

3

跑进教室的董幸福,是小学三年级某班的班长,他当班长绝非有什么特殊才能,主要是大脑偏爱发热敢发言。每逢上课时老师提问,不管懂不懂,总抢先举手。在稀落的几只手臂中,他的手举得最高,有时为了突出高度,还会稍稍侧歪着身子,手指都痉挛般地颤抖着。为此,回答问题时闹出不少笑话。班主任马小青不但不责怪他,还总是充分肯定甚至表扬,说人贵有精神。人有一点精神并不难,难得的是经常有精神。那时,董幸福的父亲董大同是公社副书记,主管文化教育,他敢无所顾忌举手发言,又被任命为班长,难说与此不无关系。

董幸福跌跌撞撞穿过桌子和凳子间的空当直奔马小青的办公室,连报告都没顾上喊就推门闯了进去。马小青正对着那扇狭小的也是唯一的窗户沉思,被不期而至的响动惊吓得后背微微耸动了几下。扭过身来,发现是董幸福,已经涌上脸庞的怒潮即刻消散了。

马小青问道,有什么事情吗?

董幸福连珠炮般将刚才发生的一切讲述一遍。

马小青的神色变得有些凝重起来,她用一只手轻轻托着下巴,由于无名指的过分上挑,使得本来就明显内陷的嘴角形成一个不规则的暗穴。董幸福一动不动地站着,慢慢将目光从马小青的头顶送向远处。一只麻雀在窗台上叽叽喳喳跳个不停,那个拱形窗户的剪影恰如一个厚实的鸟笼,任它如何挣扎也突围不出去。

过了一小会儿,马小青猛地甩了一下手臂,大声道,简直反天了。走,看看去。

董幸福带领着马小青步出教室。他们急速地下了高高的青石台阶,在院子里四处张望、巡查,也没能找到郝玉林一根汗毛。那些破碎的陶瓷在地上如鳞片一样闪动着幽暗的光亮。马小青指示董幸福仔细捡拾起来。董幸福有点慌乱,不小心将手指划破了,他尴尬地望着马小青。马小青赶忙用手绢将他的指头缠住,慨叹道你这孩子,做事情一定要小心,小心无大错。接着亲切地抚摸了一下董幸福圆圆的头,董幸福被马小青一只柔软的手摩挲得脸都激动红啦。

教室里,孩子们干瘪的胸脯虚虚地起伏着,偶尔才能听到小心翼翼的咳嗽和擤鼻涕的声响,它们像林涧深处的水流,滑脱几下就消失了。院落里的光线已经十分淡薄,仅可以看到远处飘过来的几缕烟雾无精打采地浮动着,它们意外的存在让那些昏暗的光线变得如泡沫一般有了旋转的状态。马小青反剪双手,在讲台上不停地走来走去,一会儿低垂着头,一会儿又将它仰起。突然,她用手中的铁皮包制的黑板擦使劲敲打着讲桌,咆哮道:

刚才是谁和郝玉林在一块的,站起来!

回应她的是一片沉静。

统统给我站起来!马小青语气严厉地喊道。

这时,才有几个孩子豆芽菜样地摇摇晃晃站了起来。

郝玉林藏到哪里去了?

不知道。几个孩子嗫嚅着。

那就使劲想吧,什么时候想起来了再坐下。

马小青又对董幸福说,这事儿耽误不得,咱们一块儿去向校长汇报吧。你很有阶级觉悟,你做得很对。

冯小成正在翻动报纸,见两个人进来,忙着起身倒水。马小青抢先拎起了暖瓶,晃晃却没有倒出多少水。冯小成有点不好意思了,说你看你嫂子在时,常来学校帮我料理料理,她这一走,撇下我一个人,把工作和日子都搞得不成样子了。马小青要去自己房间取水,被冯小成拦住了,说你们不喝,我就更无所谓了。他的目光从马小青的脸上缓慢掠过,马小青显得有点不自在,将董幸福朝前轻轻推了一下说,班里出了点事儿,让他讲吧。董幸福就将事情的前前后后叙述一遍。冯小成一听,当即表态说,这是个大事件,性质极其恶劣。学校不能不管,必须当做典型来抓一抓,还要及时向公社报告。

马小青和董幸福要离开,冯小成笑着对马小青说,马老师呀,让学生先回去吧,关于你入党的事情,我还想单独和你再谈谈。马小青迟疑了片刻,收住了脚步。

董幸福看到校长屋子里的灯光亮了,在偌大的庄园里像一只诡谲的眼睛。

4

其实,郝玉林并没有走远,就躲在厕所里。他拉扯裤子蹲下,佯装用力的样子,细长的脖子上许多藏青色的筋暴跳着，最终仅挤出几个响屁。他担心董幸福追过来，假如追过来拽着他的胳膊拧着他的耳朵把他送到班主任马小青屋子里，他简直不知道该怎么办了。马小青的厉害他见识过。一次上语文课，要大家用“只要……就能”两个关联词造句，一个同学造了这样一个句子：只要有熟人，就能开后门。马小青恼羞成怒，脸如教室的青砖墙，不仅把这个学生罚站了整整一个下午，让他看着别人是如何将这么个词造出那么辉煌的有时代意义的句子，还把学生的家长叫到学校来，对他进行了一次深刻的革命思想教育。马小青的办公室就是楼梯拐角下的那间小屋，郝玉林交作业时进去过几次，最鲜明的感觉是瘆人，即便是夏日，那过分的阴沉依然让人有落入冰窖的感觉，再则她的屋子弥散着一股说不上来的怪味。

蹲厕所的孩子先后起身走了，董幸福也没有追过来，郝玉林便加紧实施自己的出逃计划。学校的院墙大体上还保留着原来的式样，虽然后期作过修补，但仍然让年幼的郝玉林感到困难。他试着将瘦小的脚插进院墙的砖缝里，插是插进去一点点儿，可要用力上攀时就一下溜滑出来，那砌院墙的石灰是上好的石灰，绝少糖土。他们有时故意捣蛋，用小刀将教室墙缝里的石灰掏挖出来当粉笔使，写出的字一样鲜丽。

上课铃响了。在往常，这铃声虽说并不悦耳动听，但至少不难听。而此刻，在郝玉林听来就像是马小青在拆讲关于那个“只要……就能”的句子。她神情冷漠，脸庞青紫。郝玉林有点慌神，他又踅进厕所，利用尿池先爬上厕所的围墙，再沿着围墙翻上厕所的顶棚。他开始不是没这样想，只是担心翻上去后下跳是个问题，墙外是个大粪坑，里面蓄满了五颜六色的秽物，郝玉林的学习成绩在班上属中上等，而体育绝对是不行的。当他踩烂几块乌黑的老瓦趔趔趄趄到了后坡，迎着猩红的余晖吸了一口气，闭上眼睛起跳后，就有如一只小鸟艰难地飞过了那个粪坑落在并不坚硬的田地上。他摸了一下头上的汗水，并没急于走开，脚脖处钻心地疼，一准是脚崴住了，他想哭，张张嘴却没敢哭出声来。

这时，郝玉林扭头发现村里那难辨四季的傻子茂轩在不远处手淫，突然笑了，便一瘸一拐地走了过去。茂轩的所作所为是天性所成，只要他想那样做，就可以倒卧依着他的思想尽情发泄。他的阳物鼓涨后，呈现出不均匀的杂色，街上的好事者将它称为花吊。因为时常挑拣些郝世运带回来的杂碎物件给茂轩吃，所以当郝玉林走近时，茂轩没有收手，只是龇着白牙斜了他一眼，仍继续着自己欢情的操作。郝玉林逗茂轩让他快些快些再快些。茂轩的套弄更加疾速起来，口中不断地吐着酸臭的气息。

等到隔墙传来马小青和董幸福他们嘈杂的声响，郝玉林才蓦地惊醒。他再也顾不得看茂轩的激情表演，沿着一条小路向自己家走去。

郝玉林的家在村子边上，三间土屋外加一间草棚，土屋用作起居，草棚则用来存放杂物，看上去一律灰头灰脸的，倒是房前屋后两棵枝繁叶茂的榆树给这个不起眼的院落添了几多秀色和灵动。

郝玉林进院子时，恰好和担着桶的郝世运走个顶头。郝世运肩担的桶外壁上斑斑驳驳全是血水印渍，还粘有几截半干的猪小肠。郝世运从地上拣起两把发黄的马辫草搓着双手问儿子道：

没放课你咋就回来了？

上体育课脚崴了。郝玉林撒了个谎。

郝世运担着桶继续往外走去。

他们要是来找，你千万别说我回来啦。

郝世运听到话音转过脸来，直视着郝玉林。

你说什么？

我没说什么。郝玉林支吾。

记着下劲读书，少在学校给我惹弄是非。郝世运不放心，又叮嘱道。

真的没有。郝玉林低声说。上体育课我崴了脚，不信你瞧瞧。他撩起裤子让郝世运看。刚才是急着跑，没大在意，这时崴着的脚脖子已肿起老高，泛着洋蜡一样的光泽。

郝世运放下桶，用粗大的手摩挲着，疼得郝玉林倒吸了口凉气。

你先弄些热水敷敷，等你娘从地里回来，夜间再找些樟木熬些水洗洗。

郝世运走了。两只破铁桶吱呀吱呀甩动着，两条宽大的裤腿捎带起不少尘土。

5

郝玉林家的成分高，在村里时时处处都是一副谨小慎微的样子。郝玉林听父亲讲，他的爷爷一辈子靠卖针头线脑维持生计，走四乡串五县，人们听到那富有磁性的吆喝，就知道是沙窝那个叫老春的货郎担来了，就簇拥着看看他的木板箱里又添了哪些稀罕物件。老春一辈子风里来雨里去，挣一个吃一个，全补贴嘴上了，要不人家怎么说，瞧人家老春活得多滋腻。他被强人在淇河大桥上劫了扔进水潭里喂鱼鳖时，留下的产业不过两间四面透风的土房。郝世运的父亲子承父业，又干起了货郎担的营生，且营生做得丝毫不逊于其父。但他比其父似乎考虑得长远些，将自己的经营所得没有简简单单地喂了嘴，而是积攒下来，置办了几亩田地，买了几头牲口。有天有地才是人哩。你当一个人，老站在别人的地上走着，活着怎样想心里都不踏实。结果，后来土改划成分，郝世运家顺理成章地被划成了富农。本来心里就憋屈，再后来这运动那运动总陪着挨批斗，郝世运的父亲一气之下喝药死了。这富农就由郝世运来继承了。他与社员们不同的是，必须比别人无偿地多做些活，最经常的也就是收工后及时将食品公司宰房里流放出的污物血水担到生产队的粪堆上，让它发挥有机酵头的效能。

郝玉林巴不得郝世运快点走开，思量着在马小青和董幸福没有追撵到家里来之前，尽快把自己藏匿到一个安全的地方。侥幸着等几天以后，人们就会彻底忘掉这件事，一切都会像没有发生过一样。躲过了这个风头，让郝世运押着自己去向老师求情给董幸福赔不是。吃一堑长一智。以后，哪怕天底下谁都不跟自己玩，自己像茂轩一样撸管，也绝不再彰显了。然后坐在教室里，即使楼房轰然倒塌也不坦言为什么会倒塌。

下午的事情发生得太突然，郝玉林根本没想到董幸福抢夺像章会招来如此灾祸。他觉得自己这样做的“企图”不过是为了证实自己先前说过的话绝非谎言，而这样的证实也无非是想和他们走到一起玩在一起，即便是让他永远弯着腰当“闸门”都毫无怨言。他上学了他识字了他不能只是从郝世运带回来的一堆烂肠子的包裹纸上获得快乐。虽说那纸油腻烘烘，不知道是第几次废物利用了，但油墨字体非常清晰，上面的内容还一目了然。何况在他入神地观看过程中，郝世运再三命令他扔掉，当然不是反对他看那些文章认为他看的那些文章有什么问题，而是认为那纸太脏了。郝玉林羡慕董幸福他们成群结伙地玩乐，更眼红他们每个人胸前光辉熠熠的像章，这仿佛成了一种身份的象征和标志。他问郝世运，郝世运直摇头，说咱家里哪配有呀。郝玉林不相信，就在家里翻箱倒柜，还真让他找到了。他不敢和郝世运讲，却对董幸福他们说了。可他们竟然不相信。无奈之下，郝玉林只好偷着将像章带出来，让他们一见真实。董幸福问他是从哪里得来的，他从对方的脸上发现了更深一层不怀好意，编造说是表哥从部队上邮寄来的。几年前，他的表哥想参军，也真的报了名，体检一点毛病都没有，政审时恰是因为郝世运家的关联，被轻而易举地退掉了。

惹下了祸端，他唯一能做的就是跑开。

初始，他考虑把自己藏在床底下，但很快就否定了。那里有些潮湿腌臜不说，郝世运爱将便壶放在床腿处，夜间黑灯瞎火的，郝世运患有遗传性眼疾，将便壶不小心碰倒的次数不少，母亲总也埋怨他说弄得屋里骚气冲天。那样，自己浑身上下都是尿泥如何受得了。他还想到了那口大木箱子，里面没有装多少东西（那枚毛主席像章先前就珍藏在那里），纯属一件摆设，郝玉林揣摩着要是钻进去一准能藏得下，相对也比较舒适。可呼吸出气是个大难题，再说母亲要是打开箱子一看，不就全露馅了。

郝玉林为万全之策犯难了，抬头望天，密匝匝的树叶宛如一层浓重的云翳。他蓦地有了主意，顾不着脚脖子的肿疼，抱着树干，一步一步朝着高处爬去，到了与屋齐平高度时，熟练地悬吊着一个枝桠落在了屋顶上。

6

接下来发生的一切被他尽收眼底。

马小青来了，董幸福来了，校长冯小成来了，那几个与他在一起争论的同学也来了。郝世运根本找不到如此多的凳子来招待大家。事实上，大家对他的热情嗤之以鼻。他们迅速地搜查了这个不大且结构并不复杂院子的角角落落，连西墙根一个小小的柴垛，都被马小青领着几个学生翻了个底朝天。

郝玉林呢，你把他藏在什么地方了，交出来。

回想刚才的一幕，郝世运意识到儿子欺骗他了，同时感到了问题的严重性。他如实地说，我看到他回来了，我出去担血水，不知道他又跑到哪里去了。

你不老实，有你好看的。我们已经报告公社的公安了，他们马上就到。马小青恶狠狠地说。

他们马上就到。董幸福跟着炫耀似的重复了一句。

我儿子到底犯了啥法？母亲啜泣着问。

到时候你就知道了。马小青说。

房顶上的郝玉林任由他们吵闹着，暗中庆幸自己正确的选择，假如他选择了趴在床下或者藏进柜子里，下面发生的一切非但不能目睹，也难得有此刻的逍遥自在。三间屋顶由于两棵榆树的遮挡，隐藏着一个秘密，外人根本无从知晓，在房顶的一头用碎砖砌了一个兔窝，里面偷偷养着两只雪白的兔子。那是郝世运一次进城时给儿子买回来的，怕被别人揭发挨批，便圈养在了屋顶上。郝玉林每天最快乐的时刻就是和父亲一同将一些菜叶子掷飞镖似地扔到房子上面去，这样做绝不会引起他人的注意或者说怀疑，因为将菜叶之类的东西扔到房上晾晒以备入冬开春青黄不接时食用是一种风俗。而郝玉林每隔数日还要攀树上去为兔子们更换饮水和打扫卫生。稍稍显得有点美中不足的是,当初捉养时兔子太小,郝世运眼力又不济,认定是一对兔子,养来养去竟是两只母兔子,期待中的小白兔成群的场面自然不可能出现,但它们带给郝玉林的乐趣已足够填补他空白的心灵了。此刻,郝玉林就和两只大白兔亲密地待在一起,他将它们揽在怀里,轻轻地梳理着它们洁白的绒毛,当他的手停留在大白兔长圆的耳朵处时,耳朵们如同一块超薄的橡皮在郝玉林湿润的手心里弹动着,他的心底顿时生出一阵儿莫明其妙的颤栗。这些耳朵在白天是透明的,是那种呈浅粉红色的透明,似乎透过它什么都可以看见又什么都看不清楚。他从来不莽撞地揪着它们的耳朵提来提去,他担心它们会破碎,就像它们娇小的尾巴。郝玉林总是慢慢地蹲下来,将一只同样呈粉红色的小手伸给它们,让兔子们感觉品味一下友好,将固有的胆怯和谨防一点一点消解,他耐心地等待着它们用长着胡子的弧线优美的嘴唇去嗅他的手指衔食他手中的菜叶和树叶。

一阵隆隆的马达声逼近后,郝玉林才恋恋不舍地放下兔子,站起身。他看见两个人将自己的父亲富农分子郝世运带走了,他们在他跨进车后门的一瞬间朝着他高高翘着的屁股狠狠踢了一脚,剩在车门外的半个郝世运就一下栽了进去。傻子茂轩呜哮着从斜刺里冲过来,想拽出蜷缩在车兜里的郝世运,不知被谁暗地使了跘脚,重重地摔在地上。郝玉林听到一些人在笑,有马小青有董幸福,还有那几个平时和他关系不错的同学。而他并不年老的母亲响亮地哭出声来。郝玉林的心悬空了,禁不住打了一个哆嗦。

校长冯小成走出一截后,并没有和马小青他们继续走下去,而是折返回来。他走到呆呆站在院子里抽噎的母亲面前,声音柔和地劝慰道:

把孩子找来送到公社去吧,不然他们不会让他回来,他们会打得他满地找牙哩。这事说不是事捂捂就不是事,说事大就大到天上去啦。

说着,冯小成在母亲的脸上顺势摸了一把,母亲用一只胳膊推他,没推动,那只手在母亲的脸上又动作了几下才作罢。

亲帮亲,邻帮邻嘛。用得着的时候就找我。校长冯小成"嘿嘿"笑了两声,反剪着双手走了。

天快黑了,房子下的母亲被一种似乎有形的夜色笼罩着。郝玉林想喊母亲一声,告诉他自己就在房子上面,可校长冯小成的话不住地在耳边翻滚,就算母亲不主动把他送到公社去,看样子迟早也会有人将他送去。他们能将郝世运打得满地找牙,也能将他打得满地找牙。想到此,郝玉林打消了呼喊母亲的念头。他看着母亲六神无主地在院子里转了几趟,最后还是走出栅栏门消失在渐趋浓重的黑暗里。他思忖母亲真的去找校长冯小成了,冯小成给她留的有话,找到他好好说说或许能行。然而没过多久,母亲凄惨的呼叫却高一声低一声传递过来。

林儿,回家吧。林儿,回家吧。

母亲的呼叫让郝玉林头皮发紧。这样的呼叫多是有孩子受了惊吓,生病发烧,家中的老人认定是孩子的魂魄丢了,要拎着孩子的衣服到村里的井上正着转三圈倒着转三圈,拍拍打打,引孩子魂魄回来的路上才特有的呼叫。郝玉林回头看看兔子们,兔子们已回窝里了,看看村子,微弱的灯火鬼眼一样狡黠,再朝远处探望,就望见了自己上学的地方,它黑乎乎地矗在那里。他无援地在房子顶上走来走去,感到孤单和恐怖。不觉中脚下多出些许水一样的东西,郝玉林走它们跟着也走,郝玉林停下来它们也停下来,它们似乎有着良好的黏性。他胡乱地猜想，莫不是淇河发了大水，淹将上来了。也确真有几次涨水时没有听到隆隆巨响，大水如巨蟒似地趁着夜深人静潜入了沙窝。这是他们偏爱争论的事情，问老师，老师含糊其辞，说可能是沙窝的地虚软，水洇失得快，也可能是没有风相助的缘故吧。无风不起浪，有浪才能弄出动静。终究也给不出明确的答案。那水渐渐浸上了他的身，他害怕自己被它湮灭。他奋力地仰起头，使他震惊的是那水透过榆树叶片间空隙又兜头泼将下来。他有些眩晕啦。

郝玉林步履踉跄来至房边，他想摆脱那水，同时真实地看看外出的母亲是否回来了，却看到更大的一片水，它从四面八方漫溢过来，恍惚中有漩涡在不停地翻搅。伴着旋涡呓语般的声响，一个人踏浪趋近，但可以肯定不是母亲，而是一个驼背的老头。是自己的太爷，郝玉林绝对不会认错，郝世运在无数个夜晚给他无数次讲过关于他的故事。郝世运还悲哀地由此及彼地说，咱们家里对自寻短见似乎有着遗传，就像我这双见风就流泪不止的眼，说不定哪一天我也就那样死啦。当时，郝玉林还无法明白这些话的深刻含意。太爷并不对郝玉林开口说话，只是一个劲摇动着手中那只牛皮拨浪鼓。那拨浪鼓的左右旋动仿佛有一种特殊的催化功能，使郝玉林双腿发软，双眼发昏。就在太爷扭身走开之际，他费力地朝前跨了一步，喊道，等等我。

这时候，一钩弦月正静静地挂在老榆树的顶梢。

（冯炬明，男，汉族，河南省淇县人，中国国土资源作家协会理事，河南省作家协会会员，中国国土资源作协河南分会副主席。1983 年 8 月毕业于河北地质学院地质系，1992 年在鲁迅文学院作家班进修学习，先后在《人民文学》、《小说月报》、《芙蓉》、《莽原》、《新生界》、《绿洲》等发表作品 200 余万字，出版有长篇小说《指尖上的恍惚》、《路南路北》，中短篇小说集《无雪的童话》、《永远的河》；作品入选多种文集选本，曾获宝石文学奖、《新生界》杂志首届文学奖等。现任河南省地质矿产局第四地质勘查院党委书记。）

欲望与恐惧

■刘 恪

在冯炬明的小说中,欲望与恐惧始终是一对矛盾。如果仅是客观平实地摹仿再现这种欲望与恐惧,那么它就变成了我们这个时代处在物欲横流状态下一种物质欲望争斗的平面图画,变成一种欲望演义,或者属于社会压力下造成的种种恐怖畏惧的显现,那么他的写作意义就十分有限了。为什么?因为欲望与恐惧仅是世界万事万物的一种常规现象,生命的基本法则充满了这种欲望和恐惧。欲望是任何个体生命的基本本能,恐惧是任何生命形式在竞争状态的基本生存法则。在生命的意义生存里欲望和恐惧既是矛盾的又是统一的,它们决定了要在生命的存在与毁灭之中循环生灭,成为人生的基本状态。

我们看冯炬明的欲望书写,"我"面对昔日的同学穆笛,重新燃起了爱欲,或者说这种爱欲他从来没有忘记过,只是因分开一段时间被压抑了。于是,欲望可能沿着两个途径行走,其一时间在绵延中把欲望消灭了,另一种可能欲望因其得不到而越来越强烈。于是《非难》中的欲望首先是一种动力结构。"我"和穆笛都在寻找欲望的对方,其实又是欲望本身。在两个人中不断地为双方存在而展示欲望需求,这样欲望既是推动我们的力量,又是我们寻找的。这种欲望我们不要做单纯的理解,它是象征性的,当然它是性、是身体的,但也是精神的,还是物质的,从这个意义上说,欲望是一种补偿性的,"我们一点儿都不感到饥饿,刚下火车时,等待着的穆笛已经为我准备了充足的而且是我最喜欢吃的食物……""如果等待用心可以丈量,应该说我们就从来没有分别过。"它在等"我"欲望的满足、身体的满足、精神的满足、食物的满足。这种欲望的补偿原理还可以从另一个侧面证明,穆笛和领导结婚,孩子死于腹中,丈夫有了新的情人,于是穆笛的爱欲缺失了,要在客观对象中补回来,便重新寻找大学同学。这正好重合"我"也寻找穆笛,在网络中双方找到了另一个自己,幽会变成了补偿性满足。如果仅是这样一个皆大欢喜,这种欲望便没有可写性了。穆笛自卑了,恐惧着,她要逃跑。"我"呢?被一封神秘的匿名信所折磨怒火中烧,这样矛盾产生了,爱变成了相互之间的折磨。这让我们看到了欲望的另一面，“在欲望之中不存在内在的冲动，只有配置。欲望始终是被配置的，配置决定了它的存在。”[（法）德勒兹，《资本主义与精神分裂：千高原》]这种配置就是课题对象的另一起源，而又可以成为欲望的另一部分，在文章中匿名信便是一种配置，它激发起欲望主体的嫉妒，而它自己又成为其中之一部分，可见欲望不仅是欲望对象的一个客观他者，还有其相异的另一部分与欲望同时存在的东西。嫉妒，爱，家庭等都是一种与欲望相配置的东西，换句话说我们从配置出发更加能够看出欲望的本性。一个文章不能变成欲望的展示，而应该把欲望看成一个复杂结构，看成一种生命生成的东西，欲望也会构成其内部的冲突，这就出现了“我”与穆笛后来的行为方式。这个匿名信仅是一个符号，我们不晓得内容，它驱动“我”的探究与追问，使欲望动力发生转折变化，其实这个符号仅是一个象征标志，有没有无关宏旨，一个相爱的人是不在乎于外部的因素变化的，他们注重的依旧仅是欲望，因为只有欲望才相关于占有，所以文章淋漓尽致地书写欲望反复地征服与满足，他们不停地在小城幽会便是例证。

这个文章的特色是因欲望书写所带来的幻觉与想象。欲望是一种生产本能，按德勒兹的说法，生命就是欲望，欲望是生命通过创造和改造的扩展，这意味着欲望对生命的各部分重新投入动力并产生新的生命现象，欲望是一直发展和推衍。并不像传统的精神分析把欲望仅看成生命个体对所丢失和所缺乏的某种不可企及的东西的占有和追求。

“我”的欲望生产一些什么呢？一种幻听幻视的想象，穆笛是一个幻象的影子，她的声音、香气、笑，同时激起有欲望的回忆，过去和穆笛的一些都变成审美感觉化的东西。两个相爱个体在欲望中汇合几乎是两个疯子，如此之美的新雪、紫色、月夜，包括梦的意境化成了暖流。欲望生产像火一样燃烧，很快把他们的激情烧尽。在义封那个僻静的小地方享受一切。当然，欲望也生产负面的东西，那些疯狂毁灭双方撕闹、嫉妒与误会，极度自私地全部占有，耗尽一面激情的东西，便生产另一面破坏的东西，“我们”猜疑吵闹、赌气、分离。欲望有足够的耐心毁灭个体的一切。

最后一节描写极有象征意义，“这场雪下得并不大，很快又被融化掉了。”“穆笛呢？穆是什么？她仅是‘一行深浅不一的足迹’。”欲望最后便是风烟俱净，留下足够的人生启示也就是一点点痕迹。痕迹而已。

《半个月亮爬上来》重心写恐惧。在一个沙窝的小校园里发生了一个故事。郝玉林拥有一枚瓷制的毛主席像章，董幸福抢夺他的像章，致使瓷像章被打碎。注意这个开头颇具深意是一群孩子在玩游戏，是游戏中发生的故事，可董幸福却较真了，而且董恶人先告状给他的马小青老师。马老师全班追查郝玉林，于是文章写了玉林一系列逃亡。我们看他逃亡路线上的人物：先是厕所顶棚，村里茂轩手淫,父亲郝世运挑桶,接着思考藏身之地:床下、大木箱、大树桠上,到了树上反让郝玉林看清了大地上发生的一切。

打碎了毛主席像章只是一个事件,这让郝玉林害怕。害怕是指有对象性的关联,因为他的后果可能导致家破人亡,但作为小学生并不清楚他的一切含义。所以他只是害怕事件导致一次责怪,并没有想到事件是连贯性的。在一个小学一个小村里所有的人与事都围绕着他而发生系列变化,场面、气氛、人物活动使这样一个整体变成了恐怖氛围,围绕玉林场景与思维的是厕所粪坑、傻子手淫、父亲挑桶、潮湿的床下、不透气的大木箱、在树叶缝隙间母亲呼喊魂魄的归来,这个胆小的学生不知不觉地进入了恐惧状态。按克尔凯郭尔的说法:恐惧并非来自某一物确定性对象的威胁,而是置身于一个巨大的惶恐之中。事情变成了郝玉林不是一个人的害怕,而是一个家庭掉入了一个巨大无边的恐惧中。他们无法把握自己的命运,内心生出对一个人与他者(父亲、母亲)命运的担忧。按说,这样一件粉碎伟人像章在一个特定年代里,影响千万人命运的恍然,不知有多少文章摹仿复制过他的细节,今天对这个故事的可写性是非常怀疑的。说到极致,它不过是一个荒诞年代的荒诞事件。对文章而言,可取的是一个儿童视角与儿童心理,尤其在某些细节处理上有一些反讽特色。郝玉林展示的是一条苦难之路,生命处境置于逃无可逃的窘迫之中。如果我们明白,苦难是一条必经之路,而我们个人与命运必须付出代价才能获得改变自己命运的可能,这就有了个体作为生命的人拥有自我的悲剧的意识,那么文章提供的故事事件就没有意义了,例如,今天如果发生这样一个故事,就不可能了。可见,《半个月亮爬上来》是语境性的。刚好它是通过我们的痛苦经历而知道我们的历史,我们是在苦难之中才能感觉到我们存在的地方,因此我们不能把郝玉林看成过去,而应该看成我们恍然于未来的一种可能,我们是在苦难之中才能相扶守望,共同的纽带把我们所有同类都连接在一起,一同感受欢乐或苦难,这样才获得了我们现存的生命意识。〔参见《生命的悲剧意识》(西班牙)乌纳穆诺〕文章中儿童心理与想象非常重要,在大树之上他抱着两只小白兔子,想到了耳朵,透明如翼的耳朵在手拎起的感觉让心里升起颤栗,平凡日子中的时空有如抚摸兔子耳朵,人与物都被悬置起来了。文章中指上树,离开大地而悬空,恐惧不绝如缕地包围大地,包围村子,渗入每一个人的内心,恐惧从一个儿童心里渗透,发散为包围大地的东西。

(刘恪,中国国土资源作家协会顾问,中国作家协会会员,一级作家,著名评论家,现为河南大学文学院教授。)

印象记

灿烂清香

■周 强

冯炬明，是我们河南地矿系统的名人。我是在见面前就耳闻了他的大名，也拜读过他的几部作品。受着“文如其人”的惯性思维影响，我多次在脑海里猜想过他的形象、性格。直到一次偶然的机会，我认识了他，从此彻底改变了作家在我心中的形象，从此我俩成了无话不谈的知己。

那是1997年，河南省地矿局建局40年大型专题片《跋涉者档案》主要执笔者到信阳封闭写作，我作为服务人员第一次见到炬明。他个儿很高，身板结实，不愧是搞地质的，国字脸上那副眼镜后一双眼睛虽不大，但很亮很柔和，这与我想象中的他感觉不同。只有那白净的皮肤和眼镜，让人将他与斯文、文雅联系在一起。

那段日子里，他住在地调三队的地下室，工作起来不分昼夜，一写就是七八天。在那个电脑还没有普及的年代，用的是方格大稿纸，一个稿子写完后就是近百页，再经过反复修改，最后誊抄，这样又得花三四天时间。尽管如此，他十分认真，对稿子的标准从不降低不勉强，圆满完成了专题片写作任务。

2005年后，因为工作关系，我们在一起接触多了，发现他的认真一贯如此。作为局机关主管文秘的办公室副主任，他负责起草领导讲话及给省里上报的各种材料，还要审核全局各种各样公文。尽管机关工作繁杂、细致，加上办公室各种迎来送往，他仍一丝不苟，有时因为一个标点、行文中一个措辞，都要研究琢磨半天，丝毫不敢有一点放松马虎。

炬明是个感情丰富的人，我想这也是他热爱写作的原因吧。机关工作的正统、程式化，让他倍感压抑，于是将满腔的激情和热情寄予文学创作：用笔记下生活中的感悟，用笔将这俗世的人群社会提炼升华。通过文学创作，他寄托自己的愿望，放飞束缚的心灵，让自己活在另一种世界里。在那里，可以挣脱现实生活的捆绑无奈，他成了他笔下各种生活的导演，

我是记者，对于文学了解得不透彻，无法真正体会作家的内心。炬明对作家充满崇敬感，对接触的每一个作家都坦诚相待，别人不敢说的话他说，别人不敢开的玩笑他开，而且十分得体，让人容易接受，既表达了尊重，又显示了文人的潇洒一面。

河南有着深厚的文化土壤和优良的文化底蕴，产生了众多作家和作品，通过炬明，我陆续结识了文化界的南丁、刘恪、墨白、刘海燕等文朋诗友，渐渐对作家和他们的作品有了更深入的理解。

“朋友来了有好酒”。炬明是一个十分重感情的人。只要是打过交道、他认为够意思的，都

会在礼数上表现得淋漓尽致。记得2008年的夏天，《芙蓉》杂志的主编和《旅行》杂志的策划来郑州，我陪同吃饭。大家兴致很高，大杯喝酒，大块吃肉，那真叫喝得痛快、高兴。

炬明喜欢热闹，更喜欢安静。好朋友有一阵没见了，就会打电话交流，一起说说话。有朋友从外地来，聚会会喊上他，大家在一起开心尽兴。夜深人静的时候，他的内心更活了，丰富的情感世界里涌现的是他对现实世界和现实生活的感受，想到什么精彩的语句，不管深夜两点还是凌晨四点，他会立即起床记录下来。

炬明嗜书如命，无论到哪儿出差，包里都会带几本书，坐火车时、闲暇了看看。早晨是他读书最多的时候，醒来了就拿起书看看。看的书多了，炬明的创作欲望也越发强烈了。

他在他的作品中注入了很多地质队元素。这是一个世人较少关注的群体。在炬明的笔下，他写地质大院、地质队员的野外找矿和他们热辣辣的生活场景。通过他的作品，读者重新认识了这样一群搞地质的人：他们爱工作，甚至勇于为工作献身；他们是一群有血有肉的人，有火焰般的热情，也有缠绵悱恻的男女爱情和无法割舍的亲情。这几年来，他的地质文学创作有如山中梅花，自成特色，灿烂清香，一批具有代表性的作品在省内外和全国国土资源系统，产生了较大的影响。

红尘陌上，热爱生活的炬明捡拾着激荡岁月的诗篇，细心倾听生活中的呢喃，热情地将一怀情愫，书于他的广阔心田。

岁月像逝水一样，奔流不息。炬明有时也会叹息，时间过得真快，还有很多事没有做怎么就已经50岁了……是啊，不经意间，我发现以前那个容光焕发的年轻人两鬓也现出几丝白发。地勘单位的领导和地质行业的作家，这双重身份给了他生活工作和写作的激情、热情，他怎会服老呢？他还没老。祖国的锦山绣水、家乡四季如画的风光、地质队绚丽多彩的生活，还在他心里生辉，还要在他的笔下发光。

这是一个经济社会大转型的时代，各类人群的生存、生活状态，恰如春运的站台拥挤无序，很难判断尘埃落定到站的时日。正因如此，炬明对地质行业和文学创作的坚守，才更显难能可贵。在这个时代，因为有像炬明这样坚守着文学净土的人，我们才会变得不那么麻木、不那么人云亦云，心灵才会一次又一次地被打动，才有机会再一次用快生锈的大脑憧憬记忆中青涩的理想。

（周强，中国国土资源作家协会会员，现供职于河南省地矿局。）

编者按：近年来，一批女作家活跃在国土资源文学创作舞台。她们才华横溢，热情敏感，以女性的独特视角观察世界、剖析现实。她们的作品多关注婚姻和家庭生活，以捕捉人物的心理变化和情感经历见长，语言简洁流畅，描写细腻传神，呈现出与男性作家作品迥异的风格特征。在“三八”国际劳动妇女节到来之际，我们特地选编国土资源作协三位女作家的小说，以飨读者。

黑　影

■刘　卫

一

不知道怎样描述这个鬼天气：几天晴，又下几天雨，接着连绵几天霜冻，风雪也飘了两天两夜，天空像是什么事也没发生一样，太阳该露脸时展露灿烂的笑脸，月亮该献媚时献出妖艳的眉黛。

唯独天空下的生物阴霾密布，青山是没有的，光秃秃的坡地是些落叶灌木丛。马路两边的梧桐、绿化带上的柳树与不知名的乔木，被隆冬的寒风吹枯了，瘦削的树干顶着一顶庞大的枯树冠，像一堆蓬乱的枯柴，失去了生态美。花容貌美的城市像一位过客，被一列火车或一架飞机载到远方去了。

青灰色的建筑群，光怪陆离的玻璃。玻璃与水泥控制的城市，奇怪的想法可以通过玻璃的钢性与脆性、水泥的冷漠与阴森找到共同话题。深秋，冻冷并存。冻与冷喜欢往人的体内钻，腐蚀了肉体中的红细胞白细胞蛋白质。就拿她来说吧，算不上美丽，五官平平，眼睛圆鼓，嘴唇削扁，气色苍白，呼吸微弱，站立如豆芽，行走如稻草。就她这么一个女子，无须知晓她的名字，也大可不去管她的命运与未来，但你要记住，她是我妻子，一个让我深深怜悯的妻子。如果非要问她的名儿，就叫她胡桃好了。

深秋的空气异常干燥，太阳被浓雾遮蔽得严严实实，能见度不足一米，但通过窗户玻璃还是能感觉到阳光闯射入室的嚣张气焰。嚣张的阳光把胡桃的心情搞得乱七八糟，把胡桃的生活搞得浑浊不堪。病榻前，奄奄一息的她挣扎着坐起来，低着头，抱着被子，喘着粗气。

鬼天气。我在心底里骂了一句。

二

胡桃被时阴时阳时冷时湿的气候摧毁时,我只能在墙头的相框中干着急——我帮不了她。

白天总算挨过去了,夜色以迅雷不及掩耳的速度覆盖了她的房子。晚上,我看见她的喉结处像是有许多毛毛虫在抓挠她脆薄的喉壁,喉咙奇痒,我想伸手帮她挠,越这样想,她的喉咙越发难受。夜半了,家人都在熟睡中,她不能因这恼火的痒痒放胆咳嗽,更不能因咳嗽,让家人烦她的病。便把舌头缩至后齿间,舌根尽力地向上弓起,以便止住这屈辱的奇痒。奇怪的是,痒,反而欲擒故纵了,干裂的咳嗽声由丹田鱼贯向肺叶、肝脏、心血管,奔涌着向五官的出口处轰轰烈烈地逃窜,由远至近,由深至浅,由细至密,歇斯底里,火药般地在耳膜、鼻翼、眼眶、口腔爆炸,炸得她双眼火冒金花。

在她看来,逝者与生者,幸福的是逝者,她偏偏是不幸的生者,她悲哀极了。为了活着,她不得不掀开刚焐暖的被子,生怕惊扰家人,小心地抽出半截身子,手指尖颤抖地摸向床头柜上的甘草合剂,抿了一大口含在嘴里,让汁液慢慢地流向被毛毛虫占据的喉壁。在毛毛虫被甘草合剂杀伐过程中,能听见她呼吸道在隆响,我希望这种隆响最终被她的鼾声取代。然而,迎来的是一阵接一阵轰轰烈烈的爆破声。剧烈的爆破声仿佛撕破了她的血管,一股浓黑的血从她嘴里飞出,打在地板上,像严冬冷漠的残阳,远远地逼视她。她对自己彻底失望了,索性披衣坐在床榻上。

我听到寒风吹动帘子的声响,也听到木地板在冷空气的作用下结构紧缩的嘶嘶声,唯独没有听到隔墙她家人的呼吸声。你或许已经猜到了,在这套房子里,她的家人只有我与我们半岁的儿子。

胡桃把我与儿子挂在卧室隔壁房间的墙壁上, 这间房间原来准备做我们儿子的卧室兼书房,现在成了两个逝者的祭坛。祭坛上的逝者怎么会发出呼吸声呢?我为自己不能发出呼吸声痛心疾首,任凭寒风从敞开的窗户吹进来,打得窗棂“嘭嘭”响。

我在墙壁上,与她的卧室仅仅隔着一堵墙,我能“目睹”她的疾苦,却不能让她走出被寒风吹奏得格外阴森的房间。她半月没有来这间屋子看我与儿子了,她偶尔会打开钱夹子,看一眼框在钱夹子里的我,我伺机对她笑,她熟视无睹,拿出她需要的钞票,匆匆把我塞进一个大包包里。

我宛如一团黑影,滑过门的阻挡,绕过墙壁的阻隔,透过小包包牛皮质地的封堵,追随着她。我为她所做的,她一无所知。此时,众多声音,像风声、夜鸣的小虫子、木地板的伸缩声,把她的卧室衬托得更为寂寞。只见她抿了一大口甘草合剂,慢慢地让汁液流向火药般的喉管;她像是要睡了,累了,眯缝了眼睛。我为她扫平了思念中的障碍,用她吐出的黑血捏一团紧绷绷的黑影,从窗口向南边抛出,深深地祈祷着:爸爸,请您回家吧,快一点回家吧,救救胡桃。

三

第二天一大早,她带着大口罩,拖着虚弱的身体,出现在社区医院的输液室。周边,成群的大人围着怀抱中的小孩,这些大人不是来看病的,是陪哭闹的小宝宝来就诊的。患病的小宝宝身边围着一二个护士、三四个家人，小宝宝在一个老妇人怀里哭，旁边的少妇在众目睽睽下，撩开衣襟，袒露白瓷瓶一样的乳房。

少妇从老妇人手里接过孩子，急切地用粉蒸肉般的乳头堵住小宝宝的嘴。白瓷瓶一样的丰乳上，游离着一双棕色的眼珠，发出两点蓝色的彩釉瓷光；哭闹的小宝宝张开小手用力拍打瓷瓶，白瓷瓶在力量作用下极富弹性地跳了起来，激荡出一波一波涟漪，涟漪上荡漾出一双棕色的眼睛，浊黄的眼珠凑合成一张车辙样紫黑的嘴："崽崽，妈妈抱呀，吃乳乳，我崽崽的乳乳在这里。"

紫黑的嘴是一个老男人的，老男人一边逗着孩子，一边把老树皮一样的手指伸向白瓷瓶。孩子气急地用两颗细细的门牙狠狠地叼起乳头，拉出一团"面条"，少妇涨红了脸，尖叫着推开孩子，老树皮的双手擦过激荡的白瓷瓶，抱过哭闹的孩子："臭臭崽崽，怎么可以咬妈妈呢？"

小宝宝像听懂了老男人的话，小腿儿搓面团一样地在老男人的肚皮上揉搓，小脑袋用劲向后仰去，簌簌泪珠儿豆子般顺着眼窝往耳边滚，不亚于从潮湿空气中挤出来的屋檐水。

少妇按压住疼痛，那对瓷瓶仍然裸露着，她用白细纤巧的手指抚摸按压粉红乳头，苦瓜般的脸更为清苦了，她心疼地喊："不哭，不哭，妈妈不怪你，妈妈抱宝宝。"

柔美的声音仿佛安魂的灵丹妙药，孩子止住了哭，斜眼瞅着白瓷瓶，扑向少妇，小肉手捧起瓷瓶上粉蒸肉般的"喷壶嘴"，贪婪地一口吞进嘴中，又矫情地把脸扭向一边，叼起乳头仰头大哭。

少妇定是不懂孩子的哭闹。老男人把斑马纹般的额头挨近少妇青幽幽的头，焦虑地喊："哦哦，我的崽崽，不哭哦。"

青青白白两个头颅紧紧地挨在一起，白色的发丝对黑色的发丝传输绵绵的情，细细的意。我气愤地跳出妻子的钱夹子，小畜牲定不是老畜牲的崽崽，老男人定不是少妇的结发。

那么小畜牲的亲爸爸在哪里呢？我在输液室里搜索了一遍，刚才抱小畜牲的老妇人坐在一个青年旁边，老妇人斜睨着少妇，嘴巴在青年的耳鬓厮磨，青年低着头，专注地玩着手中的iphone4，耳根时而被老妇人的嘴巴吹出来的热风抽动得老高，木偶戏一般上下颤悠。

我在青年身上寻找那根木偶戏中的拉绳，拉绳是藏在他笔挺的西装下还是藏在他童年的记忆中？或者都不是，从青年冷冷的眼神中，这根拉绳应该紧紧地被少妇的爱情拽住了。

孩子"哇"的一声嚎啕，青年的头抬起来，重重砸在老妇人的嘴巴上，老妇人"哎哟"一声尖叫："你看你。"

老妇人"啪"的一声打在青年的西装上。

"妈，宝宝哭了。"小青年用眼白瞪着老妇人，抱屈地说。

我猜测青年定是那小畜牲的爸爸了。我愤怒地将一团黑影打向青年，骂：小畜牲定是因为心里没有安顿好，哪里会有皮舌上的甘味？你为人之父，却袖手旁观，你也是个小牲畜！

青年并未接受我的那团黑影，他手指一弹，黑影准确无误地落在我妻子胡桃身上。可怜的胡桃带着一个大口罩，孤孤单单、冷冷清清地坐在输液室的角落里，瑟瑟发抖。我的骂声直捣我的灵魂，半年前我不正是这么个青年？小牲畜不如，常常指责妈妈没有带好我们的儿子。眼前的这一幕多么像几个月前我们一家五口的景象呀。可怜的胡桃定是被眼前这一幕触动了敏感的神经，周身抖动得越来越厉害了。她定是在思念逝去的儿子、我还有妈妈。

我昨天抛出的一团黑影，终于把父亲召唤来了。父亲急匆匆地跨进输液室，用山洪暴发般的轰隆声喊着胡桃的名字。

我的爸爸，地质研究院的单方程，被胡桃称为衣冠禽兽的单教授。长得并不高大英俊，一米七零的个头，单眼皮，薄嘴唇，秀气的脑壳上盖着一头胡茬般浓密的头发。常年野外生活，把他锻炼得结实矫健，五十出头的年龄，身轻如燕，行走如风，说话若洪钟。

胡桃喜欢单教授，又畏惧单教授，她听到单教授的喊声，惊恐万状，慌忙之中拔掉输液针头，拉上大口罩，把脸埋进衣襟。她低着头，一动不动，更不敢向输液室的门口张望，好像她每一个弹动都会天塌地崩，引发地震恐慌。

我又一次为妻子的行为痛心疾首。我将一团黑影扔进胡桃的心坎，痛斥她的躲躲闪闪。

这个家，你失去了我，失去了小小单，再也不能失去单教授。可是胡桃听不懂我的黑影传话，她恨不能钻进地缝，把头勾得更低，把脸全部埋进大衣领子。

我在胡桃身边左右跳跃，安抚也不是，指责也不是。我只是一团黑影，而这团黑影已渐渐淡出她的生活，她完全可以不把我的话当回事了。我只好急切地把另一团黑影掷向单教授，喊："她在这里，你别走，帮帮她呀！"

单教授准确地接过我掷向他的黑影，他抬不动脚，迟疑着，停在输液室的门口，看着室内吵吵闹闹的场面，神采奕奕的面部突然僵硬如老年痴呆的神态。

四

我不得不停下卫生院里发生的故事，先说一下单方程。

地质科学家单方程教授预测泥石流。他说泥石流是斜坡上或沟谷中松散碎屑物质被暴雨或积雪、冰川消融水所饱和，在重力作用下，沿斜坡或沟谷流动的一种特殊洪流。特点是暴发突然，历时短暂，来势凶猛，破坏巨大。泥石流的形成必须同时具备三个条件：其一，流域内有丰富、松散的固体物质；其二，流域内谷坡陡、沟床比降大；其三，沟谷的中、上游区有暴雨洪水或冰雪融水和湖泊、水库决溃等提供充分的水源。

这些普通的常识谁都知道，他总会一次又一次地以一位德高望重的科学家身份向我灌输这些知识。他这些知识换来的是我对他的敬而远之，我研修考古学。

再说胡桃。胡桃的老家在西南方某省A县。A县山大沟深，两山夹一河，河名无名河，无名河曲里拐弯的尽头一座大山，遮挡住A县的视野。无名河发源于胡桃的出生地扇峪沟村的乱石溪。随着城镇化建设加快，无名河两岸成为A县最繁华的城区，河滩两岸的新建城镇就是县城的基本地势构图。A县被层层大山包围，像是处在世外桃源，人们安居乐业，自上而下乐不思蜀。

听胡桃说，她是在一次偶然的机遇中，在无名河畔遇见了地质科考队，由相遇而相识，进而喜欢上了地质学；为了这个喜欢，考上了地质大学；因为上了地质大学，在阅读与所见所闻中慕上了单方程名；进而准备考研究生，因为单方程不仅仅是科学院的科学家，也是地质大学岩浆作用与资源环境科目的导师，特聘教授。

胡桃第一次登门拜访单教授，她手提A县的土特产，扎头，一双圆鼓鼓的大眼睛略微向上挑起，面容微黑，削平的嘴唇微翕，紧绷的花衬衣遮裹圆鼓丰腴的前胸。半截裤，裸露的小腿是矫健的铜黄色，腰一弯，又把半截雪白的臀部显山显水地亮出来。乡土本色又不失女人性感。

父亲不在家，我接待了她，她带来的土特产中有我最爱吃的白芸豆。那扁扁平平的白芸豆，状如腰花，洁若白絮，我的味觉神经向我的舌头输送一股甘甜的唾液。

我突然对她有了兴趣，问，我只在餐馆吃过，家里要怎么弄来吃？她甜甜一笑，眉宇间流露出骨子里的狐媚之态。娴静、素雅和盈盈的笑靥，向我透出十足的吸引力，这些吸引力足以把一张餐桌从厨房移到客厅，把我移到她的左前右后。

她起身去了我家厨房，把白芸豆泡在水中，与我交谈了一个小时。她说话的声音很好听，流入耳中像是给心灵涤荡沐浴，给肌肤砭石干蒸。她把泡好的芸豆放入冷水锅，加入冰糖，用大火把水烧开，转小火煮，又一个小时后，放入洗净的红枣。问我有没有蜜饯，我找来少许蜜饯，放了进去。继续用小火煮半小时，我打开锅盖，枣香味扑鼻而来，我夹出白芸豆，急不可耐地吹了吹，用门齿切下半截芸豆，嚼了一下，软烂，香甜的味道直奔肺叶，说不明道不白的舒坦劲，透彻地征服了我的肠胃。

妈妈下班打开房门，芸豆的醇香冲出门外，妈妈站在门口，深深吸了一口气，夸张地一连说了三个“真香”。

“家里煮了什么啊，单单？”单单是我，老单是我爸，这是妈妈对“二单”的称呼。

老单最终没有收胡桃做学生，他嫌胡桃嘴巴太甜，过于察言观色，不是做学问的材料。而她对我有强烈的诱惑力，我随之对她展开猛烈的追击。我长相平平，学问也不出众，且工作也未落实，可是我很容易就赢得了她的心。原因之一取决于胡桃崇拜父亲的学问与名气，原因之二是我的京城户口，原因之三是我显赫的学者型家庭……这是事后那些一直打着光棍的发小哥们分析的。胡桃与我经过一段时间的恋爱，突然在众人眼中漂亮了许多，老哥们夸她：五官分开来看，没有一样标致的，但是很搭，她的五官放在她的脸上很耐看。

老哥们说这些话时，胡桃已经是一个成功的妻子了。她的五官放在她的脸上搭不搭，我心里清楚着呢。我认为，中国男人心目中妻子的标准化模式应该就是胡桃式的甘甜与灵慧。

我幸福的婚姻生活让那些单身哥们忌妒，老拿胡桃说事，说什么京城女孩公主架子忒大，漂亮的不漂亮的都把自己当女王，娶回家哪里像个妻子？十足一个母夜叉，男人都是女人的狗奴才。胡桃不同，外乡姑娘，纯粹得像个灰姑娘。

我和胡桃的成功派对也与我的性格有关。我对女孩子的追求，只有爆发式的冲动，对那些要放长线投诱饵的冷艳美女，即使有贼胆也提不起贼心。冷艳美女碰到我的鼻子尖尖上了，我唬她一唬，调剂一下心情，免得哥们说我不解风情。胡桃不同，她是个热辣甜瓜一样的女孩子，不怎么要我花心思去追，我们一拍即合。我喜欢的就是这样的女孩。

她做事细致，说话掏心，服务周到，她不仅甜透我的心，更甜透我妈妈的心。她顺理成章地成为我的妻子，又顺理成章地留在了京城，无须再去考研究生，拿博士学位。

胡桃做菜的功夫远远胜过我妈，家里随随便便十来个客人，她两个小时搞定一桌菜肴，且不嫌麻烦与劳累。她用她的方式在我家占据一席之地，只花了一年。甚至一向不看好她的单教授对她也有了亲昵的称呼：桃桃。

妈妈打心眼里喜欢胡桃，妈妈说，是她让我们这个家像个家，孩子有了爸爸，妻子有了老公，男人有了归宿，女人有了依靠，这才是个家。妈妈这话是说给爸爸听的。妈妈与我也跟着叫胡桃为桃桃。

桃桃成了单单的媳妇,为单家生下一个白胖小子——小小单。小小单是妈妈的又一杰出称呼。

桃桃生下小小单,老单在家的时间更多起来。小小单的起居饮食都是老单的牵挂。他在家的忙碌都是为小小单,老单却说是为了弥补我小时候缺失的父爱。我对此嗤之以鼻。

小小单半岁时,正直秋老虎抬头期间,家里闷热。老单接到任务,要到A县去考察。那天,老妈在厨房里忙碌,我卧在沙发上玩手机上的游戏,坐在我旁边的胡桃袒胸露乳,给小小单喂奶。小小单扑在她的怀里,贪婪地吸吮甘甜的乳汁,一双圆鼓鼓的大眼睛忽闪忽闪地来回转动,家里有一点小动静,都会引起他关注的眼神。

老单只要不出差,下班后都会按时到家。这天也不例外,他一跨进家门,小小单的眼睛便转向了他,奶也不吸了,扭头望着老单。老单知道自己的声音很大,便向小小单鼓眼弄眉。

桃桃逗小小单说:“爷爷回来了,叫爷爷。”

老单走到小小单身边,用手指扫了扫小小单一头毛茸茸的黑发,压低声音,故作轻柔地说:“崽崽,爷爷过两天要去你外婆外公那里勘察,顺道去看看你外婆与外公。你在家要听奶奶和妈妈的话。”

胡桃侧着脸,问:“真的?爸爸,我也想回去,我两年没回家了。”

“你回了,崽崽怎么办?”

“妈。”妈妈被胡桃娇柔地一喊,从厨房里出来。

我不等妈妈开口,抢着帮胡桃说话:“带着小小单一起回外婆家,我请假也去。”

聪明的老妈就事论事,不绕弯子不抹墙角:“我也跟你们去。老单,你同单位说,给我们订票。我们全家人难得有机会去同一个地方走走。”

全家总动员,爸爸自然是不好投反对票了。就这样,我们一家五口离开炎热的京都,来到三面环山一面向水,优雅凉爽的大峡谷A县。

下了火车,老单与他的助手包括他最爱的门生郭艾爱女士,被一辆豪华商务车接走。我和老妈、胡桃、小小单被一辆黑色的福特送到位于县城二十里外的西北部扇峪沟村。

扇峪沟顾名思义是一个形如扇的小山沟,小山沟里并没有什么特别之处,除了四周有高大陡峭的山梁,山梁上寸毛不长,稀稀拉拉的几棵豆芽般的乔木还是近年栽植的。由于长年雨水冲刷,留下一条长长的冲积扇,冲积扇上堆起一个巨大的乱石岗,乱石岗下就是乱石溪,乱石溪是A县无名河的发源地。

乱石岗地质构造复杂,时而会翻出一些白如玉、黄如脂的花岗石碎片,在客厅某个台面上设个摆件,还是蛮有雅趣的。我最感兴趣的是乱石岗峪沟口的一块巨石,高达三四米,宽约二三米,不知其厚,因为巨石的根部一直延伸到乱石溪溪水。胡桃说那是先人留下的无字天碑。天碑上有个天然的石坑,呈鱼形。雨水多时,坑里水满;如遇旱年,坑里的水便会一天比一天变浅。多少年来,扇峪沟的村民常以此来判断年成的好坏。

我一眼看出无字天碑的来历,便取笑胡桃:“分明是泥石流冲刷下来的普通巨石,亏你还是学地质的。”

“我活了二十二年,从未听村里人说这里发生过泥石流。只知道我们这里曾经是个森林密布的小林场,五六十年代大伐林木炼钢铁,被伐平了。这片山地在九十年代又遭到人们的抢伐，才成为不毛之地。这个巨石历来都有，从我爷爷的爷爷就有了，从我爷爷的爷爷起就叫它为无字天碑。”

胡桃说这番话的时候，脸上充满了骄傲，那时我只是她的未婚夫，第一次登门拜访岳丈岳母，她的话自然都是最高指示，不便驳斥。时隔两年，也就是现在，我第二次来的目的是想去乱石岗翻弄一翻，我要弄清楚无字天碑的来历。

谁知，进入扇峪沟村就遇上瓢泼大雨，我被闷在家里焦躁不安。岳母说干旱了好几个月了，你们一来，便带来了甘雨，好兆年呀。

好兆年与我无关。这样的天气于我是一种煎熬。

我与胡桃在简陋枯燥的村子里猜想，爸爸这次来 A 县勘察的目的到底是什么？A 县疏松的地质已经引起专家们的关注？这样的雨会不会给 A 县带来地质灾害？

这样的猜测更让我焦躁不安，但是不安的情绪很快被小小单夸张的啼哭声转移了方向。

胡桃从床上抱起小小单，逗他说：“你爸爸说世界末日将来临，世界末日会不会来临，我家宝贝知道。是不是？是不是？小乖乖。是想妈妈的奶奶了吧？别哭了，妈妈喂乖乖奶奶了。”

说完便抛出了她的大奶罐。我对胡桃的啰嗦不耐烦。好在第二天清晨，雨停了。我急不可耐地让胡桃向妈妈请假，胡桃说去县城拜访同学吴艳阳。妈妈与岳母自是不准她出去，而我正想去乱石岗看个究竟，便说与她一起去拜访吴艳阳。我的话在岳父岳母眼中成为圣旨，岳父岳母自然欢喜我们出去走走。得到双方家长同意，我们溜出家门，我与胡桃达成协议，我去拜访乱石岗，她去拜访吴艳阳，两个小时后在村口碰头。

雨后的村庄像是掀开了天窗，泥土与青草的清香扑面而来。山村炊烟缥缈，黛绿的屋顶朦胧又玲珑，远山的白云在清爽的晨曦中透出强烈的光泽，让人想入非非。要知道，京城久不见蓝天，我已极少看到这么一个清爽的白云，雨季后这么一个清爽的乡村。心中不免惊喜。在村口与胡桃分了手，直奔乱石岗而去。

走了三分之一路程，雨又淅淅沥沥地下起来，我撑开备用的花格子雨伞，徒步走在通往乱石岗的乡村小道上，由于积水较深，地面坑坑洼洼，本来只要十几分钟的路程，走了近半小时还未到。抬头望望天，雨像是没有停的意思，那阵势像要冲毁某个天穹，“咚咚咚”地在花格子伞上炸开。透亮的天空突然被雨帘罩住了双眼，灰暗，阴冷，寒气逼人。

雨阵一浪一浪驱赶我的脚步，山峪口冲刷下来的流水随着细细的泥沙，淹没了我的鞋子，一股积流夹杂着碎裂的石子卷走我周边的泥沙，我向后“啷当”了一下。

好险。好险。我稳住身子，惊出一身汗。

我知道遇到了危险。我的预感没有错。天色越来越阴暗，一道绿光像撕破了扇峪沟村的胸膛，轰隆的雷声从峪沟底直冲云霄，滚滚的黑泥、细沙、巨石、腐烂的断木、田地里的庄稼、蔬果……城墙一样向我卷来。

我先是害怕畏惧，继而惊恐万分。地质灾害？救命？逃生？我来不及想，更来不及想出逃生的办法。我像一根稻草，迅即被巨大的洪流席卷而下。

我随泥石流倾泻而下。路过扇峪沟村的校舍，我用手指轻轻一勾，校舍压在我的脚下。我路过许多村民的房子，来不及告诉他们灾难来了，我翻腾的躯体撞倒了南墙。我路过岳父岳母的新楼，岳父岳母与我妈妈谈笑风生，我惊骇的喊叫，摧毁了他们的新生活。

啊！小小单。我的小小单。他居然可以安然无恙地躺在床上。他在冲我笑。

泥石流破门而入，一块巨石呼啸着破墙压来，我一脚踹倒了岳父母的新屋，勾走了小小单的睡床。

小小单——

我的喊声还未传到小小单耳朵里，就被重重地抛在无名河口，堵塞了乱石溪的出口。扇峪沟村的农田、房屋、家畜、人群都被泥石流淹没了，山村与外界通行的道路被大水阻断。

大地寂静了，天空沉默了，村庄死亡了，天与地之间静得如同月宫，冷冷清清。

我躺在无名河口的泥石流下，在泥石流的重压下，失魂落魄的我从七窍处蹦出三句话：

天呐！天呐！天呐！

然后，再也不敢吱声。

五

我的世界末日之忧，我的焦躁不安，来自于对扇峪沟村生灵的叹息，来自对亲人突然遇难的悲泣。

扇峪沟村山高沟深，地形陡峭，沟床纵度、流域形状便于泥沙汇集。汶川特大地震波及A县，强烈地震导致该地区山体松动、岩石破碎。加之今年上半年A县大旱，令这个地区的山体干缩，加大了岩石间、山体间的缝隙，使原本已十分松散的岩体、山体更加松散，互相之间没有黏性。连日降雨和植被的减少，不仅降低了地表对降雨的滞蓄能力，同时增加了坡面径流，极易诱发泥石流灾害。这一切事实摆在面前，我怎敢吱声？

老单家可是地质世家呀！老单是专家，单单在读博士，胡桃大小也是个地质大学毕业的本科生。地质学者一家老小全部丧身于可预见的地质灾害中，世人听了，不说老单家滑天下之大稽，至少也折损单家祖宗三代的颜面呀！

我怎敢嚎啕出声？呜呼哀哉！

其实，即使我欲哭有泪，欲喊有声，也无奈于人世间的事了。十分钟前，我已经是一具死尸，一个死人的良知谁能帮我说出来？谁还会在意我说出来的话呢？

一阵山崩地裂般的震动，我的脑浆迸溅而出，皮肤遍体开花，刮痕累累的躯壳在河谷提升的作用力下，我一只残破的手臂被抛出泥沙，饱受风雨侵蚀蚁鼠撕咬。

过了半天时间，我仿佛听到河面传来嘈杂的人声。有人在呐喊，有人在呼救，也有人在哭泣。

过了一晚，我真实地听到了轰隆的车辆声与机器升降的搅动声。

过了一个白天，我闻到了胡桃的乳香味。她从一条塌方半边的公路上跌撞滚爬而来，惨白的脸上是汗珠与细沙，衣服上是黑泥与浸渍，瞳仁微微有些扩张，神情满是惊骇与惶恐。她快要爬到我身边时，我将一团黑影扔给她，告诉她，小小单躺在床上，被我带出来丢失了。她没有理睬我，继续跌撞着往一堆人群滚去。

我正好被一辆铲车挖掘而出，两个穿军装的小兵从铲车里把我拖出来，另一个小兵从洒水车上打来一桶水，浇在我的身上，露出我惊骇的脸。我破烂的头颅面目全非，我害怕胡桃认出了我，认出了本来长得就不出众的我，我不想让自己留给胡桃这么一副破损的残脸。我想躲避，紧闭双目，不敢回想被我用手指勾倒的校舍与被我用脚踹倒岳丈家的新房屋。

小兵把我摆放在一排与我一样惨不忍睹的逝者面前，我数了数逝者的人数，1，2，3，4，5……15……25……35……

天呐！天呐！天呐！

我的七窍不由自主地又蹦出这么三句话。

我看见我亲爱的父亲脚穿一双黑色的雨鞋，身披军黄色雨衣，头戴橘红色安全帽，与他的助理郭艾爱、当地政府官员走进了灾害现场。

此时，父亲这一形象在我的心里是多么亲切温暖啊。我与父亲从小有隔阂，见到父亲会有陌生感与排斥感，此刻，父亲就像是一块磁石，我心里对家人的亲切、对父亲的挚爱、对亲情的渴望，瞬间涌进胸膛，填堵了我的呼喊声。

爸爸。爸爸。

如果我还能激动，定是热泪盈眶，心潮澎湃了；如果我还能向父亲表达爱与亲切，我定会热情洋溢地拥抱父亲坚实的肩膀；如果……所有的如果都在如果中烟消云散。

爸爸。爸爸。

我向老单焦急地喊：你还活着？你还活着。桃桃也还活着。你快去找她。

我激动地将一团黑影扔给老单，老单与一群人慢腾腾地从我身边走过，居然没有接住我的黑影，更没有认出养育了二十七年的我。

单单。我是单单。我凄凄惨惨戚戚，欲哭无泪，欲喊无声，我的热情又一次让悲凉掳走了。

我可怜的妻子胡桃女士，披散头发，用力拨开拥挤的人群，我趁机把一团黑影扔给她，她挺胸接住。黑影终于驻进她温暖的心房，我在她的心房里一阵鼓捣，她的心脏擂鼓似地响。

她紧紧抱住这团黑影，黑色的血浆从她的指缝间抽出一根血绳，血绳的一头在她的手里绕了两圈，一头在我的身上打了一个结实的结；我由于悲伤，身子重若千斤，身子骨往地面坠，地面空而宽阔，像一个无底的黑洞，我往黑洞里坠落；胡桃拽紧血绳，血绳在她的手里绕了一圈又一圈，她像绾线团一样想把血绳缠在身上，血绳滚雪球般把她缠得喘气，我用力一坠，她的双膝"噗"的一声，跪在我面前。

她扒开我破烂的上衣，我胸口窝窝里那颗棕色的大痣呈现在她面前。她用颤抖的双手托起我残破的左臂放进她擂鼓似的怀里，用她温暖的热手触摸我冰凉的手指，我的无名指上那枚结婚戒指发出耀眼的光。

山谷里的风在尖利地叫，山谷里的石头在"嘭嘭"响，山谷里的老鸹"呱——呱"一声接一声，极有节奏的哀号。

胡桃女士，我的妻子，突然凄厉地尖声嚎啕：

"单单！单单！"

"你醒醒啊！你走了，我怎么办？"

胡桃的嚎啕本来是我要嚎啕出声的呀！可是我，什么也不能干，我闭上眼睛，装着熟睡了一样，静静地躺在空阔的地上，与一群人分享扇峪沟村的黑夜。那深邃的穹隆，闪烁着许多星星，白绸般的银河像用胡桃闪亮的眼泪汇聚而成。我知道银河两岸住着牛郎与织女，我也知道从今往后，我就是那牛郎。胡桃会不会是那织女，我不敢猜测，也不强求。

我的父亲老单，听到胡桃的嚎啕声，扒开拥挤的人群，他双手揽过胡桃的双肩："是单单？你告诉我，这是单单吗？"

胡桃只顾着哭泣。父亲放下胡桃的肩膀，转向我，泪水随即模糊了他的双眼，他蹲下来，用他的大手捏起我左脸上那块被巨石撕破的皮肤，轻轻地粘合在我的肌腱上。

他的助理郭艾爱女士把老单软弱无力的臂膀架起来，不让他继续为我缝合身上破损的肌肤。我愤怒地把手里的黑影打向郭艾爱，肿胀的脸上飞出一线臭水，溅在她脸上。

我以为她会呕吐。谁知她没有呕吐，更没有退避，为了让老单的头继续架在她头上，许多围观的人帮着郭艾爱推拉拖曳老单，生硬地移出我的视线。

我尸首旁边竖着许多竹竿或竹筒一样围观的人，我一个也不认识。我又一次极度悲哀。养育了我二十七年之久的父亲，胜不过胡桃对我三年的感情，居然在这么一个悲壮且光荣的场合，著名的单方程认不出我就是单单——他的儿子呀。居然就这样让一个外人——郭艾爱女士架空了我与父亲之间的感情，连我们相见的最后一面也这么仓促与短暂。

一个小兵在我身上盖上一块白布，白布上写着两个黑亮的大字：单单。我被人确认为单单了。

胡桃继续跪在那里，没有人来领她，也没有人来抚慰她，她继续留在一排长长的尸体前。我模模糊糊地感觉到她疲乏了，昏厥过去。与一排死尸排在一起，她的内心没有了恐惧，她安静地睡在地上，与我紧紧偎依着，让我在人间最后的时间里，感受着来自胡桃最温情的慰藉。

站立着的人群，被穿制服的小兵用一根粗绳拉出一条死者与生者的分隔线。死亡线内安宁的雨在肃静地下，死亡线外热燥的风在狂啸地吼。

半小时后，死亡线内，胡桃又一声尖利地嚎叫，像层层叠叠的老鸹声刺穿蔚蓝的天穹，直冲九霄云外的天体。我极力想承载她的疼痛与无助，将一团黑影投向死亡线外的人群，砸碎了小兵们的惊恐。

“这是谁的家属？”“有人认得她么？”“把她拉出去。”

没有人回答小兵们。

父亲痛击自己的头，自言自语：“我怎么这么荒唐，明明知道这次来考察的目的，明明知道A县的地质结构松散，可我偏偏就听信了桃桃的决定，让全家人都来了这里。我没法原谅自己。”

“老师。你不能太自责了。谁会去想这一层呢？”

我扔出的黑影准确无误地砸在老单神志不清的头上，他听到了桃桃的哭声，仿佛如梦初醒，悲愤与怜悯同时在他心坎上交汇融合。

他对郭艾爱说：“你去把她扶过来吧。”

郭艾爱女士来到小兵的身边，说：“她是我的亲属。”

小兵把郭艾爱放进死亡线内，她来到我与胡桃的身边，她用怜悯的眼光看了一眼我，用同情的声音接替了胡桃凄怆的声音。胡桃像一滩烂泥，稀拉松散，怎么搬弄也搬不起来。郭艾爱又叫来两个小兵，七手八脚地把胡桃抬到我父亲身边，胡桃扑进老单怀里，泣不成声。

“对不起。爸爸。我害了他们。”

胡桃跪在地上，抱着老单的腿。呜——呜——呜——周围一片呜呜的哀鸣。父亲一声不吭，他没有安慰胡桃，也没有阻止胡桃的哭泣，甚至有些厌烦与疲倦。

父亲茫无头绪地闭上眼睛。郭艾爱转身离开。我这才发现，父亲老单的双鬓夹杂着斑白的发丝，胡桃乌黑的头发被泥垢粘成一块黑一块灰，像是从生死线上拉出来的棕熊。

郭艾爱回来了。她对一辆卡车上面的人说:“你们必须把他们父女安全地送回县城。我留下来处理单教授家人的事情。”

老单与胡桃被人强行塞上车,送回老单原来居住的宾馆。安置好他们,已经是深夜。

宾馆里像是很安静,又像很忙乱。大堂经理不知道在与谁打电话,神态心急如焚,口气焦躁暴戾。电话中的意思是宾馆的服务员能够强行留下来的都留下来了,其余的人都辞职回家救灾去了。宾客很多,却没有服务员。老单与胡桃相互搀扶着上了电梯,电梯上只有哭丧的脸与流淌的泪。

护送人员为他们打开房间门,房间里暗淡无光,护送人员插上门卡,房间里的混乱呈现在眼前。这是一间标间,两张床,一对简陋的沙发,沙发中间的茶几上,瓷杯、茶叶、吃剩的零食,散乱地堆着。案桌上堆积着许多文件,手提电脑的指示灯还在闪亮。

扇峪沟、彭峪沟、上冲镇、下冲镇、三良镇,五个乡镇村同时发生泥石流灾难,泥石流几乎冲垮了A县周边乡镇近半个区域。他定是与宾馆里众多的人匆匆离开，现携带着他唯一的亲人落寞而归。

护送人走了。老单进了卫生间,洗了一把脸,不知道是强装,还是他习惯了在艰苦的环境中与困难与痛苦作战,他恢复了自若,精神也振作如初。他找来一件衬衫与长裤,递给立在房间大窗前呆若木鸡的胡桃,说:“洗个澡,把衣服换洗了,睡觉吧。别怕。”

胡桃去了卫生间。老单坐在案桌前。他打开电脑,手指便在电脑上敲敲打打,蝇头大小的方块字翩翩飞舞,像丛林中红色、紫色、白色的页岩石,忽地松散了,尘埃一样,满天飞舞;又忽地降落下来,小山一样堆积;再忽地山崩地裂,倾倒了,压碎了他的心肺。老单神不守舍,他想,坐在这里等消息,与要他的命有什么区别?

老单起身去泡方便面。胡桃洗完澡,一言不发地坐到沙发上,木偶人一样。父亲泡好方便面,端了一碗给胡桃,胡桃的泪不由自主地滴进泡面中。

父亲夹起面,张开大嘴,往口里送了一大筷子,面塞满了他的嘴巴,在他的舌头搅成了烂泥,也未见那面咽进肚子。

胡桃红肿的大眼睛只剩一条细缝,细缝中一道微弱的光照在父亲的脸上,父亲低头慢慢地嚼面,她吸溜着喝了碗中的面汤。

“爸,你去睡吧,我在此等消息。”胡桃开了口。

父亲勉强把嘴中的面咽了下去,面哽在喉咙让他说不出话来。

六

整整一晚,父亲都没有和胡桃说话,胡桃也没有再说别的。清冷的月光把窗外的城市照耀得如同古墓城堡,狗的叫声像狼的哀号,猫的呼唤像在追魂。恐怖、惆怅、悲凉折磨着屋内的两个人。

抢险救灾前方工作组的一份调查评估报告发到父亲的电子信箱：此次泥石流灾害的堆积物中体积超过20立方米的巨石达200多块，冲出沟口的最大石块直径8.5米，体积350立方米,重量约900吨;从扇峪沟口往下,泥石流沿途袭击了5个村庄,泥石流冲击带长约

3 公里。上冲镇、下冲镇、三良镇发生的山洪灾害,正是这次我们预警监测点做的事情,扇峪沟村与彭峪沟村两个点我们未能监测。由于监测员的信息刚刚发出,山洪就冲垮了所有监测点,我们的监测未能发挥作用。

父亲读完这封邮件,双手捧头,用手掌猛打自己前额,突然对胡桃嚎叫:“去睡吧,我不要你在此等消息。”

胡桃惊恐地移到靠窗的床上,用被子蒙住全身,身子一直在抖动。父亲对着电脑,捧着头,一声不吭。

此时的我,被人打上标签,用一捆白布绑了,再也无人管。人世间的一切温情都与我无关了,我漂浮在扇峪沟村上空,用一团一团板结的黑血做武器,向那些手脚较重的救援人员展开攻击战。我能怎么办?那些废墟下面,有我的老妈、儿子、岳父、岳母和刚上高中的小舅子呀!我与妻子全家人的生命都在那些废墟下面,你们就不能不用铲车与机器挖么?

小小单还那么小,骨节还那么稚嫩,我逗小小单时,手脚重了,胡桃都要指责我,说我狠心肠;现在,那些人用铲车去救小小单,那稚嫩的骨节怎么经得住粗暴的摧残?

我将一块板结的黑血搓成一团结实的黑影,猛烈地攻击那些穿着橙色衣服的救援人员,让他们的眼睛布满红丝,让他们心里流血,让他们慌忙的神情受到生命攸关的谴责。

几盏矿灯齐刷刷地照在岳丈新屋子的废墟上,几位救援人员用挖土机刨开泥沙,露出我岳丈家的半边屋角,我一团黑影打过去,暴怒:这下面有那么多鲜活的生活,还有一个半岁孩子的笑脸,经得住你们这么多人踩踏蹂躏么?

挖土机司机像是听到了我的埋怨,停止了手中的工作。从挖土机上走下几个救援人员,一个看样子不过二十来岁的小兵,手指刨出了血。我在这里,第一次看见了红色的血,我手里捏的黑色血团做成的黑影自惭形秽起来。要知道,我手里所有的黑影弹药,都是用逝者板结的黑血搓成的呀。鲜红的颜色让我想起血染的旗帜,让我想起英雄的头颅。死者与生者永远是两个界限,死者与生者永远有两个阶层的威名,鲜血永远是人类骄傲的丰碑。我是被泥石流压碎的头颅,怎么能不在鲜红的生命前自惭形秽呢?

一群记者,齐刷刷地打开镁光灯,对着刨泥的小兵左拍右拍,一个女同志递给小兵一瓶矿泉水,耽误了抢险的时间。我平息了的心又一次被激怒,我凉了的血又一次燃烧起来,那黑色的血块宛如烧焦的炭火,在我的心里升腾、冲撞;我狠狠地将手里一团黑影打过去,小兵喝了半口水,便把水瓶递给女同志,继续用手刨深埋在他脚下的泥沙,鲜红的血浸入泥沙,便如我一样成为黑色的团块了。

记者们不想走,我将一团黑影打向小兵刨出来的泥沙,泥沙对着记者的相机飞去,相机瞎火了。

你他妈的,看你还来不来幸灾乐祸,扛相机的比扛铁铲的人还多。我一边投掷黑影弹药一边在稀松软绵的泥浆中跳着大骂。

七

不知道时间,或许是五更时分,天快亮了吧?胡桃从床上爬下来,她低着头轻手轻脚地走向卫生间。门锁声响惊动了趴在案桌上打盹的老单，老单揉了揉浮肿的眼睛。老单与胡桃这一晚上是睡着了还是未睡着，反正他们在这间小房子的同一时间里有了活动。

胡桃在卫生间里很长时间没出来，而卫生间里又没有水的流动声，老单在小房间里踱起了方步。过了许久，当他注意到卫生间里啥动静也没有时，便去敲门："好了吗？"

胡桃打开门，低着头，老单走了进去。她守在门口，等老单出来。老单出来，她避闪一下，又低头挤进卫生间。胡桃的背影被一扇厚重的木门又一次吸附进去，老单在那扇神奇又厚重的木门口，顺手从走廊壁柜里拿起电热烧水壳，想敲门，手举了举，又放下，苍凉与悲伤袭击着老单，他靠在门侧的墙壁上闭上眼睛。

卫生间里传来嘤嘤的抽泣声，抽泣声很小很小，老单还是听到了，他侧转身，冲着门后的人说："昨晚上我对你吼叫，是爸爸不对。不要哭了，今天还有许多事等着我们去处理呢。不哭好么？听爸爸一句劝。今天说不定……"老单的声音哽咽了一下，继续说："说不定就有人被救出来了呢。"

卫生间里的抽泣声不但没止住，反而呜咽着哭出了声。老单在门口劝了许久，门内的人始终只会呜咽。父亲扭转门锁，门未落扣，徐徐地打开了。

胡桃双手捧着底座瓷白、圆溜溜、硬邦邦，壶嘴紫樱、直挺挺、脆酥酥的硕大乳房，一边哭泣，一边试探地擦洗壶嘴出口，挤压乳汁。那壶嘴像是被泥沙塞住了，任凭她怎么搬弄，就是不出一滴乳液，而那圆鼓鼓的壶肚与挺拔的乳峰，又分明是屯足了粮草。从灾害到现在都过去一天一夜了，源源不断的粮草分分秒秒地输入雪白的粮仓，至今下落不明的小小单，粮草分文未取，粮仓爆满，胡桃愁肠寸断。

老单推开了门，卫生间里的空气顿时尴尬起来，她看见老单那双迟疑的眼神，慌忙扣上衬衫。宽大的衬衫是老单的，松松垮垮地挂在她双肩上，我仍然可以透过宽敞的围城，探出玉秀峰的独特风景。

老单十分憔悴，他没有心思深省风月中的含蓄；他只知道这枝刺槐独立于寒风中，苍白如雪时让他怜悯；辛辣如刺时，让他厌烦。

他从毛巾架上扯下一块白毛巾，打开热水龙头，拧湿毛巾，递给她。她接过毛巾，从空阔的衬衣底边伸向玉秀峰，那团肿胀的肉疙瘩崩裂地弹了起来，她"啊"了一声，毛巾像一把锋利的刀刺中了她的某个要害，她失手一弹，毛巾跌落在地。

老单拾起毛巾，神情忧伤，把毛巾放在热水龙头上搓了一把，拧干，展开，毛巾在手中一抖，递给胡桃："再试试。"她泪眼婆娑。

父亲说："你解开衣扣，我看看。"

她不敢看老单，眼泪像冲缺了堤坝，泛滥起来。

"不许哭。"父亲生硬地低吼。"单单断奶的时候，你妈也经历过这般痛苦。你妈就没哭过。"

即使是低吼一声，也把胡桃震荡得一颤一颤。她低着头，解开衣扣，父亲的形象便高大了起来。在胡桃看来，父亲像一尊活佛，他用热毛巾轻轻地敷住那紫光照人的乳头，又轻轻地拿开，来回两三次，然后用佛陀的大手，挤压瓷瓶壶口。

她咬紧牙齿，泪水像断线的珠子。老单像是在宰一条滑溜的鱼，用力一压，她一声尖叫："啊——"

父亲停住了，看着她，发起愁来。

我发现胡桃精神上的废墟比泥石流自然灾害席卷的扇峪沟村更为恐慌，她浮肿的眼睛里闪烁着猫眼般的蓝光，我担心这些蓝光将会变成一团杀气，刺杀父亲对她的爱护。我预感我们家由胡桃建立起来的温情即将倒塌，精神的废墟正在胡桃的身上拓宽领地。

“爸，你帮我吸出来吧？”胡桃大胆地问。

父亲犹豫了一下，未及多想，弯曲着腿，哈着腰，呈半蹲姿势，她捧起一只瓷瓶，喷嘴伸进父亲嘴里。父亲吸一口乳汁，吐在白瓷浴盆里，那汁液是浓黄色的，又像是过了时辰的潲水，酸，还添了些腐味。父亲用清水漱了漱口，含住了另一个乳头。

乳头疏通了，宽大的衬衫全是浸渍，像世界地图。渤海，黄海，南太平洋，大凡人迹稀少的地方都在那件宽大的白衬衫上打上了标记，唯独没有标记扇峪沟村。

胡桃清楚地知道心里的空洞，有数串首尾相咬的老鼠正在慌乱地逃窜。她想起了小小单，想起我。

小小单。小小单。她在心底里呼唤，你还活着么？

老单吸了一会，停了下来。老单像是摊上事儿了，胡桃对他依赖更加深厚了，她用特有的甜美声音恳求：“爸爸，求你吸干净吧。”

胡桃心中杂乱无章地出现了许多版本的剧目，她牵挂着小小单，同时拒绝着我出现。父亲心中的小小单已经在这个世界上消失了。

“别让它断了。”胡桃恳求父亲。

父亲说：“小小单找到了，我们喂牛奶。我们现在就是要好好活着，寻找他们。”

胡桃又抽咽起来。胸脯上下起伏，山峰一样丰满的乳房在薄薄的衬衫后面撩乱父亲的心。父亲见不得人哭，胡桃一哭，他的心也就慌了乱了。他不知道怎么安慰胡桃，他只会说一句话：“不要哭。不许哭。”

胡桃不听父亲的劝导，抽泣声像柔软的饴糖，粘住了父亲的悲悯情怀。胡桃再次请求父亲：“爸爸，吸了它，别让它断了。”

父亲让她坐下，取来热毛巾，为她擦净脸上的眼泪。胡桃无理的要求，父亲的宽容已经达到极限。我的灵魂漂浮在他们头顶，为他们的痛苦，为他们此刻的和谐，为父亲尊贵的爱默默地哀求：胡桃呀，放过父亲吧，小小单即使还活着，以后就喂牛奶。

放过父亲吧。我在默默哀求。胡桃听不进任何人的意见，何况我的意见已是海市蜃楼，隔靴搔痒了，她怎么知道我的良苦用心？

胡桃一意孤行，她生命中最有希望的，便是留住奶水，为小小单留一丝希望，也为自己留下一丝希望，哪怕只有一丁点希望。

她解开衣扣，裸露出一对胀得像鼓一样嘭嘭直响的大奶子。父亲惊了惊，以一个科学家惯常审察事物的目光，胡桃正处在痛苦煎熬之中。他不再犹豫，捧起一只圆鼓鼓的肉疙瘩，含在口里吮吸起来，甚至没有工夫仔细看一眼，便用力地吸起来。

但是这次，他没有把吸出来的乳汁吐出来，而是咽进自己胃中，那乳香的甘甜在父亲的胃肠里涌动，像畅通的泉水，滋润着父亲憔悴的面容。

胡桃忍住疼痛，她看见父亲的眉梢舒展了，严肃的面孔也不再板结，松展的眉梢有了慈父般的敦厚。她合上自己肿胀的眼睛，得到了片刻的安慰；胡桃像是回到儿时的扇峪沟村，回到故乡母亲温馨的爱抚中。

“你好好在这里待着，我去扇峪沟。中午我让郭艾爱给你送些吃的过来，我顺道采些蒲公英回来，你煮水喝了，剩些汤抹在乳头上。你在这里写这次泥石流的调研报告，数据与资料我会让助理从前方发进我邮箱，你从我邮箱里取。你把报告完成，在这里等我，或许我要明天才能回来。”父亲在转移胡桃的痛苦，他给胡桃安排工作。

“我写不好。”胡桃矫情地说。

“今后的路，还很长。你想成为我的学生，这篇报告就是你成为我学生的考题。”

父亲边说，嘴巴始终没有离开那高耸的玉峰，即使是松懈的衬衫盖住了父亲的额头，父亲也没有停止工作。

胡桃的泪珠又哗哗地滴落下来，父亲说：“不许哭。你一哭，让我心乱。烦躁。焦虑。”

胡桃止住哭，不敢吭声，一只手为父亲理顺乱蓬蓬的头发，一只手为自己抹去眼角的泪，浮肿的眼睛，忧郁仍然浓烈地覆盖那上面。

我从她的脸上、舒展的心胸、紧绷的眉梢间，读到了生的勇气，读到了活的希望，也读到了胡桃正从那拓展的精神废墟中一步步走出，一步步走向了阳光。

胡桃是一个敢想敢做敢当的女人，也是一个做什么事情都会做得好的女人。当初如果父亲收下胡桃做学生，胡桃也不会这么快地嫁给我，我们家也不会出现这么大的悲剧。胡桃也肯定不是父亲所说的不是做学问的材料，恰恰相反，胡桃一定优于郭艾爱，超越郭艾爱。我的这些胡思乱想只能陪着我躺在扇峪沟村的乱魂中，附着缭绕在扇峪沟村上空的雨雾下到地底下了。

胡桃对父亲温情脉脉的一幕是我通过胡桃体内特有的乳香找到他们时，撞上的。它使我进一步认识了胡桃，让我更为怜爱胡桃了，我在他们的头顶悬浮了很久，他们没有发现我，想都没有想到我。或许父亲面对胡桃的时候，想到了我，想到与过去的生活连在一起的我，想到他常年野外作业，亏欠对我的爱对我的关心与照顾。父亲清楚地知道，现在生活中已经没有我了，他有再多弥补家人的心也无用武之地，他的心愿无法实现。

我真希望他把对我的爱留给胡桃。这个心愿，使我久久不敢打扰他们，在他们的头顶徘徊着。希望胡桃有更多的办法让父亲一如既往地爱护她，关心她；希望父亲把她当做一个牵挂，走南闯北，胡桃的存在就是父亲回家的借口，父亲的存在就是胡桃温暖的港湾。

可是父亲一听到胡桃的哭声，就焦虑，烦躁。他放开胡桃，给胡桃安排工作。胡桃神不守舍，仿佛行走在精神废墟的边缘，几度跌倒，几度崩溃。她没办法让自己安静下来，更没办法接受父亲安排的工作。

我一团黑影打向父亲，父亲挣扎着站起来，说：“我走了。你在这里好好完成你的工作。”

“不。我要和你一起去。”父亲理也不理她，拉开门，径直走了。

我一团黑影打向胡桃。我告诉她，母亲、岳父母的尸体全部找到了，弟弟与小小单到目前为止不见踪迹。你成为了孤儿。你是孤儿。我父亲的妻子与儿子、孙子都在这个世界上消失了。他是一个孤寡老人。胡桃，你要帮我好好照顾他。

黑影打醒了胡桃，她追出门外，父亲的身影消失在走廊尽头。她喃喃地说：“爸爸，我等你回来。”

八

通往扇峪沟村的道路不是被洪流冲垮就是被泥石流堵塞，村庄房屋的地基被掏空，遍地是山洪过后留下的泥沙与乱石。

村庄上没有一处炊烟。没有炊烟的村庄还是一个村庄么？村庄已经消失，这里像一个乱冢岗，随处飘散着脆弱不堪的幽灵。

千里之外赶赴扇峪沟村的灾民亲友与救援车辆源源不断地被输送进来。政府部门启动了应急响应，灾民就近安置了，寻人的亲属只准出不准进，这些风尘仆仆的寻亲队伍，倒像逃难的灾民，在武警战士的规劝与强制执行中被遣送出境，灾区像是两国交锋的战场。老单没有联系应急小组的工作人员，而是混迹在“逃难的灾民”中，二十多里路程，他用了近四个小时，终于返回扇峪沟村。

我岳父母的房子背靠大山。被洪水浸泡了两天两夜的扇峪沟村，生命的希望几乎是零，老单清楚，他没有去救援工作组的帐篷，而是直接奔赴事故现场。

我母亲与岳父岳母的尸体和一溜尸体摆在一起，没有人来认这些与天兵天将搏斗过的无名英雄。或许是太伟大了，一个家庭全军覆没；或许是时间太久了，被浸泡的尸体，像是注过水的死猪肉，漂白，鼓胀，浮肿；又像是抹了石膏水后刻意伪装的假面体。

我母亲正是一具伪装的假面体，老单还是把她认出来了。有小兵在白布条上写上母亲的名字，郭艾爱指挥小兵用一匹白布把母亲捆了一个结结实实，并用绳子捆绑十几道，弄上一辆车，与其他的白布捆儿一块运走了。

老单站在那里像一尊石雕，淅淅沥沥的雨又洒了下来。一拨一拨救援队伍从他身边走过，他目中空无一人，甚至没有看见郭艾爱忙前忙后的身影，郭艾爱也没有看见荒地里一位衣裳不整面容憔悴的男人。

父亲站在雨水里，躯体孤寂，心界空旷，像是站在辽阔的青藏高原，格桑花也是一波一波的，在风中招展。格桑花丛中，一位少妇抱着小孩向他跑过来，指着他对孩子说：“单单，叫爸爸，他是你爸爸。”

小孩两岁半左右，小孩把头埋在少妇身后，一双小脚细碎地往少妇身后藏，从背后伸出一只手，慌张地摇摆，惊恐地叫：“不叫，不是，不是的，不叫呢！”

那个小孩就是我。这是我从出生到两岁零5个月13天，第一次见到亲生父亲老单。当时，老单胡茬漆黑，头发披肩，一身橘红色的工装结满灰渍，像一个油画学徒错调了色彩，把个瘦弱的公狮画成一个狼狈的野人。我吓得要死，躲在妈妈身后不敢出来。

老单责怪妈妈说：“你带孩子来，也不事先说声。把孩子吓得。”

妈妈委屈，俊俏的脸上开始变形。老单把妈妈抱进怀里。

我一边跺脚，一边替妈妈急得大声骂起来：“不准你这样，你滚呀！不准你这样！”

老单放开妈妈，用粗糙的手刮了我一鼻子：“小兔崽子，我抱我老婆，你管得了？不让爸爸抱是吧？那我要抱你。”然后，他把我抱起来，举到白云与蓝天之间。

老单站在那里回忆这一幕，恍然想起刚才那辆运尸车，运尸车早已不见了踪影，他向前追了几步，脚步踉跄，头脑空空，他盲目地往前紧追了几步，停了下来。

“老师。”是郭艾爱叫他。

“艾爱。”老单气力不济，变调了的声音沙哑得几乎让人听不清在说什么。郭艾爱向他走近，老单终于支撑不住沉重的身体，倒在郭艾爱怀里，哭声悲恸。

我记事起，从没见过老单哭过。距离扇峪沟村灾难事故发生已经三天，他第一次当着一个人的面，而且是倒在一个女人怀里——他的女学生郭艾爱怀里大声哭泣，哭得像一个孩子。这让我有点左右不了自己，我在空中抹开一片黑云，向他们洒下一阵雨点。

郭艾爱坚强地用柔弱的双臂撑起一片晴朗的天空，为老单留下一个空旷的哭泣场所。

“老师，你不是还有我吗？生活还可以继续，还会十分美好。”郭艾爱说这句话的时候，脸上挂着亮晶晶的泪。

“艾爱，老师，会好的。等，回去，后。老师，陪你，去美国。不哭了。”

老单的喉咙像是被什么卡住了，叫别人不哭，泪却止不住地流，像断了线的珍珠，乒乒乓乓打得地上的石头支离破碎。

郭艾爱为他擦去脸上的泪水，老单抱紧郭艾爱，把心中的痛苦与悲怆化成眼泪，全部倒在她的背脊上。

小说写到这里，郭艾爱的名字一次又一次地出现，我实在是不想叙述这个女人，但是，从头至尾，她会不停地出现，我只能放下现在的叙述，说说郭艾爱。

郭艾爱是我父亲的助理，也是我父亲的情人。她有两弯翠柳般的叶眉，满月似的大眼，比起胡桃的热辣甜美，郭艾爱就是冷漠俊俏了。

我发现父亲与郭艾爱的暧昧关系，是六年前的一天，我正值大学毕业，郭艾爱以博士身份成为我父亲的左膀右臂。那年，我大学实习期满，与同学在野外捡回一堆生物化石，我推开父亲实验室的门，想借父亲的实验室设备考证这些生物化石的年代与活性物质，谁知父亲与郭艾爱正在实验室的沙发上行事。父亲崇高的形象顿时在我眼前塌方了。我箭步向前走了几步，眼冒火花，拳头钉耙一样砸在实验室的桌子上；本还想给这对狗男女一阵拳脚，我向他们靠近，忽又止住了脚步。具体原因至今我也没有想清楚，怎么就那么轻易地放过他们了呢？

高一的时候我也曾偷食过禁果，大学时又经历过两次短暂的恋爱，我已经深深懂得男女之间的那些狗事。奇怪的是，我心中对他们所做的事没有理解与尊重，只有耻辱与愤恨。潜意识又让自己控制住对他们的鲁莽冲动，我止住脚步，大声地吼：“滚！”

父亲慌乱中穿错了工作服，又小又短的白色工作服未能遮挡住两腿间夹带的黑熊崽子。小时候，父亲常带着我到澡堂子里泡澡，我们仰面漂浮在水面上，父亲矫健微黑的躯体像空旷的原野，我爬在上面，手指偶尔会触碰父亲两腿之间的尤物，它是那么雄健与骄傲，此刻，却像一只落汤鸡，特别难看。我背转身，不想给自己难堪，更确切地说不想损害父亲在心目中的形象。

谁曾想到，郭艾爱背对着我，光滑的背脊，要轮廓有轮廓，要曲线有曲线，我因为愤怒，把她完美的身材当做下三流画家笔下的一幅素描。只见那幅素描在我眼前活动了，她不慌不忙地披上父亲宽大的工作服，走到我面前，给我扔下一句：“在这个世界上没有绝对的爱，又哪有相对的性？如果你恶心，就让恶心的你恶心到家吧！我爱方程，深爱着。”便抱着自己的衣服甩手出了实验室。

“方程？”我妈妈才这么叫的呀！郭艾爱充其量大我五岁，“方程”也是你叫的么？我愣在那里半天没有回过神来。郭艾爱的话击中了我要害。那个时候,我刚刚失恋,与我分手的女友是因为不想与我有性关系。我说她不爱我,还是分手吧。她说我不爱她,迟分手不如早分手。我们因为性的分歧,分手了。

我失恋的另一个原因,是我一直忘不了初恋的“高一女生”。“高一女生”其实才读初三,我读高一,是我母亲同事之女,我叫她为高一女生,是因为我读高一的那一年与她有了亲密的接触。那年,她父母请我帮她补习功课,星期五与星期六的晚上,她在我家里与我一起复习功课,我像个小老师,她十分规矩地听我讲课,渐渐地,我喜欢上了她的文静与听话。

有天晚上,妈妈外出了,家里只我们俩,我问她我们相好要得么?她点头表示同意。我大胆地拥抱她,凭我怎么爱抚她,她都不反抗,温驯得像一只小绵羊,并且积极配合我。我们好像没有山盟海誓、海枯石烂的爱情宣言,直接进入拥抱与亲吻,为了让亲吻的效果更显著一点,我脱掉彼此衣服,让肌肉的纹理有着电击般的感觉,我们滚在床上,有了彼此的第一次。

我们没有羞涩感,也没有考虑后果,更没有想过爱或者爱不爱,我们彼此需要对方,让需要的感觉达到兴奋的顶点,让身心的愉悦达到需要的顶点。

事后,她的父母刚巧来接她,她惊慌地整理好衣服逃走了。没有留给我一点缠绵,却给我留下无限遐想。当然,她与我的聊斋,她的狐狸精般的美艳年华,也给我当头一棒。我还在幻想着第二次、第三次温存缠绵,谁知,从此她没有来过我们家。更奇怪的是,任我怎么给她发电子邮件,她就是不回,她的QQ号永远是黑色的,从没有亮过,我不知道她家的电话,也不知道她家住哪,更不敢向父母打听关于她家的事情,她好像从人间蒸发了一样。我当时就想呀,聊斋里的美女信不得,女孩的心事真难猜呀。那天晚上还好好的,不往来了也要说一声,怎么就这样不往来了呢?在此后的一段时间里,我不相信女孩子有爱,想亲近我的女孩我都怀疑是不是我的另一个聊斋故事?想玩我?没门。

只是在后来的日子里,听父母讲她们全家调上海去了,她是一个很听话的孩子,学习成绩一直很好,考上了复旦大学。我在京城,她在上海,那么一个听话的女孩子,再没有机会与她相遇了,我对她的渴望才渐渐淡漠了,我在她身上获得的幸福感觉一直保存了好几年。我一直渴望着像“高一女生”一样的爱情。其实,这不是爱情,这只是尝试着去爱。或许是爱得都不够深,这样的爱即使是建立在性的基础上,也会转瞬即逝。用另一种说法,这就叫做女人缘吧。女人缘,我没有父亲缘多。

在大学里我一直寻找纯真的爱情,都以失败而告终。直到我遇见了胡桃,与胡桃结为夫妻,才彻底忘却了“高一女生”。如果性是恶浊的,那么爱是不是也是恶浊的?我与“高一女生”对异性的朦胧渴望是恶浊的性?还是恶浊的爱?至少我认为,我们初次偷尝禁果没有给双方造成任何伤害,至少对我是愉悦的,我相信她也是快乐的。她给我留下了永远的美好回忆,我相信我给她留下的一定也是幸福与快乐的回忆。

我不知道父亲为何会喜欢郭艾爱,关于他们相爱的版本也有好几种说法:有人说他们是在阿坝藏族羌族自治州松潘县境内的雪宝顶雪山发生雪崩时,两个人在生死线上产生了爱的火花;也有人说,郭艾爱一直紧追单方程是为了名与利;更有人说,郭艾爱是孤儿,大学读不下去了,是父亲支援她完成了学业。

我不喜欢郭艾爱,她的眼睛很冷,看我时常常透出一股寒光。因为父亲,我总会通过多种途径打听他们的爱情故事。又因为父亲,他们的关系除了我,我没有告诉家里的任何人。妈妈知不知道我不得而知。或许是她装糊涂，为了这个家，不想挑破他们的关系。胡桃肯定不知道，我也不会让她知道。胡桃崇拜父亲，父亲就像偶像一样活在胡桃心中。我与胡桃结婚后，妈妈常常隔三差五地邀请郭艾爱来家里，郭艾爱知书达理，不是给胡桃一点小实惠，就是给妈妈一点小笼络。胡桃便拿出自己最佳的厨艺，姐姐前，姐姐后，为她做一餐丰盛的宴席。

胡桃喜欢郭艾爱的原因，或许是爱屋及乌，她不能成为父亲的学生，而郭艾爱不仅仅是父亲的学生，还是父亲骄傲的学生。郭艾爱与父亲赴意大利参加过国际地质大会，还拿回一个光盘，光盘中，郭艾爱在那次大会上宣读学术论文，黑色的手，黄色的手，赤色的手，白色的手，围拢过来与她握手，会场上掌声雷动。胡桃羡慕得还在我身上撒娇，要我求父亲也收下她这个学生。后来，郭艾爱的那篇论文翻译成多种文字在国际性的地质杂志上发表，胡桃拜读了她的那篇论文，又佩服得五体投地。

我就不明白，胡桃单纯得怎么会这么白痴？郭艾爱迷惑了一个父亲也就罢了，还搭上一个胡桃，我损失惨重呀。因此，我很瞧不起自己。

我感觉到郭艾爱并不幸福，她被母亲邀请来我们家做客时，无法推脱，她看我时脸上挂着悲伤与无奈，那眼中的寒光没有了利刃的锋芒。

吃饭时也不见她动过多少筷子，简直就是来我们家受煎熬。但她还是不动声色地陪着我们全家坐上半个小时或者一个小时。冷冷清清静静寂寂，说话很少，饭桌上只有胡桃在叽叽喳喳，掀起全家热腾腾的欢乐场面。

我给自己一个极限，即使郭艾爱常常在我们家出入，有我的存在，他们的关系别想动摇我们家坚固的城堡，我不相信郭艾爱对父亲的爱是大爱无疆。为了父亲，她必须面对我们，讨好我们，她坚持不了多久。

有了小小单后，我不再拿小眼睛盯着郭艾爱了，母亲也忙碌得顾不上请她来我们家，她来我家的次数越来越少。

郭艾爱不来我们家了，我反而猜测她与父亲干了点什么，我让自己也读不懂。

九

"如果你恶心，就让恶心的你恶心到家吧！"好多年过去了，郭艾爱的这句话一直在我脑子里回荡。其实，我对他们的事一点也不恶心，相反，我同情他们。从此再不去父亲的实验室，想给他们多一点相爱的空间，让他们的爱情找回一些幸福的感觉。

尽管这样，我还是给父亲下了最后通牒，如果再把郭艾爱带到家里来，我会杀了她。我与父亲谈这件事的时候，我正准备做父亲。

胡桃挺着一个大肚子为郭艾爱下厨做饭，胡桃用满腔热忱为她做一桌好菜，而她却用冷若冰霜的面容度量我们家的冷暖温情，我忌恨得心慌。父亲向我许诺，给他一些时间，他准备把郭艾爱送到美国哈佛大学深造。

再后来，我也为人之父，我理解父亲，可我一直不理解郭艾爱。特别是今天，我恨她，三十几了吧？为什么老缠住我父亲不嫁人呢？为何说去美国，又过去一年多了怎么还没有去呢？是不是一直在等待这一天？是不是你们早就预测到这次灾害的严重性，故意拖进几条生命为你们的结合创造机会?

你们如愿以偿了,终于迎来阳光明媚的一天,父亲终于可以完全属于她了。我对我们的家绝望了,我们的家已经没有了,彻底地散伙了。

爱的渴望太多,就让美好的性可恶起来。我回想起实验室里的一幕,突然对他们两人的事恶心起来。如果我的心脏还会跳,一定在滴血,一定在痛哭。

父亲站在泥泞中,让泪水在郭艾爱的肩膀上任意地流,脆弱与悲哀同时爬上他心头。我不敢再用黑影进攻他,天与地之间一片苍凉,我在苍凉的天与地之间,挥舞空喊:苍天啊!让父亲回到胡桃的身边吧。

“我不去美国了。我要留下来陪你。”郭艾爱在父亲的耳边轻柔地说。

“怎么说不走就不走呢?”

“生活变了,我不需要走了,你也不需要为一个责任而逃避另一个责任。”

“我的责任更大了。失去了单单,胡桃会不理解我们的。”

“所以,这里更需要我来周旋打理。”

“签证都办下来了。”父亲放开郭艾爱,止住了哭。

是不是郭艾爱的野心与另有企图让父亲觉得她不是一个好妻子的人选?我不知道父亲想什么,现在家里发生天翻地覆的变化,父亲为什么还要送走郭艾爱,这不是我所要关心的事。

我们家的事,不需要郭艾爱的同情,不需要她假惺惺的哭泣,更不需要她的周旋打理。我希望她尽快去美国,我更害怕他们之间的事被胡桃知道,便将手中搓捏了许久的一团黑影打向他们。我的忌恨没完没了,黑影像雨点一样向他们猛砸,砸得他们的心灵横七竖八。

他们顾左不顾右地相互搀扶着向前走,脚步拖沓,父亲的脚踩在一块石头上,侧身翻进泥坑。郭艾爱被父亲拖进泥沼中,雨水与泥渍把这一老一少浸了一身,父亲把郭艾爱拉出泥坑时,没有那么失魂落魄了,他未等郭艾爱站稳,便把郭艾爱搂进怀里,向她说:“艾爱,我需要你。我真的害怕失去你。”

“老师。”

父亲用滚烫的心再次收获了郭艾爱期盼的心,他们拥抱着。

我的醋心突然像是打缺的堤坝,滚滚而泻的洪涛淹没了我的家,我的家原来在他们的眼里只是一座草扎的茅房,他们无须用力摧毁它,由它自生自灭。

我几天来的忙碌,却让他们之间的依赖越陷越深。我不知道我这几天为了什么?我打出去那么多的黑影,足可以筑建一座坚固的黑影堡垒,足可以让父亲在这座黑影堡垒中痛定思痛,不再理会郭艾爱的纠缠。可是,他们居然没有表现出一丝罪恶感。

我不知道,未来他们还会做出什么出格的举动。我晓得,我与妈妈的命是泥做的菩萨,有出处,没有归宿。我更担心胡桃的命,或许她还不如我与妈妈。胡桃的命正如一张薄纸,又逢风雨声紧,这张纸质的命还能盛下生命之源泉么?

十

黎明时分,胡桃做了一个可怕的梦,她被自己响亮的尖叫声惊醒,惶恐地坐起来。旭日扎在窗户玻璃上发出崩裂的声响，床像是要山崩地裂般移动起来，她惊叫着掩住耳朵，下意识地喊：“单。”

房间里鸦雀无声，没有人回答。过了一阵，还是没有人回答，房间里静得可以听到自己的心跳。她坐在床上回想梦中的情景，可已经忘得干干净净。她浑身湿漉漉的，肿胀的乳泉冲破喷壶，喷湿了衬衫，顺着她的肚皮流到裤腰，凉冰冰的。

她掀开衬衫，“嗖”，一股泉液喷向白色的床单。她赶紧放下衬衫，用手按住乳头，起身去了卫生间。含着泪，忍着痛，用手把膨胀的乳液挤在玻璃杯中，挤出来的乳汁比昨天少了小半杯。

估摸到了正午时分，胡桃端起盛乳汁的玻璃杯，薄薄的一层乳液在杯中凝固成乳黄色的油脂，她用手指挑开油脂薄膜闻了闻，乳汁不再新鲜，伸出舌尖舔舔汁液，寡淡寡淡，她想来想去，倒掉了。

她回到床上，翻来覆去，折腾了一会儿，流了一阵泪，自觉于事无补，忍住泪水，不让它再向外泛滥。

她走到窗户边，拉开窗帘，房间里突然亮得刺眼，那条从肿胀的眼中划开的线，费劲地眨了一下，又费力地撑开上眼皮，尽量让那观察世界的缝隙撑大一点。

阳光下的街面一片祥和欢乐。商家五彩缤纷的店面人来人往，好像谁也不关心扇峪沟村发生的特大泥石流灾难，好像从来不因为突然消失了许多生命而对其他活着的人有损失、有妨碍。

她突然感到晕眩，心慌，恶心，跑到卫生间，呕吐了一阵，两天没吃什么东西，肠胃空空，除了一滩黄黏液，什么也没有呕出来。

她心神恍惚，卫生间的镜子中有一位披头散发、瘦弱如柴的女子在端详她，灯泡一样的眼睛扑着青绿色的粉，大嘴白齿，整张脸只见绿光与黑晕，“难产鬼”一样可怕。

她逃出卫生间，溜进被子，蒙头蒙脚把自己盖得严严实实。

她就这样神不守舍地度过两天，哪还有心思写什么灾情报告？

睡在床上，像是听到了父亲的敲门声，她来了精神，跳下床，打开门，见到父亲与郭艾爱。她把头探向门外，暗淡的走廊里像古墓里的通道，寂静阴森悠长，人影儿也没有一个。

郭艾爱与父亲像是双重影子，在她面前飘然移动，她的精神恍惚起来，她想捉住一个人影，结果扑空了，哽咽地问眼前的一排影子：

“没有，找到，吗？”

父亲的影子移到她跟前，没有回答她，房间里只剩下她的余音，缭绕在她耳边。

她向前赶去，拽住一个影子，这是一只真实的手，郭艾爱的手，她认出来了：“姐姐，他们没有找到吗？”

郭艾爱没有回答她，扭过头去，凄凉地望着父亲。胡桃衣服下面的那副骨架子像是突然抽空了，她软绵绵地倒在郭艾爱怀里，像柔软的丝绒布匹，搭在郭艾爱的肩膀上。

郭艾爱与父亲慌乱了一阵，摇胡桃的头，没有反应。胡桃人事不省倒在郭艾爱的怀里。父亲从郭艾爱的怀里接过胡桃，把她放床上，摊平，试探她的鼻息：气息微弱；再把脉搏：脉搏跳动平滑，断续，没有节奏，更没有力量。

“她晕过去了。”

“我去找大堂经理，让他找一个医生过来。”

郭艾爱找到大堂经理，在经理的帮助下请来医生，医生给胡桃挂上点滴。

医生嘱咐说："我在她的输液瓶里加了一点安定。她身体虚脱，休息好了就会没事的。我过会儿再来。"

郭艾爱说："谢谢。你留几根棉棒，我为她拔针头。"

"你会吗？"

"咱地质人，生活中出现的常识没有不会的。"医生笑了，闲话了几句，走了。

老单与郭艾爱并肩坐在胡桃对面的床沿上，老单紧紧握住郭艾爱的手，放在自己两腿之间，头也低得快要埋进腿。

郭艾爱说："老师，你也睡一会儿吧，我守着她。"

"睡不着呢。"

"你不是曾经同我说过，地质人以天为被，以地为床，没有哪个地方哪件事会让你睡不着的。"

"你订的是27号的机票吧？"

"那年，我们在西藏，经过怒江峡谷，那里静得让人内心空荡荡的，我害怕。而你一猫腰，躲进草丛中。那个草丛长得并不茂盛，稀稀拉拉的格桑花未能盖住你坚实的身体，你摘下一束格桑花，遮挡头，往格桑花生长密集的地方想藏住自己，还是被我发现了。我一把拽出你，第一次向你吼叫。吼叫后，我担心你会骂我，你不但不生气，还逗我开心。你说，搞地质的人居然怕寂静，地质人大多时间就是在寂静、荒芜的戈壁上度过，这里有美丽的格桑花，不能引起你欢喜。戈壁滩上没有女人，你说我是一个不怕苦的女人，因为有我才让你的地质生活充满生机。你是我的老师，从那个时候起，我不把你当老师，你像一个亲密的大哥。也从那个时候起，我的学业突飞猛进，我只是想引起你的注意，然后可以留在你身边工作。"

老单低着头说："今天21号了。"

"有一年，我们在甘肃省阿克塞，持续几天的大风大雪把我们困在安南坝，你胃病犯了，我给你做了一碗桃花面，你吃后，说我做得很地道。除了学习上，那是你第一次在野外生活中夸奖我，我乐了好几天。你还开玩笑地说我符合当一个媳妇的标准。也是在那一年，我真的想成为你的媳妇。"

老单有点瞌睡来了，迷糊地说："你明天必须走，再不走会误了飞机。"

"我成为你心目中的媳妇，是在青藏高原。那天，我们外出，紫色的粉砂岩、浅绿色的泥岩、灰白色的石英砂岩，各种岩层呈条带状把高原的山坡装扮得五彩缤纷，十分壮观，你捡到一块粉砂岩，钻了一个孔，你从自己的毛衣袖口拆下一段红线头，戴在我的脖子上，说是给我的定情信物，从今往后，我就是你的媳妇。六年来，我紧巴巴地跟随你，对你的付出，我从不求有所回报。老师，我对你只是因为爱。"

"我会来美国看你。"老单木讷地说。

"你醒醒吧，老师。你还是要赶走我？难道我只是你在戈壁滩寂寞时的需要吗？师母已经去世了，这是铁的事实，你醒一醒好么？我要成为你真正意义上的媳妇。"

"艾爱，放弃我，你还那么年轻。桃桃肯定也不会同意这样的结局。"

"单方程。"郭艾爱大叫。

老单抬起头，受惊地站起来，像是工作上又有了某些疏忽，受到同行业精英们的严厉批评。

他惊慌失措地立起来，忽地跌坐在床沿上，原来他紧握郭艾爱的手一直未曾放开过，被郭艾爱一把拽了回来,这才把一颗提在嗓子眼的心放了下来。

郭艾爱扑进他怀里,紧紧地搂着他,恨不得把整个身子融到老单体内。

“艾爱。你是我的爱人,不是我金屋藏的娇,以前也不是,今后更不是。现在家里出现了这么多事,我不能把你牵累了。”

“我在你身边,你害怕什么?我不怕,也不在乎我是你什么人,只要与你在一起,我什么也不在乎。我可以为你放弃所有。”

郭艾爱搂着单方程,把脸贴住他的胸,害怕一松手,他们的爱会像风中的柳絮,四散飘零。

老单推开郭艾爱,郭艾爱紧搂的手钢丝般扭在一起。老单把头向后仰了仰,他捧起郭艾爱的脸,泪水不由自主地顺着脸颊流到嘴角,又顺着嘴角流到郭艾爱脸上。

郭艾爱说:“想哭,你就大声地哭吧。”

父亲呜咽着哭出了声。或许只有她知道父亲内心最为脆弱的一面。父亲在她面前是无所顾忌的,想哭就哭,想说就说,想爱就爱。

胡桃也从晕眩中醒过来,她迷迷糊糊地听到父亲的哭泣声,轻轻地喊:“爸爸。”

父亲止住了哭,问:“你醒了,孩子。”

“姐姐。”胡桃又对着郭艾爱有气无力地说:“请你帮我照顾爸爸。”

郭艾爱看着老单,那意思是说,这不是我说的,是胡桃要留下我的。郭艾爱为胡桃掖好被子,关爱地说:“你先把身体养好。不要说话,多睡一会儿。”

胡桃信任地把父亲交给了郭艾爱,自己又迷迷糊糊地睡着了。看来是安定起了作用。

父亲确定胡桃睡死了,对郭艾爱说:“我本想让胡桃明天跟你一起回去,看来,她不能与你一起走,她一个人在家我不放心。”

十一

窗外的霓虹灯亮了起来,房间里暗淡无光,郭艾爱知道再说什么也不能改变老单的主意,她打开房间里的一盏小灯,关上窗帘。

“我们下去吃饭。我听你的,明儿一早我就滚出A县,27号我滚出中国,滚到美国去。”

老单像是从阴霾的天气里走了出来,他昂扬的宽额上皱褶少了,有了光亮,他搂着郭艾爱像搂着一只小鸽子,小鸽子安静地依偎在他用躯体筑起的巢穴中。

郭艾爱粉色的脸上出现了泪花,那些泪花不烫也不冰,情绪像很稳定,内容却很复杂,我分不清泪花的含意。烟花粉紫的世界里,老单与郭艾爱的爱情,让我迷失方向,我手中的一团黑影“拍”地打在自己眼睛上。

霓虹灯下,或一双人,或三口之家,行走在大街上,老单与郭艾爱手牵着手,像年轻人一样,慢条斯理地逛,他们走进一家小餐馆,面对面地坐下。

郭艾爱像只鹦鹉,在老单对面叽叽喳喳,我看见老单的脸上有了笑容,笑容是年轻的,还有些天真,开阔的笑容里,皱褶完全消失了,远远看去,老单很年轻。

我第一次发现郭艾爱居然有这么多的话,她寒冷的眼睛里居然也有一团热辣辣的火。

我活了二十七年,没有发现老单与母亲有过这么热烘烘的气氛,也没有看见老单在母亲面前脆弱过,激情过,更别提有许多花絮供母亲在寂寞的时光里用来呓语。

母亲对我的回忆有很多,母亲的回忆中出现父亲只有我两岁半那年的格桑花开。而郭艾爱就那么轻轻一掀嘴角,嘴角处就会流淌出一串有关父亲的话题。我的母亲,活得幸福,却也糊涂。

父亲没有因为不爱厌烦母亲,抛弃家庭;父亲也没有因为爱,让郭艾爱隐藏在他的私人空间里,在他的生活中,不管是学术研究,边疆考察,出国访问,身边总是有郭艾爱,他们出入成双。奇怪的是,在爸爸的圈子里,我几乎没有听到有关他们的绯闻。他们丰富异端的爱情让同事羡慕,也让我羡慕,更让我对郭艾爱有了敬重。

郭艾爱是纯真的,也是美丽的,老单的身边有这么一位忠实的学生,让我死得很安慰。

其实在学术界,谁也不关心别人的私生活,他们关心的是成果与奖项。师生之爱,不存在出轨一说。男老师与女学生的工作搭配,可以让两个伟大灵魂在瞬间产生智慧的精华,照亮黑暗隧道中的尖端技术,让科学熠熠生辉,让事业闪闪发光。他们的爱不可以用时间来恒定永恒,但他们的事业是可以用时间来恒定永恒的。

父亲与郭艾爱的绯闻故事,绝不会像影视明星一样被狗仔队挖出来。保护科学,保护科学家的隐私是媒介常识,家人又何必去揭穿家丑?郭艾爱是后起之秀,业界人士哪能不爱屋及乌?我不禁为糊涂的母亲悲哀,为父亲高兴。

十二

我藏起本想炸响在他们间的几团黑影,回到胡桃死沉沉的睡梦中。胡桃睡得出奇安静,我进入她的梦乡,她的梦境中没有我,也没有小小单,甚至在梦乡中就不曾有过扇峪沟村,更不曾有过泥石流。

我像是灵魂得到了安息,六天六夜艰难曲折的盘旋,终于随着胡桃安稳的睡眠,老老实实地待在胡桃钱包夹层的框框中,脸上露着陈旧的笑。

胡桃醒来,已经是第二天早上八点多钟。太阳已经从东边爬上高层建筑,透过厚厚的窗帘,仍然可以感觉到太阳强烈的光线。

她揉搓了一下惺忪的眼睛,起床,打开窗帘。刺目的光射在她脸上,她用手遮挡着光向外张望,街面上熙熙攘攘,气象一新,她暂时忘却了自己的苦难。

她站在窗前呼喊老单:“爸爸。”

老单不在房间里。另一张床上的被单整齐有序地铺在床上,是不曾有人动过被单,还是被人重新整理过?她在猜测这张床昨天晚上的动静。

她分明记得父亲回到了她身边,一觉醒来,却什么也不记得了。她怀疑自己的判断,走到卫生间,卫生间的门敞开,没有老单的身影。电脑与资料仍然与前几天一样,混乱地摆在桌面上。

一个不愉快的预感爬上她清醒的大脑。老单定是又去了扇峪沟村。确定了这个,她匆匆整理好床铺,收拾一下头发,换上自己的衣服,瘦削的脸上有了红晕。她身上不再有肿胀的乳液浸渍的衬衫,洁净的皮肤让她焕发青春的活力。

她拿好房卡,锁上门,精神抖擞地出现在走廊里,她准备回扇峪沟村,寻找爸爸老单,她要与老单并肩收拾灾难留给全家不幸的残局。

她走在宾馆的走廊里，走廊天花板上的小顶灯如一排小蚂蚁，它们是否也遇到了洪涝？现在要迁往哪里？它们在顶棚上打着灯笼，急匆匆地往电梯方向赶，胡桃停下脚步，凝视天花板上的小顶灯，它们像是一串省略号，省略了生活中许多东西，究竟省略了什么，胡桃也弄不清楚，只觉得脚步沉重，心胸压抑。

厚重的枣红色地毯悄无声息地把她送到8034号房间门口，门虚掩着，门里面传出一个男中音，很小的一段声，很短的一句话，可是传到胡桃的耳朵里，是熟悉、亲切、喜悦与期盼。

她绷紧敏感的神经，轻轻地推开虚掩的门，她看到房间里的床铺乱糟糟的，四只塑胶拖鞋东一只西一只散乱地与一些纸屑丢弃在地毯上，地毯上有一个整理好的行李箱，行李箱旁竖着一对人儿，一个略微苍老的中年男人与一个青年女人，中年男人紧紧搂抱着青年女人。

两双手紧紧地搂在彼此腰间，有抚摸，也有揉搓；两个头紧紧地贴在一起，有缠绵，也有悱恻；如胶似漆，仿佛总不能尽全力融合对方的肌体，融进对方的血液；两个躯体紧紧地贴在一起，像一尊无字天碑，比扇峪沟村乱石溪旁的无字天碑更让人浮想联翩。

胡桃苍白的脸颊间，渐渐泛起扇峪沟村村姑们独有的铁锈红，她狂跳的心脏，热血又一次开始沸腾。但是，这次热血的沸腾不再是崇拜式的讴歌，几天来的焦躁不安、几天来的寄托与盼望，就在这么一瞬间被一股炸响的气流震怒了。

她不顾一切地喊："郭艾爱，我婆婆尸骨未寒，你们居然……你们居然……"

话未说完，那脸颊间的铁锈红变成了紫菜红。她立在原地，闭上浮肿的眼睛，静默了一小会儿，铜锣般的眼睛突然向前鼓出，腾腾的热浪冲撞着壮阔的波澜，排山倒海地压向她对面的男人与女人。

她的嘴巴连珠炮一样，说出一箩筐又一箩筐刻薄酸辣的话。仿佛单方程不是她的长辈，更不是她曾经崇拜尊重的父亲，倒像是一个骗子、伪君子；仿佛郭艾爱不是她尊敬的姐姐，而是一个抢她男人的狐狸精、小妖怪。

她在畅快淋漓的指责痛斥同时，眼前出现的是父亲为她吸吮乳汁时的情景；还有小小单感冒时的镜头，父亲日日夜夜守护在小小单身边，小小单叼着她的乳头，扭动兴奋的脑袋瓜子冲着爷爷机敏地笑。

我皮开肉绽的尸体也间或在她眼前晃动。如果她见过岳父母与我母亲的尸体，不知道还会有什么恶毒的语言会从她的嘴巴里爆炸。那定会是又一场七级地震，震慑灵魂。

胡桃内心除了耻辱就是羞辱。她喘着粗气，变形的脸时而被扩展时而被压缩，她"啪"的一声为这对男女关上门，房间里的男人女人僵持在狭小的空间里，男人把女人揽在腋下，女人紧紧搂着男人的腰。

胡桃拉长的脸，在愤怒的空间里被缩短，短到她自己无法容忍，她用尖利的指甲从男人身上挖出女人的手，重重地推到房间的另一角，那张不断变化着的脸上翻动的嘴唇像夏蝉抖动的薄翼。

父亲去扶郭艾爱，被胡桃愤怒地推开了。胡桃骂："衣冠禽兽。"

父亲高大的形象在胡桃翻动的唇齿间彻底坍塌了，"轰" 的一声压碎了房间里一个男人与两女人对生活残缺不全的向往。

我没有守护父亲与郭艾爱的秘密，急匆匆地跳出胡桃的钱包夹子，将一团黑影打向胡桃,胡桃闭嘴了。

郭艾爱冰冷的眼睛趁机杀出一团寒光,那寒光射向胡桃,把胡桃打得趺趺撞撞,胡桃倒在床头的一角。郭艾爱趁胡桃发愣的一小会儿,提起行李箱,强悍地说:“我们走。”

郭艾爱走的时候,拉上老单的手,老单尾随着她匆匆地低头走出了胡桃的视线。

他们丢下胡桃,要去哪里?要去做什么? 我痛恨自己不能跳出来保护胡桃,更没有跳出来为父亲与郭艾爱的爱情辩护。我为自己的无能痛心疾首。

胡桃愣在那里一动不动。她在我的黑影弹药的攻击下,不再有那么多愤怒与激烈的情绪。

十三

郭艾爱与父亲走了。胡桃在A县熟悉而陌生的宾馆里,茫无头绪。她一会儿坐在沙发上,一会儿躺在床上,一会儿用被子裹住全身,一会儿翻身起床。嘴唇干裂得快要燃烧了,像是有一股火焰顺着她干渴的喉咙一直烧到心田。

她没有去喝水,也没有移动房间里任何可以移动的物件。

我尾随胡桃在房间里转悠,不时在胡桃的身上涂抹黑影,一遍一遍,直到让她本已恢复了轻盈的躯体再次沉甸甸起来,才从她的身边跳进她的钱包夹里。她背负着沉重的黑影,拖着一双沉重的脚,慌张地打开房门。门外静悄悄的。

胡桃回到房间,披散扎起来的头发,用手掌击打房间里的墙壁,墙壁闷雷般轰鸣。

胡桃的激烈与暴躁是我不曾经历的,我不知道胡桃甜美的笑脸背后还隐藏着这么一股钢筋般的倔强,孙二娘般的泼辣。

我必须让她冷静下来。我再次跳出她的钱包,用黑影做药饵,引导着她去寻找父亲,只有父亲才能给她生的希望。

她想到扇峪沟村,立即回到她睡过的房间,想收拾自己的东西。房间里没有东西是她的。父亲的衣服,父亲的提包,父亲的电脑,父亲的日常生活用品。

父亲。父亲?老单还是她的父亲么?胡桃僵在那里。

愚蠢吗?冲动吗?可恨吗?可怜吗?可悲吗?可笑吗?他们什么也没有做,只是拥抱着。他们什么也没有说,只是手牵着手。他们常年在一起搞科学研究,是师生又是合作伴侣,学术界称之为连理枝,这点亲密算什么呀?我在心里一次又一次这么规劝胡桃。

胡桃冷静下来。我与他如今什么关系也没有啊!我吃的又是哪门子醋?她为自己的作为自责起来。

她迈开大步冲出宾馆,大街上的人很多,都是陌生的。她想起吴艳阳。家里发生的事,混乱得让人理不出头绪,与吴艳阳说什么好呢?博得她的同情?取得她的主意?她摇了摇头。

她想起扇峪沟村的家,扇峪沟村一个亲人也没有了,一片瓦砾也没有了,还是家么?

她想起京城的家,京城里唯一的亲人被他得罪了,还有家么?她想来想去,还是回到宾馆里好。这里有父亲的东西,至少可以在这里等父亲回来,向他道歉,取得他的原谅。

父亲会原谅她么?她被自己一连串追问吓住了,她的思维瘫痪了,她在大街上徘徊,举棋不定。她突然又想到时间。时间，她需要时间，需要与父亲沟通的时间。便决定离开这个养育了她又抛弃了她的小县城。

她回到京城，回到本来不属于她的大城市，回到这座城市里唯一可以属于她的婚房里。

她把我们的婚纱照取下来，挂上我与小小单的合影照，这是我与小小单活着时唯一的合影，她天天望着这张合影，脑子里翻江倒海，汹涌的洪涛从她眼里滚滚流泻，冲垮她的安宁，冲毁她的生活。

她吐血的那天晚上，是她二十四周岁生日。没有人为她过生日，也没有人会想起这一天的黄历里还有一个活生生的她。她感到自己快要追随我与小小单去另一个世界团聚了。

她也常常会倾听门外的动静，听听是否有熟悉的脚步声，然而，两个多月过去了，老单始终没来找她，她失望，内疚，自责。

对这个家，她还有什么可以留恋的呢？要知道，她在京城没有正式工作，存折上仅有的余款养活不了她几个月，况且病得不成样子，如果要活下去，医药费又会花去一大笔钱。

她常常想起老单，她完全有借口去那个家找老单的，她生下小小单就一直住在父母家，那个家有许多我们的生活用品，她可以理直气壮地去那里，然后找机会向老单道歉，请求老单原谅，请求老单接纳她。

她想了许久，退缩了，她怕郭艾爱把她轰出来。与郭艾爱比，她自惭形秽。人一旦了有比较，就有了生的希望。泥石流惨不忍睹的一幕一次次出现在她的梦境中，父母不在了，弟弟不在了，单单不在了，小小单也不在了，她还活着，如果父母看到她现在这个样子，一定心疼呀。

她想活下来。她特别想活下来。她翻转病痛的身子，盼望着天亮。

要打赢郭艾爱，最便捷的条件就是让自己好好活着，然后在某个领域超越郭艾爱。这是胡桃此时唯一的想法。

她从药店买回甘草合剂，甘草合剂对她的咳嗽不起作用时，她才想到去小区的卫生院输液。于是，有了文章开头的一幕。

十四

老单送走了郭艾爱，返回宾馆时，不见了胡桃。他心力交瘁，不再去想胡桃的事。我向他打出数团黑影，他冲出黑影的阻隔，联系上工作组，开始进入日常工作状态。

在A县，接连不断地有事故工作组的人找他，泥石流灾难性的预防与对策、灾后重建的地质考察、亲属死亡的身份证实、骨灰的处理、政府赔偿、保险赔偿等一系列问题，都不能让他从A县脱身回到京城。

他有时会想起胡桃，比如每隔一段时间，他都会向家里打电话，电话那头回答说：您所拨打的电话，因未交话费而停机。

父亲也打过胡桃的手机，胡桃的手机一直关机。

等到他回到京城已是中秋。中秋过后的京城，天气一天比一天恶劣，受西伯利亚地区寒流的影响，冬季提前来到了，雪也提前来到了。

他顶着寒风，推开家门，冷飕飕的窗帘把光线严严实实地遮挡住，屋内暗淡无光，阴凉冷森，他拉开窗帘，让光线透进房间，才看到清冷的地板铺了一层厚厚的灰尘，地板上清晰地印着一串走动的脚印，那是他的脚印。看来，胡桃没有回过这个家。

他抽开旋风门下的一个小抽屉，灰尘在他眼前腾腾飞舞，他在抽屉里找到一把钥匙，那是我与胡桃小家的钥匙。他来到小家，小家也是冷清清的，厨房里烟火清淡，好多天没有开火做饭了。

他推开卧室的门，床榻下面的地板上，是一滩吐出的血迹。他吓了一跳。这个小傻瓜怎么这么不会照顾自己？他在心里责备。

他锁上小家的门，在小区里四处打听胡桃的去向，谁也不知道胡桃的去向，小区里没有人认识胡桃。

胡桃在京城没有亲戚，也没有朋友，仅有的几个大学同学也不怎么往来。他在家里与我们相处的时间太少了，我印象中，父亲直到小小单出生，才有了家的概念，家长的责任感也是这个时候体现出来。

他背上又没有挂着科学家的名号，他四处打听胡桃时，很多人给他一脸不屑，回他一鼻子灰。他一脸的无奈。

如果这个时候，郭艾爱在就好了。他在心里念叨。

他想到医院。京城的医院很多，怎么去打听？他茫无头绪地在小区的院子里转来转去，便转到了小区的卫生院门口。

卫生院里看病的人很多，小孩子的哭声把他吸引到卫生院的输液室，他冲着输液室内的人喊胡桃，没有人答应他。

老单在卫生院的门口转了几圈后，又回到输液室。

胡桃没有想到他会重返输液室。她正好拉开大口罩，喘着粗气，咳嗽声一浪接一浪，她费力地把痰吐到不远处的痰盂里，浓黄的痰液中渗透了暗红的血。

有人递给她一些纸巾，她接过来，眼睛里漂移着一丝感激的光，又自顾不暇地咳了起来。她的咳嗽声引起了老单注意，老单看见了胡桃，拨开人群，挤了进去。胡桃没有看见他，仰着脸，闭着眼睛，一滴泪顺着她的耳根流到脖子里。

"桃桃，我是爸爸。"

老单来到胡桃身边。这是胡桃回到京城后的第三个月，季节从晚夏转入中秋，地址从南方的内陆小城市A县转到了北方的京城。

父女俩第一次见面，胡桃脸颊红彤彤的，像是肺气上升所致，又像是被老单一句平淡不过的话感动所致。她没有力气与老单说话，一双圆眼滚出许多泪珠，一颗一颗，粒粒圆如珠，润如油。泪珠滚到之处，留下一道深深的印辙，像火柴划过的光亮，寒风轻轻一吹，便又沉入灰烬一样的苍凉里。

她想见到老单，又害怕见老单。老单现在立在她身边，她瑟瑟紧缩着自己瘦弱的身体，在输液室的木椅子里不停地抖动。她冷，从内心到体外，她都感到冷，冰冰的冷。

她周身是滚烫的。在老单为她擦眼泪的刹那间，感觉到她的脸颊像炉子里烧红的铁皮，烫手。老单感觉事情不妙。他找到医生询问了胡桃的病情，并把自己的怀疑告诉了医生。医生和护士急匆匆地围到胡桃的身边，量血压，测体温，抽取静脉血。老单与医生嘀咕了一阵子，然后把胡桃接出了卫生院。

胡桃就像一件物品，任由他搬走了。老单把胡桃送到人民医院住院部接受系统治疗。胡桃患的是重症肺炎。

她躺在医院呼吸科的病床上，在第一个没有咳嗽的夜晚，她打开钱夹子，看着我陈旧的笑容，她也露出笑脸。白齿红唇，已经不是我刚认识她时的样子了。她苍白的脸上像是割去了肌腱，皮与骨头紧巴巴地贴在一起。

我看着她的笑，我有点难为情。我用尽全身力气，尽量让陈旧的笑容新鲜光亮，尽量让手里的一团黑影，碎裂，融化，融化成病房里管道里的暖气，融化成输液管里的清热消炎药液。

我们家仅存的两个人，又和好了。我的家又像一个家了，它有了人世间温暖的生活。

父亲为胡桃盛来一碗鸡汤，她羞愧地接过鸡汤，吞吞吐吐地问："艾爱姐姐她好么？"

"她很好。"

"她知道你来照顾我么？"

"不知道。她去了美国。"

"去做什么？"

"……"

"你，你把她接回来吧。"

胡桃的眼睛里又流露出对郭爱艾的想念与崇拜之情，我终于放心地闭上了眼睛，把整个躯体凝聚成一团黑影，然后散开、弥漫，在城市万家灯火之间环绕了一圈后飞升、缥缈，去了我应该去的地方。

（刘卫，笔名尘子，湖南邵阳人。中国国土资源作家协会签约作家、湖南省作家协会会员。曾就读于鲁迅文学院、毛泽东文学院。中华宝石文学奖新人奖获得者。小说《杜鹃》荣获首届"意林杯"文学大赛中篇组三等奖；散文《茅四婆婆》荣获首届怀旧故事大奖赛优秀奖。已出版文集《一只飞翔的鱼》、《尘子的诗歌集》、《火光中的尘埃》、《纸日子，泥日子》。有作品入选《资水蕙风》、《中国诗坛女子作品选粹》等。）

唱红

■蓝 兮

三哥长大了，三哥要娶媳妇了。昨天晚上是三哥的“装担”酒，乡里乡亲的来了很多送贺礼的，看情景比姐姐出嫁时的“花夜”来的人还多。来的客人喝酒，吃肉，抽烟，打长牌，摆龙门阵，热闹了一个晚上。

太阳才从山头上爬起来，估计昨天晚上和我一样睡得太晚。我才起床，还在刷牙，隔壁舅舅家的鞭炮声“噼哩叭啦”响成一片——新娘子进村了。我放下杯子就往舅舅家里跑，边跑还边用手抹嘴角的牙膏泡沫，来不及也顾不上了，我要看三哥换了新装的媳妇。

给三哥娶亲的队伍、三嫂子家送亲的队伍，还有那么多红红绿绿的嫁妆，一队人排成长龙阵进得村来，摆在舅舅家的院门外，浩浩荡荡好不气派。

“咋不进去呢？”我把院门大敞开，虽说有太阳，大冬天的站在院子外面，有河风吹过来，还是冰冷冰冷的。

“吉时没到，进不得的。”说话的是三嫂子的姑妈，是今天的送亲娘娘。

“哦。”我想起是有这么回事。又看见马上就要过门的三嫂子，米色的皮肤在太阳下泛出浅浅的金色，脸颊红扑扑的像苹果，额头上布满密密的毛毛汗，看上去有一层淡淡的水雾，却又能清楚地看到她从心底散发出的欢喜。“我现在可以叫你三嫂子了。”这话我说着也欢喜。三嫂子对着我笑，笑得有些害羞。她害羞就对了，新娘子都害羞，更何况她还在院门外等吉时进门。一大帮人都等着进门，三嫂子和别人的心情是不一样的，其中滋味如何只有新娘子才知道，我只是觉得三嫂子今天非常漂亮。

“邱爷爷，你今天又唱啥子呢？”我想起昨天晚上邱爷爷的唱红。

院子里，大门口备齐了香案，那个唱红的邱爷爷就站在那里。他听到我说的话了：“丫头，不是唱，是说。”邱爷爷是这样说的，可是我还是觉得他是唱，慢条斯理又煞有介事，还字字抑扬顿挫起伏有声。有人在邱爷爷边上俯耳说了什么，大概是时间差不多了，邱爷爷便清了清嗓子，又有人赶紧给他端了一杯小酒，他呷一口在嘴里，喉管那里上下缓慢地蠕动，再用手抹抹嘴，张开嘴来就是：“日出东方，开地开新。新人到此，车马回乡。”

别看邱爷爷个子不高，人长得干瘦，声音却掷地有声，只是那双小眼睛一唱红就笑，一笑就更小，感觉他这个时候都不用看别人的，他好像也不用记，仿佛说的天书，字字句句都飘浮在空中，他伸手就可以抓来用，而且还用得很好。

“天上星，洒洒西，林中钥匙掉下来。送亲娘子开金锁。今日才把车马回。”

平日看邱爷爷不善言词，但若放在娶亲嫁女的酒席上，真是口若悬河，滔滔不绝，怕是说上三天三夜都说不完。此刻，坐在院门外的人等着进门，互相小声说着话，大多数人都没有听邱爷爷说的是什么，反正邱爷爷的眼睛已经眯成一条缝，再说他也不在意多少人听，自顾自地摇头晃脑：“一张桌子四个方，新郎开木鲁班装。四方雕起银牙板，主家烧起一路香。金香银香檀木香，清香三炷插四方。娘家车马请回乡，婆家车马请出来。迎接——新娘——下马来！”

外面的人一听到“新娘下马”就沸腾开了，吆喝着把嫁妆抬进门，鞭炮声又满地炸开了花，小孩们捂着耳朵跑开又跑拢来，捡地上散开的鞭炮，炸飞的红色纸外衣在院子上空纷纷扬扬，落在女人的头发上，很像新娘子的头花……

年无忌，月无忌，

日无忌，时无忌，

百事不忌，大吉大利。

接——新娘——人——洞房。

送亲娘娘扶着新娘跳过火盆，又忙着和新郎抢洞房：“把新郎哥拦住，让新娘子先入洞房。”送亲娘娘一发话，送亲的小姐妹们拥在三哥四周，把三哥困在中间，让他动弹不得。三哥本来就是一个腼腆的人，一下子被一群年轻女子围堵，脸一直红到脖子，活像一只红鸡公，毛毛汗都出来了：“你们不要拦我，我不和她抢，让她先进，我后头进就是了。”可是人太多了，小姐妹们的头都调一边看新娘是不是已经进洞房，没人听到三哥的话。那边三哥的兄弟伙，一群人围在新房门口，佯装不让新娘进洞房：“老三，快点，你再不过来新娘子就进去了。要是新娘子先进了，以后就是新娘子当家了，你就完球了。”送亲娘娘三下五除二地把堵在新房门前的一群人扒开，打开新房的门，把自己家的侄女从人缝里硬塞进去了，大家一阵哄笑：“老三粑耳朵。”

三哥抓了抓后脑勺，不好意思地笑了。舅舅脸阴了一下，又释怀了。确实，这事是当真不得的，不过是前人留下来的风俗，喜事大家都闹一个高兴。

新娘入了洞房，送亲和迎亲的先后入席，院子里一共摆了十桌酒席。邱爷爷又亮开嗓子吆喝：“喜洋洋，美洋洋，我为新郎来谢客堂。上席下席左右儿席，上席下席一共十喜。桌上荒蔬无优款待，亲人贵客喝杯寡酒。壶里有酒提起就斟，壶里无酒大吼三声。”

“有酒，有酒。”迎亲的多是男子，头一天就去女方家送“花夜”酒和菜，还把大堆嫁妆和新娘迎娶回来，帮了新郎哥很大一个忙，任务算是完成了，心里轻松了，可以坐下来喝酒了，大家伙热情地大声回应。送亲的队伍多是年轻女子，也有少数几个自家哥哥和兄弟，自然只是笑笑不怎么说话，送亲娘娘还是说了一句：“有酒。”

邱爷爷拉起三哥走到媒人身边：“我调过头来转过身，转过身来谢红姻。见了红姻就请红姻，见了红姻就谢红姻……”

这段是冲媒人来的，邱爷爷唱的红姻就是媒人。媒人是三哥的姨妈，和迎亲的人坐在一起。其实媒人应该是三哥的姨爹，但这里男人帮人说媒却很少有人当媒人，穿针引线的事做完了，媒人的名头就让给女人，自己坐一边喝酒就高兴了。邱爷爷唱着过来，所有人的眼睛都往媒人这边看。媒人在众人的关注下有些拘泥，手和脚都不知往哪里放好，却又喜滋滋地坐在那里。不过，邱爷爷的一些话说得她心里甜蜜蜜的，脸上乐得开了花似的，还连忙摆手说：“不谢，不谢。”

邱爷爷见大家听得起劲，更加来了精神，继续唱道：“一为儿，二为女，千里姻缘要说起。路又远，没马骑，走断媒人脚板皮。”

舅舅一家对媒人心存感激，有的人还指望下来和媒人套近乎，给自家的儿女说一门好婚事。看到有人悄悄在下面笑，大人拍了一下青年人的头说：“笑个屁，你以为媒人好当啊？你们就光看到别个喝酒吃肉，就不晓得别个跑断腿、磨破嘴皮的时候。”笑的人不敢笑了，再笑就怕没人给他做媒了。

酒也倒来又送烟，红姻听我说一番。

抬起脚，举双手，红姻大人请吃酒。

左拈菜来右添饭，红姻大人请吃饭。

上长长，上老老，红姻大人请吃好。

……

新郎哥作揖道谢各位大礼，帮忙兄弟伙斟酒添饭！

这红邱爷爷唱得让人感激涕零，大家都对媒人高举酒杯表示感谢。三哥毕恭毕敬拿起酒瓶给媒人满上。三哥的姨妈本来是不喝酒的，看到三哥端起满满一杯酒，姨妈媒人慌忙站起来：“老三，我不喝酒的，今天我把媳妇给你接回来了，高兴就喝一小口。”媒人端起酒杯放在嘴边抿了一小口，辛辣的酒在舌尖上像无数根小刺到处乱扎，媒人张开嘴来大口呼气。

“红姻大人酒都不会喝，我们这些光棍还想请你做红姻，要是天天请你喝酒，你咋个办？”有胆大的小伙子扯起喉咙说。

“你要是看上了哪家姑娘，你说了我给你跑，跑破脚板皮、跑断腿我都给你跑，酒就请大家喝。”媒人的一些话让小伙子们乐开了怀，相互推搡着，眼睛净往送亲的姑娘堆里乱瞅，一下子还没有主张。

还在邱爷爷唱红的时候，有人看到面前大碗的肉、大碗的酒直冒口水，热气腾腾的菜散发着香味，被风一吹尽往鼻孔里钻，拼命地撕扯着那些饥肠辘辘的胃。看着满桌子的好菜好肉，只等着答谢完那些重要的人，大家就甩开筷子开始吃肉喝酒。邱爷爷可以休息一下了，他坐下来各人满上小酒杯，抓起桌上的炒花生剥了丢进嘴里，才发现牙不好，“嘎嘣”了一声又吐出来用手接着，然后眯着眼睛近距离地看手心里的两瓣花生米，笑着甩甩头，只好光喝酒了。

“你今天唱的和昨天唱的又不一样。”我挨着他坐下来。

“是说，不是唱。”他再次纠正我。

邱爷爷说是“说的”，我已经认定他是唱的。这如同昨天说是三哥的“装担”酒，我以为是“装蛋”酒，我以为三哥结婚就要生孩子，生孩子就是“装蛋”。我没有说出来，但是肯定不是这样的，他们说的是新郎给新娘家送的“花夜”酒和菜，所以是“装担”。老人们那些风俗用文字传承得太少了，却让我生发出了许多奇妙的想象。

我又学着邱爷爷清清嗓子：“你也走，我也走，我为主家来斟酒。你也来，我也来，我们二人把板凳抬。”这是昨天晚上三哥的“装担”酒上邱爷爷唱的。“一根板凳四只脚，新郎坐好我才说。我不至可又至可，说起红来又啰嗦。”

“丫头，聪明。”邱爷爷的小眼睛眯成了一条极小的缝，笑眯眯地对着我。

“唐僧西天去取经，带回瓜子斗二升。大路湾田撒几把，小路湾田撒几升，一道犁头一道耙，瓜子落地就发芽。”我也是唱的，学着邱爷爷摇头晃脑的样子，还故意把声音拖得长长的：“正月盘芽二月生，三月四月满地青……九月十月闲无事，请个搞匠搞棉花。搞成线来纺成纱，请个美女来织它。一头要织白龙长，一头要织虎翻身。织得白龙龙渐长，织得虎来虎翻身。

织成布儿进染房，染匠师来帮个忙。我的布儿要染黄，拿在手中贺新郎……”后面的我记不太清楚，说到这里就停下来了。

邱爷爷接过去往下唱：

一根红绫丈二长，我今日拿来贺新郎。

恭喜新郎，贺喜新郎，双方姊妹孝敬爹娘。

后面这几句邱爷爷唱得颇有气势，席间的喜庆和热闹不一般。

“这是昨天晚上给新郎挂红说的，有什么讲究？”我记住了一些，还是没能弄明白其中的讲究，而我相信那是有讲究的。果然，是有讲究的，我之前学邱爷爷说的那一段是长辈给新郎挂红说的。有些表兄，表弟，有意要小耍新郎，把烟打勤点，酒斟满点，央求邱爷爷来点逗乐的说红，取笑新郎哥：“一道红绫九尺九，拿在手中抖一抖，别人拿来无使处，今晚拿来拴花狗。拴到伢狗嘻嘻笑，拴着母狗双脚跳。一道红绫九尺九，拿在手中抖一抖，今晚拿来拴花狗，拴着花狗去撵山，撵着公獐取麝香，撵着母獐做婆娘，花狗尾巴摆一摆，一窝要生十二块，恭喜你！贺喜你！”

挂红是我们这里办宴席的风俗，办宴席就是指男方结婚，来送礼又比较近的亲戚还要送一道红布，俗称挂红。每道红要说一段贺词，边说边挂，有多少道红就说多少次，也不知道坐在我身边这位老人可以唱多少道红。

从我记事起，邱爷爷就在村子里唱红，谁家有红白喜事都要请他，像他这样会唱红的老人已经不多了，年轻人不愿意学这个，要么读书，要么就下地干农活，有那么一两个年轻人尝试着学唱红，却忍俊不禁笑出声来，邱爷爷就觉得他们不是学这个的料。有时候，我担心，这以后怕是再没得唱红的人了：“你还要唱多少年？”

“唱不动的时候就不唱了，以后的婚姻都是新式新办，也不要唱红的了。”邱爷爷说得好像很淡然，却又有些无奈，他知道，这以后会唱红的人是越来越少了，到最后可能没有人会了。

“邱爷爷，你有好多道红？”我总看他张口就来，一副胸有成竹的样子。

“小时候跟老人学的，老人说一段我就学一段，说好多就记好多，我都不晓得有好多道红。”邱爷爷把十根手指都伸出来摆在面前，却什么都没有做，我估计他想数来着，可是手指和红的道数差额太大，他放弃了。

“那你有没有一次把红说完过？”我想问邱爷爷有没有说不上来的时候，结果话出来就是这个样子了，我知道问题的指向不太明白，可是已经不想纠正。

“哪里说得完呢？”邱爷爷的回答还是对上题了，这样一来我也轻松了。我想象邱爷爷小时候学唱红的样子，老人一边唱，邱爷爷一边用笔写下来。邱爷爷端起酒杯呷一口接着说：“我要是识字，说的红就多了，还可以自己编，可惜……”说可惜的时候，我清楚地听到了邱爷爷的叹息，感受到他心底的无奈和哀伤，这样的情绪迅速感染了我，我为之震撼。

“我也有儿有女，他们都不愿意学这个，还有孙儿孙女，他们也不愿意学，我那个孙儿还一天舞枪弄棍的要上啥子少林寺学武功……可惜啊，你是女娃娃，还是读书的好。”他唠叨着，也没管我听明白没有。他说得极有道理，我还真没有看到有女人唱红的，唱红的都是爷们，这或许也是讲究，我也不好去探究一些别人都避讳的事。我觉得自己把事情想得太沉重了，故意找话来说：“生娃儿办‘三朝酒’，你又是咋个唱呢？”

生小孩要办“三朝酒”，也是这里的风俗，是为庆贺儿女诞生。“三朝”即三天，在头胎孩子出生的第三天,不管生男生女,主家都要大肆庆祝,大宴宾客,因此被称为“三朝酒”,也叫做“过三朝”,一般选在婴儿出生的第三天或十天以内择日举行,而且接连庆贺三天,酒席间也要说席唱红。

说起唱红,邱爷爷张口便来:诸公雅静，予有贱言，主家膝下，添产贵子;亲戚六眷，买鸡买蛋;忙里忙外,备了大礼;今日奉贺，惊动四邻;对联鞭炮,礼物丰盈;金言封赠，易义成人;席上荒蔬,少有待成;宽坐宽坐，多韵几巡;席上道谢,慢慢叙情。

……

“邱爷爷,人家老三今天才结婚,你都说到‘添产贵子’,你让老三咋个搞得赢?”邱爷爷说起红来忘形了,摆开架式嗓子也脆亮亮的,让满院子酒席上酒席下的客人都听到了,一群人笑得人仰马翻。

邱爷爷这才发现自己撒野了,干咳两声,不好意思地摸了摸下巴,那下巴上一根胡须都没有,摸着空落落的又随势往下溜出去,好像童颜仙鹤的样子,脸上一阵讪笑,转过身来找我,才发现我一溜烟早已经不见了人影。

(蓝兮,本名邹蓉,中国国土资源作家协会会员,四川省作家协会会员。)

花开花落

■喻 红

这趟车是往五分队送菜、米和肉的。五分队那里连续下了几天雨，山下那条小溪暴涨，无法下山采购。按理说，鹞子送菜去也无法上山，他只是把东西送到小溪边，分队的人从对面山坡上扔一根绳子过来，做成拉索，东西就可送到山上了。

把东西全部调到山上，天已经麻麻黑了。鹞子掉转车头往回走，他得赶到三十里外的平坡镇才有地方吃饭睡觉。在平坡镇吃了饭以后，鹞子打算连夜赶路回家，他出门的时候淑珍有点发烧，他不太放心。鹞子的心跑得比汽车快，可以说是飞似的。

想着淑珍，鹞子的心顿时像上了润滑油似地细腻油润起来。

鹞子个头不过一米六五，这样的身板用时髦的话说是三级残废！能娶到淑珍这样的女人，真是八辈子烧来的高香。

鹞子开着车，脑子不敢开小差，可是他的心无法控制地想淑珍。刚才他在路边买到了老乡采的新鲜蘑菇。这种蘑菇叫扁担菇，就是在一根扁担的距离分别长着两堆蘑菇，见着一堆，不远处保准还有一堆。这种蘑菇特别鲜，明天杀只鸡炖上，给淑珍补补。想着淑珍一边吃着炖鸡，一边假装吃不下的样子，鹞子就开心得很。淑珍想什么，他清楚着呢。鹞子被一种幸福感填充得满满的。

淑珍在后勤车队当仓库保管员，鹞子车子上的很多部件都被淑珍的手抚摸过。想着抚摸二字，鹞子的心头涌起一阵骚动。地质队男多女少，像鹞子这样没后台、没身材、没文凭的男人，想要娶一个女职工简直是天方夜谭。那些女职工更是一个个跟公主似的，头昂得比鹅的脖子都长，眼睛全都长在头顶上。车队有三个女司机，一个身材高大的开大卡车，整天英姿飒爽假小子似的。两个给领导开小车，更是对鹞子这样的男人目不斜视。不过，鹞子从来没打过她们的主意。人得有自知之明，这点鹞子懂。

淑珍是个不太言语的女人。这让男人们有点顾忌。

"淑珍小妹，我领个套筒。别拿错了，我不喜欢戴安全套。"一个机修工领工具时，粗声大气喊着。淑珍没吭声，拿工具放在桌子上，登记簿放在工具上，转身走了。引起一群男人哄笑，机修工讪笑着签上字拿上东西赶紧溜走。

一次，他们拿鹞子取乐，说鹞子，如果你能让我们的淑珍小妹笑，我们请你吃烧鸭，外带一打啤酒，再带你到绢纺厂跳舞。

绢纺厂里漂亮妹子多得很，是地质队联姻基地，两个单位团委经常组织联谊舞会。

这样丰厚的奖品,鹞子拍拍胸膛,仰头挺胸向仓库走去。一群男人不远不近跟着。鹞子走向左边的一扇窗子,透过玻璃窗,看到窗子里一片明亮,那些生硬冰冷的零件,被淑珍一件一件整整齐齐摆放在架子上,旁边贴着标签,标签上写有规格、价钱。淑珍的身影在里面飞来飞去,像一只勤劳的蜜蜂:在一个架子跟前停停,在一个零件前站站,在一张标签前看看。鹞子看得有点着迷,不远处的一群男人看到鹞子没有一点动静,都举着拳头,做着各种揍人的样子对着鹞子龇牙瞪眼。鹞子对着窗子"喵喵"学了几声猫叫,赶紧蹲下身子,躲在窗子底下,心却扑通扑通狂跳。他还从没挑逗过女孩子,这对一个二十七岁的男人来说,实在是说不出口的事情。

她听到了吗?她走过来了吗?她会骂我吗?鹞子躲在窗子底下想象着窗子内的场景。

她不会泼我一盆脏水吧?鹞子把身子缩成一团,好像真的有一盆冰冷的水兜头泼下一般。

等了一会儿,没听到动静。鹞子放开胆子站起来,不想淑珍正站在窗前,冷不丁吓了鹞子一大跳。

"妹啊,人吓人吓死人。"鹞子涨红了脸。

"哈哈哈……"窗子里飘出一串笑声,笑声穿越玻璃,穿越车队上空,穿越一群硬邦邦的粗鲁男人的胸膛。

"吃菜要吃心,嫁人要嫁解放军!"鹞子想不到自己傻不楞登冒出这样一句话。他完全不知道自己在说什么,脑子一片真空。

"鹞子,你不要跟这帮人学坏。"淑珍的声音像一只挖耳勺在鹞子的耳朵里轻轻刮了一下,鹞子感到浑身舒坦。他得意地冲不远处的那群愣头青白了一眼,意思是你们就等着好好请客吧。男人们不敢相信自己的眼睛,他们蜂拥上来,淑珍转身离开了窗子。

"她笑了,她跟我说话呢!"鹞子压低声音,憋不住的激动让脸更红了,喝醉了似的。

"她跟你说什么?说了什么?"

"秘密!"鹞子一摇三摆地从这群男人跟前走了。

"请客吧!"鹞子像个伟人似地挥挥手,一群男人在他身后瞪着眼不解。

鹞子在车队属于救急人员,就是哪里出现紧急情况他就得到哪里去救援。救急人员得技术全面,还要有吃苦耐劳的精神。地质队野外队分布在深山或荒野,遇到的突发事件非常棘手,有时是车子在半路抛锚,鹞子赶去修车。分队有紧急情况他连夜送队领导去现场。鹞子的车子是不能乱动的,他去哪里也得报告,让车队领导能及时找到他,然后以最快的速度出发。别看鹞子个子小,可是心思细腻,动作灵敏。像这次给五分队送给养,路非常难走,下雨天更难走。出了平坡镇上了国道,才好走些。

鹞子点上一根烟,把车停在路边休息,等会儿一鼓作气,半夜一点左右就能到家。

自从那次"猫叫"事件后,鹞子对淑珍有了一种说不清楚的情愫。他感觉自己有点癞蛤蟆想吃天鹅肉。可是,那种感觉鹞子无法控制,就像春天的草一样,在春风春雨中"唰唰唰"冒出来。他把在野外见到的稀奇东西悄悄放在淑珍的办公桌上,有时是一块有着梅花纹的石头,有时是一颗光亮的野果。他不知道淑珍明不明白这些东西是他送的,也不敢去弄懂。他去淑珍那里领东西时,淑珍还是以前那样不说话,只是拿东西给他就走开。鹞子心里的难受劲就别提了。不过,能这样,他也感到心里暖暖的。

有一天，趁着淑珍上厕所的机会，鹞子悄悄溜进仓库，正想把一块珊瑚虫化石放在淑珍办公桌上，突然听到外面有人大声喊："踩刹车！"

"刹不住了……"

"打方向盘，向左向左。"

"不行，还是不行。"

鹞子一看，不好了！一辆修好正在试车的大卡车，像一个无法控制脚步的醉汉，向厕所方向滑去。

厕所距离仓库约二十米。老天！淑珍在里面呢。

"淑珍，快出来！"鹞子一个箭步冲出仓库，向厕所跑去，边跑边喊。

"淑珍，淑珍，快出来！"鹞子的声音焦急尖利，以致有些失声。

听到呼声，淑珍惊慌地跑了出来，惊魂未定时，大卡车碰倒了围墙。说时迟那时快，鹞子一把拉过淑珍抱在怀里，半截飞起的砖头擦过鹞子的后脑勺，连皮带肉铲去了一绺头发，鹞子的后脑勺上冒出了鲜血。

大卡车终于停下了。车上的人和修车的人围了上来，慌忙把鹞子送到医院。

鹞子英雄救美抱得美人归。

事后，鹞子感叹，老天要让你得到一个人，会想方设法给你机会，逃都逃不掉。结婚五年了，鹞子时不时要感叹一番。淑珍不承认，她说她是被那句"吃菜要吃心，嫁人要嫁解放军"勾住魂的。

"你又不是解放军，怎么会冒出那样一句话？"淑珍经常为这话啐他。

鹞子就嘿嘿笑说："人在着急的时候为什么会急中生智嘛？人的大脑是非常精密的东西，懂得什么样的话才能吸引你这个女人。"

鹞子摸摸后脑勺上那块像弯月一样的疤痕，想着自己悄摸声地像月光一样回到家，淑珍会是一副什么表情呢？最近这个女人有点缠人。是到了人家说的三十如狼、四十如虎的阶段了吧？鹞子心里醉得很，灭了烟头，再次上路。

路上很安静，只有山峰和山风陪着鹞子。

这一年来，鹞子跑救急的次数越来越多了，有时候可以不用鹞子去的，车队那个姓张的副队长兼指导员还是安排鹞子去。多干活也累不死人，去就去吧。鹞子总是二话不说就去了。再说了，跑救急算出野外，有不菲的野外补助。一个月下来可以多拿不少钱。上次淑珍看中的那件连衣裙，这回就让她去买。淑珍的肤色不是很白，是那种细腻的黄种人肤色，墨绿色配上浅紫色的花纹，那种花色，穿在淑珍身上一定非常漂亮。有时候，鹞子觉得有点对不住淑珍。他家在农村，每年往家里没少贴钱，淑珍从没为这个跟他翻脸。女人做到这步已属不易。

"鹞子，不跑救急了，找领导调回室内工作吧，修车也可以啊。"那天，他们亲热完后，淑珍像只倦怠的小猫贴在鹞子的耳旁说。

"淑珍，我知道你一个人带着孩子还要上班很辛苦。我再跑几年，有些积蓄，让你和孩子生活得舒服一些就不跑了。我知道你跟着我吃苦了，我这人就会跑车，其他的什么都来不了。哪怕是个跑地质的，找到一个矿点，也能拿到……"

淑珍没让鹞子说下去，她说："钱是挣不完的，一家人在一起，比什么都好。"

鹞子感觉到脖子痒痒的,有一种温润的东西滴在上面,流到了后背。“淑珍,你怎么了?孩子还小的时候,那么难带我们都走过来了。”看到女人流泪,心里充满了愧意。鹞子把淑珍搂在怀里,轻轻抚摸她的头发,仰起头吻淑珍的泪眼。

淑珍的眼泪更是决堤一样。“鹞子,你不在家我害怕。”

“害怕什么?傻女人,谁敢惹你,老子整死他!”鹞子把淑珍搂紧了些说:“睡吧,别乱想,我跑几年车再说吧啊。”

“鹞子……”淑珍欲言又止。

“睡吧睡吧,莫想那么多。”

话是这样说,鹞子是个男人呀,他不想让自己的女人和孩子受穷。他唯一能做的就是多跑车。这趟给五分队送给养,本来是安排另一个司机的,临了那位司机拉肚子拉到脱水,这事就落在了鹞子身上。

“不去!”当鹞子跟淑珍说这事的时候,淑珍态度非常横蛮,有点不近情理。

“没有你鹞子,这个地球就不转了吗?让领导换别人去,你不敢说我去说。专拣软柿子捏,我们就那么好欺负?”淑珍大声冲着门外嚷,生怕没人听见。

“求你了姑奶奶淑珍老婆大人。”鹞子语无伦次关上门,把淑珍拉进房间。

淑珍一个劲抹眼泪,许多委屈深埋心里似的。这个样子让鹞子更加内疚。别人都换大房子买新车,淑珍跟着自己还是住五十平米的旧楼房,还是一楼。夏天苍蝇蚊子多,春天潮湿得地板全是水珠,柜子墙壁流大汗一样。都是因为自己没本事。

淑珍不是一个爱慕虚荣的女人啊!鹞子想不通,淑珍到底被什么困惑,她怎么了?最近有点恍惚的样子。

女人的心思没法猜透。鹞子握着方向盘,把车在山路上开得虎虎生风,九个小时的车程,硬是被鹞子六个钟头走完。

“没有这样欺负人的。下次你再欺负鹞子,我拿刀砍了你。”

“别拿鹞子说事。刚才爽得哼唧哼唧的时候你怎么不砍我。”接着,是女人嘤嘤的哭泣声。

“好了,最快他明天下午才能回到家。我这还不是为了你好,让他多跑车多拿钱,你的日子就舒坦些。”女人的哭泣声停止了。

“乖乖,来让哥好好爱你,让你做幸福的女人!”

女人的呻吟声。

“这半个月找不到机会让他出门,你不知道我多想你。”

“哼!说的比唱的好听。”女人从鼻孔里发出的声音。

“别哼,你心里想什么你可能不太明白,可是你的身子全帮你说了。你离不开我,你需要我!别不承认。你这个闷骚女人,我就喜欢这个味道。那个笨蛋鹞子不懂你的需要,我懂。”

“你滚!”女人压抑的声音,憋在喉咙里闷水一样,被击中要害后恼羞成怒冒出来。

鹞子的心里长出无数把透明得像月光一样的刀,恨不得千刀万剐让他万箭穿心的一切。他站在一楼自家窗子外,手中的扁担落在地上,他生命中扁担那头的那个女人变得模糊。他晕头晕脑转身离开。他不知道自己是怎么把车开出来的，也不知道是怎么回到平坡镇。他像个死去的人一样躺在平坡镇路旁的车子里，万念俱灰。他想到了他的儿子远远，难道儿子不在家？被送到外婆家去了？他想到了母亲，他的父亲在乡下面朝黄土背朝天劳作。鹞子流下带血的泪。他惭愧，没能让他爱的人过上好日子。他还不懂女人的需要！

“那个笨蛋鹞子不懂你的需要，我懂！”鹞子的脑海里全是这句话。

女人最需要什么？不就是安稳的日子吗？不愁吃不愁穿的生活，一个爱她的男人，一个可爱的孩子。

“钱是挣不完的，一家人在一起，比什么都好。”这是淑珍说过的话，那么钱在她也不是最重要的。她需要什么？那是什么？鹞子想得头都要爆炸了也没想出个能让自己接受的结果。他想起了淑珍对他的依恋，淑珍不让他跑车的咆哮声。

想不通，想不通！鹞子野狼一样狂叫，捶打着方向盘。

为什么我不懂她的需要？臭女人不要脸，臭男人老子弄死你！老子不是软柿子！

极度气愤极度疲惫的鹞子沉沉睡去。

一觉醒来已是中午。鹞子平静地下车到镇上的小饭馆里点了几样菜，要了一瓶二两装的三花酒，自斟自酌。他的眼神冷冷的，没有一丝温度。两口酒下肚，他的眼睛就布满红红的血丝，看着有点瘆人。吃饱喝足的鹞子开车来到县城，把那件墨绿色紫花的连衣裙买下，给儿子买了他爱喝的果珍奶，给父母每人买了一套喜庆的唐装——冬天衣服夏天打折，过年穿刚好。

鹞子站在家门口的时候，已是晚上九点。淑珍正招呼儿子睡觉。电视机开着，画面上一个妖艳、嘴巴涂得跟猴屁股似的女人正对过路行人挤眉弄眼。

“这个女人不好看，丑死了！”四岁多的远远指着画面上的女人喊着。“还是我妈妈好看，我妈妈是美女。”淑珍在儿子屁股上轻轻打了一巴掌，催他上床。

鹞子在门外听着这一切，心里涌起一股暖流，两行泪不由分说淌下来。他没有迟疑，打开了房门。

“儿子，爸爸回来了，你看爸爸给你买了什么。”鹞子本来想掩饰一下，装得兴高采烈的样子，不用装饰，声音一出口就满是开心。这是发自内心的爱，不由分说无法控制无法掩饰。

儿子一骨碌爬起来，三两下挂到了鹞子身上，粘着了！

“跟爸爸玩一会儿马上睡觉，明天要早起上幼儿园哦，爸爸累了，让爸爸好好休息。懂吗儿子？”

“是，美女老妈！”远远顽皮地敬了一个礼。

“我明天回一趟老家。远远，老爸带你回去看爷爷奶奶好吗？”鹞子不冷不热地说。

“去就去吧，儿子，跟你爸看爷爷奶奶去。记得给我带一些新鲜玉米回来。”淑珍一边拖着地板，一边说。

鹞子自打进屋，就没有把目光停留在淑珍脸上。他不敢，他害怕！他怕什么？他又没做什么错事，可是目光就是躲着淑珍走。

“洗洗睡吧。”淑珍的声音还是往常的腔调。“女人都是天生的演员。”鹞子在心里闷声不响地说着。他不知道，其实他也在演戏，演技并不在淑珍之下。

“嗯”，鹞子听不出这声音是从自己嘴里出来，他以为自己对某种声音失去回应。

鹞子在卫生间里狠命地冲刷自己，几乎搓掉一层皮。

屋里有一股无法言明的气氛,压得鹞子喘不上气来。他爬上床,床单是新换的,带着淡淡的香味。鹞子直不楞登躺着,看着天花板上的吊灯。床头上挂着他和淑珍的结婚照。照片上的鹞子笑容有点僵,一副傻傻的样子,不过上了一点妆的鹞子还是很帅,浓眉大眼的。淑珍柔美地浅笑着。鹞子研究着淑珍的笑,这种笑是幸福还是害羞?是满足还是充满期待?

“你需要什么?”鹞子冷不丁冒出一句话,话一出口,鹞子就后悔了。

“你怎么问那么奇怪的话?”

“算了,没事。我先睡了,你也别太晚了。”

“嗯,我把衣服洗好晾上就好。你累了先睡吧。”

鹞子在老家才待了一夜,第二天就接到了车队电话,让他赶回来,三分队发生坑道塌陷事故,还不知道死没死人,领导都赶去了。省里市里领导都去了现场指挥救援,部里的专家也已经飞在空中了,车队还得派人手去。电话是队长办公室打来的,看来情况十分紧急。鹞子带着儿子搭上最近一班车赶到单位。一切应急物品都准备好了,就等着鹞子。

“我跟车。走吧。”鹞子上车,拉着车队副队长兼指导员一溜烟出了地质大院,向远方飞驰而去。

事故现场非常混乱,已经有两具尸体挖了出来,里面不知还有没有活着的。

“队长,请把指挥权交给我吧,让我来处理这一切。我在部队时是工程兵,知道这类事件怎么处理。”车队副队长急红了眼,跟领导请战。领导商量了一下同意了,让他拿出具体的援救方案。车队副队长的方案一致通过,立马实施。

由于救援及时,方法得当,事故得到最好的处理。事故处理完毕,原来高度紧张的情绪缓解,人一下子就全瘫倒了。

在庆功酒会上,省里市里还有部里的领导都给车队副队长敬酒,说要给他请功。车队副队长豪气地全都干了,说这是自己应该做的事情,遇上谁都会站出来的,只要他当过兵!话语里充满了曾是一个兵的自豪。

鹞子也给车队副队长敬酒,他是真心实意充满敬意的。

他们都醉了。鹞子扶着车队副队长回旅馆的时候,他把车开到了悬崖边。

“队长,你是个真男人!所以我敬你酒。”

“鹞子,你呀,就是有点傻。”

“我随时都可以弄死你,你信不信?”

“弄死我?凭你?”

“是的,凭我!”

“鹞子,你不懂女人。弄死我,你还是不懂女人。”

“砰”一记凶猛的拳头打在肉体上的声音。

“老子现在就打死你!”

“淑珍是好女人,她需要的你给不了她。”

“不许你提这个名字!”暴跳如雷的声音伴着拳头打在肉体上的声音。

“你这个笨男人,你在我身上用力有什么用?”

“她需要什么？”鹞子的声音软乎乎的，以梦话方式游出来。

“力量、抵达！”另一个声音也在梦里软绵绵游出来。

一阵一阵鼾声从悬崖上滚落下来，消失在夜的深处。

山路上飞奔着一辆疯狂的越野车，一路上鸣着喇叭。

车里的两个男人沉默不语。这是新的一天，他们的酒都醒了。

鹞子掏出手机，一边开车一边发短信。副驾驶座上的男人冷静地看着前方，拉紧了安全带。此刻，他们需要这种疯狂的奔跑，要把某种东西远远地急速抛出窗外。

一个急转弯，车轮在路上冒出黑烟，“吱吱”尖叫着。

再一个弯道，车轮在路面上冒着黑烟，车身打了一个圈，撞在隔栏桩上，快速滑下路基。路基下是河流，河水欢快地奔流着。

车队副队长被抛出车外。

车子挂在了一棵伸出的树干上，树干被冲击力激荡着。

“鹞子，别动！”车队副队长爬起来，声嘶力竭地喊着。

“她需要什么？女人需要什么？”鹞子没有一丝惊慌，他经历过比这更危险的翻车。那次车子郭晶晶跳水一样转几个圈翻下悬崖，那次他开的是东风卡车，满满一车大米。车子翻转着四轮落地，除了抛落几袋米，嘴唇被自己的牙齿磕伤，竟然一切完好。奇迹啊！他命大，老天爷还不会收留他。

鹞子回过头来，对着远方笑了。

“我刚才给她发了短信。”车子和鹞子的笑意一起滚落。山下的河水发出巨大的响声。

山痛了，水痛了，趴在马路边的男人痛了。

收到短信的女人泪眼模糊读着短信：那条墨绿色浅紫花的连衣裙买回来了，在枕头底下。到家我要看你换上。绝对漂亮！

（喻红，中国国土资源作家协会会员，广西作家协会会员。）

掌上小说

空　地

■陈振林

老王家后有个院子,院子大,足足有一百多平方米,倒显得老王家的两层楼房小了许多。说是大院子,其实也就是块空地吧。偌大的院子,除了老伴偶尔随意撒播南瓜籽或种点蒜苗什么的,再就是搬个大椅子或坐或卧的老王了。

十多年前,老王还没有老的时候,一家从城东搬到了这儿,也就有了这个大地盘。当年掏尽衣袋的钱才砌了这楼房,那屋后的空地便只能空着了。周围邻居不多,但这杂草丛生的一块地里似乎什么小动物都有。那时,八九岁的儿子王小常把这当做乐园,有如鲁迅先生的百草园一般,捉蛐蛐,逮青蛙,好是快乐。偶尔,也被水蛇吓得嚎啕大哭。后来,老王在屋后按最初的台基面积砌了三面墙,这才叫做了院子。

斗转星移。去年,新城区开发转移到了老王的屋前屋后,不过还好,老王的房子不属拆迁对象。刚好紧贴院子外头建了一个大市场,于是,有人将目光瞄准老王屋后的大院子,想买去,一口价三十六万。

您真是天上掉馅饼了。不少人对老王羡慕不已。

爸,就卖了吧。儿子王小说。

他爸,卖了吧,你看王小没个正当职业,卖了这地也算给儿子点家产吧。老伴轻言慢语。

老王总是不言不语,脸上布满了乌云。一次吃饭的时候,儿子又提到了这事,爸,人家出五十四万了,卖了算了。

啪！老王猛地将手中的酒杯往地上一摔,说,谁也不准再提这卖地儿的事,一百万也不卖!

一家人都不做声了。儿子王小怀疑父亲得了什么病,盯着看了几眼,怏怏地走开。老王呢,每天饭后搬来那把大椅子,往院子中间一横,躺着听那从地摊上淘来的小收音机里放出的咿咿呀呀的京剧,着了迷似的。老伴的丝瓜得搭架了,他笑吟吟地跑过去忙前忙后;来了兴趣,也开始养花,一盆,两盆,十多盆。他养花的技术不好,养着十来盆,养好的也不过二三盆,但老王总是乐呵呵的。

这天,老王想着得把院子拾掇拾掇了,因为过几天就是儿子王小大喜的日子。儿子眨眼就三十了,谈了一个排的女朋友,就没一人进他王家的门。一是王小没职业,二是“怕”父亲老王。还好,眼下就要娶媳妇了。其实,老王也愁了些日子的,因为家里没啥钱给儿子结婚。儿子那些天在家里拍桌子摔碗,老王只当没听见,老伴只得好言安慰。

不过,王小这几天还不错,忙着购置结婚用品,满脸堆着笑。那就要过门的儿媳也甜甜地叫着"爸",像漂亮了许多。老王就是不明白,如今的年轻人咋那费事?为啥非得买这电器那电器,堆得屋子里满满的? 他也不去管,老伴说,有她一个人操心就行。

儿子王小的婚礼办得热闹,大气,有排场,老王也觉得趾高气扬。前来喝喜酒的同事老丁开玩笑:怕是要恭喜你老王今年有孙子抱哩。老王喝儿子的喜酒,喝了一杯又一杯。可是,老王的酒还没醒, 屋子后头的挖土机声就把他的酒给震没了——有人开着挖土机要进他家的院子,院墙已经给掀翻了。

老王一骨碌跑到后院,大声骂道,狗日的,咋拆我院墙? 一个夹着个公文包、老板模样的人见了,一声不吭地递给老王一个红本本。老王一看,是土地证,立马明白了是怎么回事。老伴低声道,儿子没钱结婚你说咋办?你不想早些抱孙子么?是我做主卖了这院子,卖了六十八万,挺划算的。不卖,空着也是空着……儿子王小也低着头。

老王一拍屁股,进了自己房间。

在那块院子的地上,建起了一个小型日用品超市。

从此,不见老王出门,每天只是喝酒。

当年腊月,儿子王小得了儿子。办喜酒时,老王喝得酩酊大醉,一会儿大哭,一会儿大笑。

有人说,老王怕是疯了。

你们才疯了! 那是我的空地啊! 老王大声地说,一抬手,把桌子掀了个底朝天。

(陈振林,男,湖北省作家协会会员,冰心儿童图书奖获得者。已发表作品数百万字,文集四部。)

路在脚下

——山东省临沂市兰山区李官镇土地整理纪实

■王　珊

引　子

是土地孕育了粮食，粮食养活了人们。土地、粮食、人，这三者有着密不可分的关系，生生不息，浑然一体。

诗人说过：我爱土地，就像爱我温柔多情的母亲。

这种爱在诗人那里变成诗句，在歌者心中谱成曲调，在农人手里化为耕耘。一方水土养一方人，一方水土生成一种文化。勤劳质朴、豪爽热情、诚实守信的兰山人，将对土地的热爱升华为另一种文化，一种浓郁的土地情结！

改田、开荒、治水、修路、造林，他们运用土地综合整治这一政策，将荒山变良田，将旧村变天堂。

一、项目区选在哪里

随着城市工业化、城镇化速度加快，经济发展与耕地保护的矛盾日益突出。计划指标供地数量少，靠点供土地的方式门槛高、难度大，城乡差距愈来愈明显，新农村社区建设需要进一步加强的问题逐日凸显。

临沂市兰山区，位于山东省东南部沂蒙山区南缘，总面积650平方公里，人口88万。兰山区下设7镇4街道1个工业园区，470个村。驻地临沂城已有2490年历史。1972年在银雀山汉墓出土的《孙子兵法》、《孙膑兵法》竹简，为新中国成立以来十大考古发现之一。

兰山区是临沂市委、市政府所在地，也是全市政治、经济、文化和商贸中心，地理位置优越，交通四通八达，城市建设日新月异。作为全国最大的商品集散地之一，闻名遐迩的临沂批发城就坐落在兰山区城区西部，是鲁、苏、豫、皖地区最大的商品集散地和人流、物流、资金流和信息流中心。

临沂市兰山区，这一经济发展迅速的现代化城市，是如何解决用地矛盾，破解难题，既

“保增长保红线”,又统筹城乡发展呢?

2009 年春节后的第一次区委常委会上,时任区委书记的李沂明就作出重要指示:“充分运用城乡建设用地增减挂钩政策,改善农村生产生活条件,统筹城乡发展,树立依法用地意识,破解用地瓶颈。”

如何贯彻会议精神、领会领导指示、做好增减挂钩这项工作?刚刚从临沂市土地增减挂钩工作办公室调到兰山区国土分局任局长的冯连伟动了心思。

此时,兰山区的增减挂钩工作还停留在运作初期。2009 年,兰山区被确定为临沂市“两型”社会和城乡统筹发展试点区。2008 年和 2009 年,虽然有两批城乡建设用地增减挂钩试点项目,但只是零零散散,大规模的工作难以开展。其中,只有朱保镇葛疃村项目进展比较顺利,其他几个项目相对较慢。不久,区政府又确定了“要善于抢抓机遇,用好增减挂钩政策,为民造福,为区受益”的主题,将增减挂钩工作列为全区重点工作年度考核,为他们指明了方向,坚定了信心。

通过缜密的分析调研,大家意识到要做好这个工作,既要广泛宣传,又要选择一个群众基础好、党委政府能力强的乡镇才行!

那么,项目区选哪儿?

2009 年 11 月的一天,兰山区国土分局局长冯连伟和李官镇党委政府书记赵继恺,受区委、区政府领导的重托,乘车前往山东省国土资源厅“取经”。

前往省城这一路,坐在车里两个人都默默不语,可又都有一种沉甸甸的责任感在心中翻滚。

眼下要开展的这项工作,既没有现成的模板,又没有经验,到了省国土资源厅,厅里的领导会认可吗?他们不约而同想着这个问题。

冯连伟看了一眼赵继恺,心中暗想,我们选择李官镇作为项目区,就一定要克服困难,把这项工作做好。

二、一条探寻的路

2009 年的深秋,在兰山区李官镇党委政府的办公室内,镇党委书记赵继恺眉心拧成一团,一副心事重重的样子。熟悉他的人都知道,他一定在为某件事深思着。

自打调到李官镇,老赵就一直谋划着未来。如何在任职期间,为李官镇 4 万多老百姓创造一个更美好的明天?如何让老百姓有一个安逸舒适的生活环境,让老百姓手里有钱,心里不慌?为此,他苦寻出路……

李官镇位于兰山区北部,面积 82.86 平方公里,辖 49 个行政村,人口近 5 万,耕地 6 万亩。镇政府驻地李官村距临沂城 25 公里,辖区西北高东南低,属山地丘陵。

多年来,镇内村庄房屋多以草房、瓦房为主,村内道路狭窄,没有下水道,平时污水横流,赶上下雨满地泥污,想出院门都是难事。规划基本沿用很多年前的,部分村庄的新规划只是在原有基础上修修补补,造成了新老规划难以衔接。有的村民盖了新房不拆旧房,成了“空心村”,各村庄均面临着可供建设用地越来越少、适龄青年婚房需求量大增的双重压力,粗放型用地的浪费现象亟待解决。再走原来的发展模式,很难摆脱困境。

小完沂村的一位群众就为给儿子娶媳妇的事给赵继恺打过电话。电话中，他向老赵大诉苦衷。原来他儿子在外地打工谈了一个对象，两个人到了谈婚论嫁的地步。结果，女方家人来相了一次家后就捎过话来，先说村子太穷，连条像样的路都没有，回个娘家都难；还有男方家的房子也太破。这位老乡赶紧解释，我们村有钱，我家条件也不错，就是现在规划不能建。女方家又说，那好吧，等建好房再商定婚事吧。看着儿子天天愁得掉眼泪，他实在没法只好硬着头皮给赵继恺打电话，想要赵书记给个明白话，什么时候能统一建社区，盖楼房。儿子的婚姻可是一生中的大事啊！

还有一件事让赵继恺感触很大。春节时镇上的干部去慰问村里的困难户，当他来到一户寡居的老人家时，立刻震惊了。老人一人独居在低矮的草房里，屋里除了破旧的被褥，什么也没有。问村里的党支部书记，为什么不把这位老人送敬老院。支书说她坚持不去敬老院怕花钱。赵继恺一再对老人说，去敬老院不用花钱，可她依旧不同意。她说要住自己的房子，死也要死在这里。看着老人的景况，他的心隐隐作痛。像这样的老人，应该住在温暖干净的老年房里，有邻居和老年朋友互相照应。

这两件事深深地触动了赵继恺。如何改变破旧的村容村貌，把旧村变成环境优美、配套设施齐全的社区，让农民也过上城里人的生活？合村并点，依靠镇村自身的力量难以推进。到哪儿寻找一个突破口，一个政策切入点，一个让群众政府都能满意的机遇？

为此，赵继恺苦苦求索……

那一天从区政府参加会议回来，走在李官镇狭窄的道路上，看着车窗外破旧的房屋，赵继恺的耳边一直萦绕着李书记的话，心里有了想法。

此时，恰逢冯连伟他们前来调研。双方寒暄之后，冯连伟介绍了增减挂钩有关政策："按照政策，一亩地先期可补偿5万元，以后还可以在你们这儿争取省级土地整治项目。不止村庄，整个李官镇还可以实行田、水、路、林综合整治。到时候，群众的居住、生产环境都会发生天翻地覆的变化。"

赵继恺强压心中的激动："太好了，上次在会上听了李书记的安排部署，我就有了这个想法。我们李官镇以农业为主，依靠镇政府和农民自己的力量，想整体搬迁、住进楼房根本不可能。我们迫切需要这样一项好的政策。可是不知道这路子怎么走？群众工作你放心，我们有很好的群众基础，一定能说通。"

没来之前，冯连伟已经对李官镇的整体情况做了了解。李官镇位置优越，群众基础好，对村庄搬迁的意愿也很强烈。最主要的是，李官镇有一个以赵继恺为首的能打硬仗、善打硬仗的领导班子。

事不宜迟。他们抓紧把这事向区领导汇报。时任兰山区区长的耿学伟认真听取了他们的汇报后说："当前要做的，就是到省国土资源厅，咨询一下政策的可操作性。要广泛发动群众，让群众逐步接受、参与、支持，把这项工作当成大事来运作。要摸清底子，选好路子，订好政策，多学习他人经验，制定出符合李官镇实际的政策。"

三、成功背后的艰辛

从省国土资源厅返程时，大家一扫来时沉默的气氛，你一言我一语地开起玩笑。

原来刚刚在省国土资源厅，他们受到了时任总规划师、挂钩办主任刘继宝的热情接待。听说冯连伟已经调到兰山区国土分局任局长，刘继宝很是高兴。

刚落座，冯连伟便迫不及待地向刘继宝汇报："前几年，大家对增减挂钩政策不太理解，宣传力度不够，这儿申报一个村，那儿申报一个村，开天窗似的，致使项目没有大幅度开展起来，造成工作被动。现在，区领导有一个好的想法，那就是申报一个规模比较大的项目，好好大干一场。"

刘继宝听着，给他们一个定心丸："只要区领导支持，做好群众工作，那么这件事上级一定大力支持。"

"请领导放心，只要批了项目，我们一定会把这项工作做好。"赵继恺信誓旦旦。

看到冯连伟坚定的眼神，听着赵继恺铿锵有力的声音，刘继宝赞赏地点点头。

回去后，两人一分钟没耽误就向耿学伟汇报，得到肯定。下一步就是征求群众的意见。此时，信心满满的赵继恺没有想到，第一轮入户走访工作就遇到了"绊脚石"。

2009 年深冬，在李官镇的大街小巷，抽调的工作人员冒风寒、顶风雪、踏泥泞，走访了全镇 49 个村，征询群众意见。那年冬天特别冷，为了做好工作，大家的手都冻僵了。工作人员分村入户，实行分片制度，一人包一个村。到了村里，先召开群众会议，发放征求意见表，向群众宣讲政策。有的人家白天没人不能参加会议，工作组就蹲点到晚上。凭着这股子干劲，短短 20 天，工作组就把李官镇 49 个行政村、16600 多户跑完了，创造了神奇的"李官速度"。

赵继恺信心百倍。根据以前所掌握的情况，李官镇的百姓对搬迁入住新村的积极性非常高。结果下来了，却出乎大家的意料，调查民意结果只有 60%的人同意搬迁。

这里边的原因是什么？究竟是群众不愿意搬迁，还是政策宣传力度不够，没有真正了解群众心思？

元旦将至，可是，李官镇政府并没有节日欢快的氛围。反馈结果不太满意，群众的心情可以理解。这项工作虽说是利国利民的好事，但要让群众接受新的生活方式，搬出居住几十年的老村庄，改变传统的生活模式，并不是一件容易的事。

"怎么办？群众不完全接受，工作如何开展？资金怎么落实？要把项目建设好，实现既定目标，就必须先把这一连串问题解决好。"一想到这些，赵继恺就感觉到沉甸甸的压力，透不过气来。

为了尽快解决这些问题，让项目早开工，他连夜召集大伙举行了专题会议。经过激烈的争论，大家一致认为，前期走访群众不满意，是因为没有彻底深入群众，没能从群众的立场来考虑一些比较细致的问题。

赵继恺说："根据以前掌握的信息，广大群众的意愿还是想入住新房子的，那么再开展一次群众走访，看看他们的真正意愿是什么？"

等把材料整理出来，赵继恺和同志们才感觉到浑身酸疼，一点劲也没有了。抬头一看，墙上挂着的时钟，指针已经指向午夜 12 点了。

第二天一早，国土部门和李官镇党委、政府组织的工作人员又一次行动起来。他们走进群众家，每走访一户，都认真记录，如实地填写群众对于入住新区的顾虑和要求。时值寒冬腊月，有的同志脚手冻裂了；有时一天都吃不上一顿热乎饭，喝不上一点热乎水，饿了就啃包方便面。靠这种毅力，他们终于收集到了群众的真实想法。原来，不是部分群众不想搬迁，而是有顾虑,怕上楼会打破原有的生活方式。

工作人员归纳总结了“想上楼拿不起钱怎么办,上楼后农机具和牲畜放在哪里,躲迁费的发放标准是什么”等35个问题。

区政府成立了专门班子,研究对策。这35个问题大到社区的整体规划,小到一棵树的补偿,甚至更为细致的“丧葬问题”都进行了答复。短短数天,35个问题被总结归纳到一本小册子里,以一问一答的形式,制作了2.8万册小册子,发放到了每家每户。那时的李官镇,出现了机关干部讲手册、学手册,群众议手册的火热场面。大家见了面,不再是“吃了吗”,竟然是“看了吗”,通过宣传,增减挂钩政策的益处妇孺皆知。

这一次民意调查结果反馈回来,群众搬迁意愿达到了80%。

四、敢问路在何方

路在何方?

赵继恺经过深思熟虑,又想好了办法。只有群众亲眼看到入住新居后的巨大变化,才会对这项工作更加认可。他们决定带领群众到有影响的社区参观学习。

眼看快到春节了,可在李官镇,参观学习的阵势却如火如荼。

一大早,天还蒙蒙亮,河湾村的老支书田宗强就站在村口扯着嗓子吆喝村里的群众上车。村里租了6辆大客车,打算用5天的时间把全村506户村民,全部带到已经建好的月亮湾社区参观学习。

河湾村的村容村貌仍旧保留着上世纪八九十年代的特征。全村连一条像样的路都没有,房子也是以草房、旧房为主。当初工作组入村宣传增减挂钩政策时,大部分村民积极支持,盼着能住上干净宽敞明亮的楼房。村里现状是:村民手里有钱,村里却没钱。这两年,村民外出打工,手头上都有余钱。

不出所料,参观的效果很好。当村民们看到月亮湾社区新楼干净卫生,生活方便,社区外配套设施齐全,环境优美时,都眼馋得了不得。尤其参观了社区老年公寓,更有感触:虽说是冬天,仍然有一群老人坐在那儿晒暖。

回来的路上,大家的热情高涨起来,说风凉话的不说了,有人当场就表态了:住在这儿,真像天堂啊!若是咱村也建这么漂亮,我一定搬。

第二天,根据户数报楼层、面积,仅用了三天就签订完协议。有的村民高兴地给自己算了一笔账,自家若要90平方米的一套住房都不用缴钱。村里老年人要实在不愿上楼,也不勉强,尊重老年人的意愿,仍住在自己的老房子里。

通过这一次征求意见,支持率达98%以上。短短一个月之内,李官镇党委、政府先是组织村干部、村民代表分4次,120批次,4万人次外出参观学习。

2010年3月17日,在兰山区全区土地管理重点工作调度会上,耿学伟批示,增减挂钩是突破土地“瓶颈”制约,改善群众生产生活的有效手段,是实现“保增长保红线”目标最为直接、最为有力、最为有效的措施。

4月6日,大家期盼已久的省政府批复优先下发了。李官镇成为全国首批、山东省为数不多的整镇推进的全省最大项目区，批准规模占全省批复项目区总面积的50%还多。项目涉及玫瑰湖、莲花山、向阳河、蒙河苑、桃花源5个社区，共24个村、6134户，共需建设214栋居民楼，总建筑面积110万平方米。土地总面积5万余亩，拆迁面积近5000亩，安置面积1000余亩，社区建成后可节余土地增减挂钩指标3000多亩。

5月12日，市委书记连承敏专程到李官镇现场办公。他称赞道："大家对开展城乡建设用地增减挂钩工作热情高、积极性强、认识到位，李官镇要作为全市城乡统筹发展的突破点，成为全市村镇建设的新亮点，要开大花、结大果，成为临沂市、兰山区的品牌，打下一个深深的'李官烙印'！把李官镇打造成全国、全省的一流项目区和全省示范点。"

五、"涑河精神"流进李官

用"涑河精神"来打造"李官烙印"，是耿学伟在现场会后对他们提出的新要求。

到过临沂兰山区的人都见识过涑河的美丽清澈，两岸景色迷人。谁想到，这条河，却一度成为两岸群众的"忧心河"。

原来，涑河发源于费县，经西山村流入兰山区后，在朱保镇南郭庄村开始分流。由于中下游河道弯曲和分支处无法控制，每到汛期，南北混流，常泛滥成灾，近年来，又存在不少污染严重的问题。

临沂市政府在多方论证的基础上，做出了涑河综合治理开发建设的重大决策部署。利用3年时间，投资300多亿元，将16平方公里污染厉害，脏、臭、乱的涑河建成兼具水乡风情和商业旅游功能的"江北秦淮河"、"夫子庙"等城市景观，构筑"人、水、环境"协调发展的生活空间，成为代表临沂传统和现代形象的标志性地带，创造了人与水斗的"涑河精神"。

5月17日，在李官镇现场办公会上，耿学伟提出了这样的要求，那就是要用一种"涑河精神"将李官镇增减挂钩项目区打造成"节约工程"、"廉洁工程"。

赵继恺在思索，"涑河精神"之所以为民所推崇，最主要的就是它坚持了以人为本、民生为重，始终把群众利益作为想问题、作决策、办事情的出发点和落脚点，李官镇增减挂钩项目，就要沿着这条路子走。

区政府把这项工作当成大事去部署。刘耀华区长牵头，全志刚政委和刘庆云区长两位联系李官的领导积极参与，国土、建设、规划、财政、发改等部门全力以赴做好分内工作，李官镇党委政府全力以赴，当成当前第一位的工作。兰山区政府随即出台了《兰山区城乡建设用地增减挂钩管理暂行办法》，将城乡建设用地增减挂钩工作列入全区年度重点工作考核内容，在300分重点工作的年度考评分中占到了60分的比例，增减挂钩工作逐步纳入制度化、规范化轨道。

项目区建设指挥部成立了，由赵继恺任总指挥、镇长李青为副总指挥，下设规划建设、拆迁安置、工程监管、资金管理组，各司其职，负责抓各项具体工作的落实。区直有关部门抽调业务骨干，配合李官镇组成宣传、拆迁、安置、资金、稳定等工作组，实行集中办公，形成了上下配合、齐抓共管的工作格局。

这期间，耿学伟又带领国土、建设、财政和李官、白沙等镇党委政府主要负责人到汶上县和肥城市学习增减挂钩工作经验。回来后，大家明确了一个思路，要借鉴汶上和肥城的经验做法,结合"涑河精神",干好这项工作。

六、又有一只"拦路虎"

规划是龙头,搞好规划是前提。

玫瑰湖、莲花山、向阳河、蒙河苑、桃花源5个社区共有5家规划设计单位来做。在此之前,耿学伟要求"社区还建建设规划要充分考虑当地居民的生活习惯来设计"。为此,指挥部考虑不能千篇一律,每个社区要体现自己独有的田园风光特色,充分考虑土地资源和居民生活习惯。

赵继恺要求各个设计公司就户型、面积提出几套方案。把初步设计的60平方米、90平方米的户型发放到村里后,群众意见又反馈上来了。因为村里有些鳏寡孤独村民不要大户型,要求增加40平方米的小户型。本着完全尊重群众意愿这一准则,他们立刻修改规划。于是,40平方米的小户型也列在规划上面。

6月1日,李官镇土地增减挂钩项目区工作汇报会在市规划局举行,耿学伟听取了市规划建设设计研究院关于五屯社区、完沂社区的规划设计方案汇报。会上,经过多方论证修改,终于让群众满意了。

7月的一天,赵继恺做了一个惊人之举,把办公地点从李官镇党委政府搬到了国土所,指挥部就设在这儿,他吃住在指挥部。

天时、地利、人和都占全了,一个一直让大家纠结的大难题冒了上来。整个项目粗略保守估算要15亿元。这么一大笔款项从何而来?

项目建设投资大、环节多、筹资难是制约项目落地的重要瓶颈。老百姓图实在,只有眼瞅着新房子盖起来,他们才会放心搬迁。项目建设采取的是先建后拆的办法,光前期资金的启动就是一个大难题。建需要钱,安置区占部分旧村庄,拆除出来的群众需要搬迁费,也是钱。钱是影响项目运作的关键问题。没有钱,建不成、拆不动,说什么都无用。

其实,对这件事,区领导们早就考虑到了,领导们一致敲定:"资金统筹,那就是其他各项资金都要向项目区集中,供销部门商业网点布局、卫生部门医疗站点建设、水利部门自来水专项资金、农业部门沼气建设资金、交通部门道路硬化资金等,都要优先扶持项目建设。还有一条,那就是拓宽融资渠道。区领导认真研究国家金融政策,认为可以充分利用各类金融平台,积极与中国农业银行、中国农业开发银行等多家银行联系对接,争取信贷支持。

炎热的夏天,赵继恺衣服都湿透了,他一次又一次跑中国农业银行、中国农业开发银行,邀请银行领导对李官镇项目区进行实地察看。区政府也与财政、国土、农业银行建立了信息沟通与协调、联席会议和土地增减挂钩项目贷款专报制度。针对贷款问题,领导们多次召开会议,专题研究探讨项目运作可行方案及制约条件的解决办法。

7月28日,李官镇项目建设现场。市委副书记、市长张少军陪同中国农业银行股份有限公司业务部副总经理肖彬、山东省分行副行长张晓男来到项目区进行全面调研。

赵继恺对项目可行性逐项向肖总和张行长汇报。听完后,他们又冒着炎热,实地走访了项目区的许多地方,对项目区的规划、拆迁、新建面积及资金缺口进行认真研究分析。回去后,农行临沂分行为争得上级政策支持,就项目承贷主体、必备手续等向省行作了专题汇报,开辟一条方便快捷的“绿色通道”。经过不懈努力，确保了首笔增减挂钩项目贷款的成功获批。最后，从农业开发银行贷款4.5亿元，从农业银行落实了3亿元资金，项目正式启动。

8月16日，锣鼓喧天，彩旗招展，方圆数十里的老百姓都来到李官镇，大家翘首企盼的兰山区李官镇土地增减挂钩项目区建设启动仪式隆重举行。这一天，临沂市委常委、副市长刘晓，市国土资源局局长李彦普，市政府副秘书长秦鸿伟以及兰山区有关领导，市区相关部门负责人和其他各县区领导都齐聚李官镇。

这一天的到来，凝结着多少人的心血和努力。自2009年10月份以来，区委、区政府主要领导多次深入李官、朱保等镇，实地研究推进城乡建设用地增减挂钩工作，在全区掀起了开展增减挂钩工作的新高潮。

七、传来两种声音

就在项目如火如荼进行时，赵继恺却意外听到从群众那传来的两种声音：

“为什么只拆我们村，不拆他们村？”这是纳入项目区24个村庄的部分群众发出来的。

“为什么给他们建楼，不给我们建楼？”这是来自另外25个村庄，不在项目区之外的群众发出的。

面对群众的呼声，赵继恺感到更大的压力：“增减挂钩工作实施主体以镇政府为主，可是镇政府本身就有着千头万绪的工作。本来申报24个村已经在全省属于规模最大的了，再把剩余的25个村庄列入，工作量可想而知。只有70余名的镇政府工作人员如何应对？”

可是，群众意见却是如此统一，群众的呼声一浪高过一浪，项目到底申报不申报，省国土资源厅认可与否？为这事，赵继恺又陷入深思。

此时，冯连伟来到指挥部，又一次为赵继恺带来好消息：“机会来了，难题可以解决了。省里又要申报一批农村土地综合整治项目，趁机把剩余的25个村庄纳入农村土地综合整治项目区内。不仅能满足群众意愿，把全镇建成新城镇，还能对田、水、路、林进行整体整治，又是一件大好事。”

实施全镇搬迁，这现实吗？人力、物力、财力能跟进吗？赵继恺犹豫纠结着。

面对着群众的强烈意愿，再加上领导的鼎力支持，更有农村土地整治的大好机遇，让冯连伟和赵继恺又一次下定决心：压力再大也要做。两双手又一次紧握在一起。虽然他们知道，未来可谓困难重重。

首先是规划设计，以前做好的规划现在要全部打乱，重新来做。原定三五个村安置在一起的，现在要重新再设定。49个行政村，16600多户，46000余人，经过一番缜密考虑，共同研究，重新规划后将建成9个社区。还有就是群众工作，虽然大部分的群众要求入住新居积极性很高，可新村建设需要方方面面，细化工作一处想不到也不行，都会引起争议。

从群众中来，到群众中去。群众住新房，他们最有发言权。有了前期的工作基础，大家也有了经验，从规划到建设，从拆迁到复垦，都是群众说了算。如居民点撤并、搬迁安置、土地复垦整理方案，都让村委会参与编制，村民提出了许多宝贵意见。方案提出后，还要经村两委会议、党员会议、村民代表会议讨论决定，并由镇政府报区政府审批，区国土资源局、镇政府与村集体经济组织或村委会及有关单位签署协议。

规划设计经过层层修改,终于敲定。李官镇依托独特的地理位置和发展环境,提出了“合村并点、整镇推进”的工作思路,全力推进整镇域的土地增减挂钩工作。

规划的九大社区需建居民楼480余栋,总建筑面积310万平方米,拆迁总面积1万多亩,利用3年的时间,完成全镇九大社区建设与回迁入住工作。项目区农用地整理总规模为5万多亩,预计新增耕地5000多亩,对全镇的田、水、路、林、村进行综合整理,硬化田间道路,修建农田水利设施,整理低产粮田,实现田间林网化、生产集约化。拆迁工作将按照先建后拆的原则依次进行,大多数群众将在迁入新楼房后再拆除旧房,但也有部分群众的住房需要先行拆除,因为在新社区建设过程中需要先腾出部分建楼房的土地。

9月18日,李官镇又召开了动员大会,全面启动了农村土地整治项目区“百日会战”建设活动。提出“奋战100天,打好攻坚战,一期抓工程回迁,二期工程抓交付,三期工程抓主体,四期工程抓进度”的工作思路。项目的旧村拆迁协议签订率达到了93.7%。自启动协议拆迁签订以来,短短半个月的时间,协议拆迁签订率就达到93%以上,有15个村协议签订率达到100%。

12月9日,李官镇国家级农村土地综合整治项目启动仪式举行。

随着一幢幢楼房拔地而起,质量成了老百姓最关心的问题。

早在项目实施前,兰山区国土分局就委托山东正平招标代理公司和山东齐信招标代理公司,对李官镇国家级土地综合整治项目举行公开招标。对各种建材实行准入制度,各项目区所在镇、村组织项目质量监督人员进驻现场跟踪检查,确保工程质量。各村都向建设工地派驻了5人以上的工程质量监督小组。这是一套严谨的监督措施。已开工建设的400余栋居民楼,无一因质量问题被群众投诉。

在产品质量安全方面,由村里的监督小组负责。对于未通过招投标进入的材料,村级监督队伍要没收和处置。村民监督小组成员对群众也要有交待,对楼房的建筑质量不用担心,房子给自己盖的,住也是自己,一旦出了问题,将成为全村人责骂的焦点,对不起全村人。

建设沂河苑社区时,有一批钢材不是原来指定的产品。钢材进来以后,被村民监督小组发现了,他们立刻向指挥部汇报。赵继恺连想都没想,马上拍板,对于不是原来指定产品有权一律没收,并按照规定,给予施工单位处罚。

这样一来,所有的产品在进货时都严格把关。对于村里的监理,指挥部还聘请了两名技术顾问,对其进行再监理。监理未发现的问题,经指挥部发现后,将对监理小组进行处罚。

监督小组的责任重了,还能对群众起到很好的宣传作用。回家后能告诉家人,房子质量绝对没任何问题。

让赵继恺欣慰的是,在已开工的社区居民楼,无一因质量问题被群众质疑。工程进度加快了,群众的支持认可度也提高了。

八、如今也是城里人

2013年7月的一天,临近黄昏,热浪依旧一阵又一阵袭来。前一天虽然下了一夜雨,却没有带来多少凉爽,反倒增加了几分热气。

在李官镇玫瑰湖社区，大家的搬迁热度比天气还要热三分。玫瑰湖社区位于李官镇施庄子村以南，大完沂村以西，西靠新修的沂蒙路，共涉及铁山坡、孙庄子、施庄子、大完沂等8个村，1680户，5410人。拆迁面积1000多亩，安置面积400多亩，节余增减挂钩指标800余亩，建62栋楼，建设面积30万平方米。由临沂市规划设计院承担设计，分为60平方米、90平方米、120平方米三种户型，设计为5层楼外加阁楼和车库。用群众的话说，就是“5+2”模式。

整个社区车水马龙，大家忙活着搬家具，运送物品。本来宽阔的社区道路两旁，突然之间变得狭窄起来。路两边挤满了各类装修、家电、家具的摊位，这哪儿是农村搬迁？分明是一个城市小区繁华再现。

铁山坡村的高大爷正在楼房车库外忙活，老人嘴里哼着沂蒙小调，心里也在盘算着一笔账。他的旧房子是140平方米的，现在要了一套158平方米的三楼居室，4口人贴补了1.7万多元。他贴补的这部分钱是按照镇上一户一宅的规定：实际人口数以每人30平方米的住房标准进行还建安置。年满22周岁的，享受60平方米。原住房人均面积不足30平方米的，剩余的本着自愿的原则以每平方米890元的成本价贴补。自已贴补1.7万多元就能住上158平方米的三楼，高大爷心里越想越乐。要知道，玫瑰湖社区距市区开车不过20分钟，地理位置非常优越。这要进入市郊，一平方米怎么也在5000元左右。

在社区门口，小完沂村的王宝金抱着孩子，脸上堆着笑，迈着大步走进社区，看到门口摆摊卖杂货的，便停了下来。

“兄弟哪个村的，一看你那高兴样，就是选了好房子。”摊主忍不住地问他。

他憨厚地笑笑：“我家在小完沂村，可不咋地，就老婆孩子3口人，要了一套90平方米的五楼住房。说起来怪不好意思，住这新房子没花一分钱。后来老婆说要一套储藏室，我才算贴了点钱，一共不到1万元吧。”

“我们施庄子村也是前天下大雨冒雨排队，那场面真叫一个震撼。上周四，搬迁通知还没下呢，大家为了排号，拿着小马扎3天前就排队，都说趁着搬迁政策很优惠抓紧搬。”旁边一位中年人忍不住接过话茬。

玫瑰湖社区大门外，一条宽阔的水泥路上两边新栽了绿树苗，这是土地综合整治项目新修的道路。李官镇政府结合土地综合整治项目，拓宽了路面，更方便社区老百姓出入。社区外边是学校、幼儿园的集聚区，还有商业门面，房租金可以用于解决老百姓的物业费用。再一角是健身广场，老百姓没事就可以到广场上活动，丰富了业余生活。

居者有其屋！玫瑰湖社区只是李官镇社区建设的一个缩影。为满足群众的生活需求，9个新建社区都有便民服务大厅、医疗服务场所、幼儿园和小学、生活和农资超市、休闲运动和娱乐场地、商业和服务设施、红白事举办场所、生活污水处理站、垃圾收集运输站等。

现在，社区的后期资金筹集也有了着落。截至目前，临沂市调集3万亩的增减挂钩指标，由临沂市委副书记、市长陈先运亲自给各个区县长开会，下达了任务目标，那就是：3年的增减挂钩任务两年完成，按每亩25万元的标准，先期预支指标使用费用。这样，市里调剂出5000余亩的指标，能返15亿元，将全部用于项目建设和配套设施的完善。

九、旧村变成了良田

村民搬迁到新楼上,旧村的房屋拆迁后复垦成土地。

河湾村支书田宗强现在还清晰地记得,2012 年冬天他们村有一部分房屋要提前拆除,从宣传到拆除一共才用了 8 天时间,拆了 89 户老房子,其中 2 天入户,3 天宣传,3 天拆迁。拆迁时,由老干部、老党员和有威信的党员、村民代表组成房屋测算评估小组,对村里的房屋逐一测算,张榜公布,接受监督,全村的老百姓很积极。

村民的积极性这样高,一个先决条件就是住楼不要钱。而拆迁后上楼的村民就一个念想,那就是抓紧搬迁,腾出土地用来大户流转。

拆迁出来的旧村将变成一片片肥沃的土地。

李官镇有一个簸箕掌村,村名特别有意思,取自村子的形状像个簸箕一样。单从村名就能想象出,村子里的布局规划有多别扭。8 月份,村民们就要搬离这个村庄,到云泊湖社区居住了。

村支书刘洪军对村民说:“别看现在村子很破,搬迁到云泊湖社区,就等于住仙境里了。”

新社区的东边就是云泊湖,环境特别美,空气清新。来到他们村子里的亲戚都眼热,说:“你们从破村子搬到新社区,一步登天,可羡慕死了!”

对于村民入住社区后的种地问题,大家不止一次商量。村民盼望的一件事就是土地流转,旧村全部整理复垦后统一流转使用。然后,在大面积连片土地上引进一些大公司进行规模经营,收益归全体村民。大家还可以到这些公司打工,成为农业工人,增加个人收入。

刘洪军和村民们总结了,谁说俺们老百姓失地了?这个项目其实就是让我们增地,不只增地,还增加收入呢,两全其美,何乐而不为!

说到高兴,玫瑰湖社区的李大爷才最高兴呢。

原来国庆节前儿子李长金结了婚,小两口住的新房正是刚刚分到的玫瑰湖社区四室一厅的还建楼,是用老家瓦屋村的旧房子“换”来的。

节后,小两口双双外出打工了。行前,专门到两公里外的瓦屋村旧址看了一下,回来告诉父亲,不用再挂牵那几间老草房了,现在已经被推土机整成一片耕地,下步流转出去光等着拿钱就行了。

李大爷忍不住和人夸赞:“真怪好,草房换楼房,有地不种地,做梦都没想到的好事,让我们这辈子摊上了!”

那么,村民入住社区后,改变以往传统的生活模式,会不会带来什么不便呢?像农副业怎么搞?农业养殖怎么办?大型农机具怎么存放?粮食如何储存等一系列实际问题。

对于这个疑问,赵继恺早就想好了办法。为了解除老百姓的后顾之忧,经过反复论证,已经有一个好的思路。

大家对村民入住社区后到底带来哪些弊端和不便进行了一次全面调查,再进行梳理,总结了‘一区、一园、一仓、一市场、一中心的五个一”。

“一中心”就是建一个农业综合服务中心,社区有幼儿园、学校、超市、医院,让村民不出社区就能解决。另外还有农具问题，农民都上楼了，那农具咋办，总不能开着拖拉机上楼啊。经过全面调查，现在的农户家里基本上没有大型的农机具，一般家庭也只有镢头和铁锨，以往的牛耕犁地的现象没有，已没有了那种原始的农具。每个村里有三五台大小型收割机，搞农机大院没了必要。而农业综合服务中心就是给老百姓提供农机、农技和农资。把大型农具吸引过来，统一存放，统一经营，用租赁入股的形式进行运作。农技是技术人员统一给群众定期讲课。农资通过政府渠道来解决问题，只需要保运转，尽量降低群众的生产成本。“一园”就是一个综合型集中的农民创业园，用来解决手工作坊。现在，规划设计已完成，镇上统一拆迁过程中的小项目统统集中到此。“一市场”就是搞一个农产品综合交易市场，一部分作为农村的集市，另一部分作为农产品交易市场。“一仓”就是建一个粮仓，粮食供应任务和粮食局一起达成协议，由镇里负责土地，他们负责修建粮食储存点，为李官镇免费存放粮食。到时，九个社区都设置粮食供应品，村民凭小本到供应点去领粮。“一区”是规划了一处大型的生态养殖区，把所有养殖放在一起，集中解决养殖的污染问题，同时设计了大型的沼气池，以后能够通到社区。

新社区建成后，60 岁以上的老人可自愿将土地流转到村集体经营，由社区对老人进行统一供养。生活困难的村民办理最低生活保障，孩子则可以在社区内享受到优质教育。赵继恺想的是，城市社区有的咱们有，城市社区没有的也要有。

全省 66 个土地综合整治项目，兰山区就占了两个，工作量大，任务重。时至今日，总预算投资 3.42 亿元的李官、半程—汪沟镇两个国家级土地综合整治项目，基本完成了农用地整治工作，新增耕地 9000 余亩，中央和省扶持资金 2.7 亿元已全部到位。玫瑰湖社区的群众搬迁工作正在进行，沂河苑、云泊湖社区群众已入住。李官镇项目区开工建设居民楼 489 栋，395 栋实现竣工封顶……

通过土地综合整治，一幅前所未有的农村生活新画卷，在兰山区大地上缓缓舒展开来。

（王珊，中国国土资源作家协会会员，曾在报刊发表文学作品若干篇，现供职于山东省汶上县国土资源局。）

申泰明的“后花园”

■言　子

一

站在园子中央的黄桷树下，透过竹林的枝丫，早春的斜阳金光闪闪，辉煌的阳光从西边直射进来，让这片园子几分明丽几分幽暗。竹枝间看那轮斜阳，有了许多诗意许多古意，花木扶疏，明暗相衬，让人想起刘禹锡《竹枝词》里的两句：山桃红花满上头，蜀江春水拍山流。桃花还未开，红梅海棠倒是开了，开得绚丽开得灿烂，开在丛丛凤尾竹下，红花映绿叶。竹林间的一棵李树，青色的花萼已绽开，白色的花苞显露。凤尾竹是园子里一道厚实的篱笆墙，园子四周，还有斑竹罗汉大琴丝小琴丝等十几种竹子。进园子，竹篱笆夹道；进屋，门扉两边，两丛幽篁掩映。丛丛幽篁下，摆满天然形石桌石凳，涪江石、丹景石最多，燕儿石古生物化石次之。园子边沿，一路涪江奇石，错落排列。燕儿石的图案，似燕子飞翔，老百姓把这种化石形象地叫做燕儿石。丹景石的图案，酒红色。园子里的石头，仔细玩赏，一日两日工夫是看不够的，山川河流，奇花异草，飞禽走兽，每一块石头，都是一件艺术品；每一块石头，都是一片大自然。小小园子，与其说是竹的园子，不如说是奇石的园子、树木花草的园子。

这是申泰明的园子，是申泰明的“后花园”。

申泰明对这个园子有使用权，所有权属于川西北地质队。

申泰明租赁这个地方时，废弃的荒地里杂草丛生，只有一间孤零零的红砖平房坐落此处。地质队当初在这块荒地上建红砖房，是想在山坡上建一个工具厂。那是上世纪八十年代初，地质队改制组合，申泰明还是地质队的放映组长，每个月有几场电影，单位的人坐进坝子，等着申泰明放电影。有了电视，申泰明不再放电影，从此，我们再也没有坐进坝子看电影。

地质队的日子越来越艰难，要顺应社会的变化走市场，搞开发搞市场经济，申泰明被安排到宝玉石工艺厂担任宝玉石工艺厂厂长兼总工艺美术师，为单位解决了二十几个下岗职工和待业青年就业问题。市场经济初期，假冒伪劣商品泛滥，严重扰乱了市场秩序。申泰明是个踏实、本分、有良知的人，不愿赚亏心钱。他下决心不干了，要申请退休，把时间和精力花在他的情趣爱好上，一心一意搞他的根雕，玩他的石头。他看中了这块荒废多年、野草遍地的偏僻之地，每年付租金，把这块无人践踏的野地开辟成他的“后花园”，将他的根雕奇石工作室开辟成根雕奇石活动室，开辟成地质队离退休人员的文化艺术活动之地，让离退休人员，每周按时来园子活动，交流书法绘画摄影等体会。

申泰明把这块荒地辟为艺术交流的园子，与其说它是个园子，还不如说是个园林。

二

搞艺术，要有艺术的天赋，还要一双慧眼，要善于发现别人看不见的细微。作为一个常年与大自然打交道的“作家”，如果有一双慧眼，有自己独特的发现，大自然应该是写作上取之不尽的源泉，应该写得出大自然特有的丰富和美丽，写出一个“作家”的发现、思考、思想、性情。申泰明并不是“作家”，但他天生对艺术有种敏感，善于发现。不管身在何处，申泰明都能发现、捕捉到大自然的美。

申泰明对艺术的敏感，还得从他的童年说起。

申泰明的奶奶在旧社会曾是重庆刘家大院的千金小姐，由于与管家相爱，被家族势力以门户不对为由逐出家门。父亲怜惜女儿，给了几间屋，拨了几亩地。这门在家族势力看来并不体面的婚姻，解放后土改时期，却因祸得福被划为贫农家庭成分。

申泰明的父母在德阳开药店，父母身边已有哥哥姐姐，照顾不过来，就把他送回重庆奶奶家。奶奶会女红，描花样子绣花都很在行。奶奶在描花样绣花时，申泰明常在一边看，觉得好玩，看着看着，喜欢上了，自己开始琢磨着画画。五岁的申泰明，对艺术有了感觉。奶奶成为他艺术上的第一个启蒙老师。由于受家庭环境的影响，奶奶请了私塾先生来家里教申泰明，上了一个星期的课，政府不准旧学存在，申泰明同所有学生一样，去新学堂读书。父亲在他九岁时，因肺结核病逝。1960 年困难时期，一家人的日子越来越艰难，母亲身患浮肿病，一家人都在饥饿中。

父亲去世后，一家人的生活重担落在母亲身上。申泰明是个懂事的孩子，从小学五年级开始，每逢寒暑假，他就去当小工为自己挣学费。初中高中时期，随着个子长高，力气也长出来了。人家盖房他搬砖和泥，下河坝他去筛沙、捡石灰石。从小学五年级到高中毕业，所有学费，都是他利用寒暑假打工去挣。

1963 年，四川省地质局在德阳招工。那年，申泰明刚满二十岁，在火车站当装卸工。说起装卸工的那段经历，他至今都觉得苦。申泰明说，感觉非常累，要在规定时间内，把火车皮内的东西装卸完，不是一般人能干得下的。地质队招工刚开始，报名的人不少，听说进了地质队后，要在深山老林工作，许多人便打消了进地质队的念头。申泰明觉得再苦，总不会苦过他光着脚板、在寒暑假四处打工的日子，总苦不过他在火车站当装卸工的日子。就算是要上高原进藏区，酥油糌粑吃不惯，也总比饿肚子强。申泰明就这样义无反顾地进了地质队，成为一名地质队员。

三

地质队的工作，除了技术活，还有不少体力活，绰号“背二哥”槽探工、坑道工等都是需要足够体力的。申泰明几十年的地质生涯，地质队的工种几乎都被他摸了个遍。刚进地质队时，领导问他有啥子特长？他说会画画。于是，就留他在队部搞阶级斗争教育画展。后来，他出野外搞普查。高寒地带，人烟稀少，荒山野岭，根本就没有人烟，有时还能遇到狼、熊、豹子这些凶猛野兽。有一次，申泰明在野外核实矿点时，就与一窝狼狭路相逢，凭着他的胆识和勇气，硬是赶跑了两只大狼和三只小狼崽，自己也全身而退。这件事后来成为当地的一大新闻，人们都说他是当代武松。

申泰明当过地质工，还当过普查组长。他谦虚好学踏实本分，领导安排他干什么，他都能干好，像“背二哥”槽探工、坑道工这样的苦活，他干起来也不抱怨。申泰明既能文，也能武。美术、宣传、工艺美术师、夜校老师这些与文化沾边的活，他干起来不比别人差；电影放映、汽车司机这种好活，他干起来也是得心应手。

问他干过的工作中，有没有干不好的？他想了想说，算是开车吧，自己性子急，开得快，快了还想快，不适合开车。他还真是胆大，头一天学会开车，第二天，就带着一车人出门，把一辆地质队的专用卡车开得飞快，以后大家都害怕坐他开的车。他的急性子，从走路、说话上也看得出几分。在地质大院，常看见他走起路来，甩开大步赛过年轻人。说起话他也不是轻声细语，说到高兴处，声如洪钟，表情丰富。从走路和谈话上，还可以看出他的耿直，从丰富表情上，也可以看出他是个性情中人。

这样一个走路做事雷厉风行、车开得飞快还嫌慢的人，搞起他的根雕艺术来，却是一点也不急。一件根雕作品，他可以琢磨一年半载，一件乌木根艺茶几，他可以慢条斯理做三年，十几道工序，每一道都仔细。有一件他花了多年工夫和心血，做成的金丝楠乌木龙龟茶桌，被好几个人看中，交定金他不收。他要求自己的作品，经得起酷暑严冬的时间考验，要没有裂缝和变形，他才愿出售。

申泰明有自己的追求，勤奋好学，他以优秀的成绩在中国书画函授大学毕业，参加过原地质部在北京地质学院举办的美术创作研修班以及在北戴河举办的重大题材美术创作班。申泰明说：“人家都说地质艰难，我从未觉得，因为我热爱大自然。”一个不是从骨子里热爱大自然的人，是不会将自己的一生交付给山山水水，交付给树根石头的，那是他的魂。道法自然，大自然滋养着申泰明的精神和灵魂，虽然他已是年逾古稀的老人，在面容上你看不见萎靡和颓废的影子。

艰辛寂寞的野外工作，申泰明不觉得单调。一个热爱大自然的人，大自然在给予他乐趣的同时，他总是能够从大自然里发现美。申泰明有一双善于发现美的眼睛，他看见山野有的树根形态怪异，创意加工后，就成了天人合一的艺术品。同样，他看见河流里的石头，有的也是天然的艺术品，时间把物刻印在了石头上。他开始关注山野的树根石头，用一个艺术家的直觉、一个艺术家敏锐的目光，申泰明开始了他的根雕艺术和奇石收藏。在创作根雕的岁月里，他也把自己打磨成了“工艺美术大师”，打磨成“奇石收藏鉴赏家”。

申泰明得过许多国家级大奖，头衔很多，再多的头衔，对于一个真正热爱艺术的人来说，都是过眼云烟。只有作品才是对一个艺术家身份的最好证明。申泰明担任过三届绵阳根雕奇石艺术协会主席，并不是他这个民间团体的头衔有多重要，这个协会，是在他的发起推动下成立的。可以毫不夸张地说，申泰明担任主席的十多年间，把绵阳的根雕奇石爱好者聚集一起，对发展绵阳的根雕奇石艺术作出了一定的贡献。申泰明主动卸任根雕奇石艺术协会主席后，不少人遇到事情还来找他，得了石头的拣了树根的，也拿来要他鉴评。不少年轻人慕名而来，他帮他们出谋划策，让这些根石爱好者提高水平，作品能进入市场。

有个开了一间根雕门面的年轻人，经营艰难，多次找申泰明帮他想办法，申泰明建议前两年把房租挣够维持得走就行了，建议他做乌木材料生意。小伙子听了，开始经营乌木材料，申泰明就带头买了几千块钱乌木。据说这个小伙子后来发了，已是百万富翁。多年前，有个青年，一次二次背着铺盖卷来申泰明的工作室，硬要住下当他的助手，申泰明认为这个已经有了从艺基础的年轻人应该自己闯荡事业，建议他自己开店做根艺，做工艺品。如今这个青年，早已在成都站住脚，成为一名成功的根艺商人。凡是有人找到申泰明，在他的能力下能帮的，他都不会推脱。他身上，永远有股热情和诚意。

四

从事根雕、奇石事业，要有艺术的眼光。四川的山山水水，申泰明几乎都跑遍了，川外的河山，也留下了他的足迹。踏遍青山人未老，应该是申泰明这种境界的人。除了涪江石，他收藏了不同山川的各种各样石头，有的是绝品：《峨眉云海》、《难舍杉林驻轻舟》、《拜久图》、《风雪行旅图》、《雪梅》、《争春》、《板桥遗韵》、《日出》、《日月同辉》等奇石，让人感叹大自然的鬼斧神工，感叹时间的造化。流连奇石间，看着奇石上的云海日月、江河湖泊，看着奇石上的松柏杉竹梅人物动物，似乎面对的，不是一块石头，而是一个丰富诗意的大自然，一个远古浩瀚的大自然。申泰明是个有福气的人，他的情趣爱好，他的工作他的艺术，都离不开大自然，那些花了他一生心血的根雕奇石，组合成一幅幅千奇百怪的大自然画面。每一树根雕，每一块奇石，可以说，都是大自然千变万化的结晶。

申泰明说，搞根雕，非一术所为，既要技艺，又要有美术美学文学修养。

要将工艺美与自然美巧妙地结合起来，需重意境求内涵，展示天人合一的情趣和意味，申泰明得过中国根艺最高奖——刘开渠根艺奖金奖。二十多年来，四川获此奖的，他是第二人。一件栩栩如生的作品《杞人忧天》，又有几分抽象。申泰明的作品，不是写实，他讲究的是意象，就像优秀的文学作品能给人以想象的空间，这是他的追求。他那些得过未得过奖的根雕作品，每一件都有着他的思考，有着他对艺术的追求。像根雕《女娲补天》、《山鬼》、《簪花仕女》等，都是难见的艺术精品。

这与他的不断学习、不断进取、不断完善是分不开的。

在美学文学理论上，孙泰明在不断修炼，从未满足。

他与高级地质工程师何发光将涪江石定名分类，合写了《涪江概论》后，他又写了《涪江石简说》、《赏石说美》、《略谈涪江丹景石》、《慧眼识美石 学养赋妙意》等文章，将涪江石上升到了文字理论发表于权威报刊，并担任《中国当代名家石谱》、《四川省根雕奇石集萃》副主编。在任根雕奇石协会主席期间，他主编出版了大型画册《绵阳奇石根艺》、《中国涪江奇石》。

五

走进申泰明的园子，看见那些竹林奇石，不由想起竹林七贤。申泰明没有竹林七贤的忧愤癫狂，他不是个愤世嫉俗的人，敦厚踏实热情；坐在幽篁下，又不禁想起陶渊明，申泰明没有陶渊明的隐世生涯，他既出世又入世，有一点倒是与陶渊明相似：自我完成。

申泰明在自己的艺术追求中，在大自然中，不断地自我完成。他租赁开辟的园子，是他精神和艺术上的“后花园”。有些人，可能腰缠万贯，可能权力炙手，可能虚名满天，奔波一世，混得一世，却没有自己精神上的“后花园”。申泰明像陶渊明一样，在根雕奇石的世界，在他的“后花园”，自我完成，自我完善。

竹林下那棵红梅，枝丫上开了几朵，其余的，在春天含苞欲放。一树花儿，在安静的园子里，将在早春自我完成。

凤尾竹琴丝竹罗汉竹发出的新笋，吐出几片新叶，它们在这个春天，也将自我完成，长成一竿竿修长的翠竹。

园子清幽，鸟儿鸣唱，蜜蜂飞舞，暗香弥漫。

清风拂过，修竹下的涪江石在晚风中静默。

竹林背后的太阳，渐渐隐去。明天，站在竹林下，站在错落的石头边，一轮朝阳，又将从天边升起。

人活着，都应该有自己精神上的“后花园”。

（言子，本名向燕，女，中国国土资源作家协会会员，签约作家，曾在报刊等发表小说、散文、报告文学等若干篇，并获得四川省“五一文学艺术奖”、四川省巴蜀文艺二等奖，获第三届、第四届宝石文学奖。现为自由撰稿人。）

时光中的父亲

■冯连伟

父亲走了，他与旱烟袋相连的愁闷喜悲，我们不曾忘记；父亲沉默坚韧、勤劳朴素的品性，让我们不敢偷懒，更要掷地有声地活着。

——题记

父亲喂牛

解放前，从小失去父母的父亲给地主当过长工，也做过小生意维持生计。解放后，随着合作化的深入、公私合营的落实，父亲成了汤河供销社的一名国家职工。在那“按劳分配”的年代里，全家只有娘一人在农村挣工分，所以，需要父亲上缴一定的工资，到大队抵成工分再分给我家粮食。由于父亲工资发放不及时，别人家夏天分了小麦，我家只能等到秋天分些地瓜和胡萝卜。到了上世纪六十年代初期，父亲便回乡成了生产队的饲养员，负责喂猪喂牛。

父亲喂牛的牛棚成了我和小伙伴们去得最多的地方。

春天沟边路旁杂草一片翠绿的时候，傍晚放学后或星期天，我除了完成作业就是和哥姐或小伙伴们一起割草喂牛，因为生产队是按照上缴的青草数量折抵成工分，有了工分便可多分粮食。

每次到生产队缴青草的时候，我都要去看看父亲。生产队集中收草的地方就在牛栏旁边，父亲和另一名饲养员负责把当天收到的青草全部归拢起来，一部分青草用铡刀铡了掺上些豆料作为牛的晚餐，另一部分晒干了储存起来用做冬天的饲料。

夏收天热的时候，牛在庄稼地里出大力流大汗，生活会改善——在草料里加些豆料、玉米之类作为营养。吃饱喝足的牛就趴在牛槽边。一种叫做牛虻的小飞虫就趴在牛身上吸血，被叮咬的水牛、黄牛疼痒难忍，要么摇头晃脑，要么用力地甩着尾巴，试图赶走这些“坏蛋”，但徒劳无益。我和小伙伴们就开始帮牛的忙了：拿着个小瓶子，以逮牛虻为乐，还要相互比一比，看谁逮得多。

冬天的时候，牛栏的吸引力就更大了。当时的农村没有什么娱乐活动，有时村里来个说书的，也选在牛栏里。大人们在牛栏里听书，小孩子就在牛栏外疯玩。于是，那些苍白的岁月，便多了许多可以回味的故事。

父亲喂牛，我还和牛分食过牛饲料呢。秋天生产队收过花生后，花生秧晒干了就是最好的饲料。那时，生产队里种的花生很少，分到每个家庭的花生自然也很少。娘都是把分到的花生晒干后贮藏在一个缸里，上面用厚厚的杂物遮盖，任何人都不能偷吃。大部分花生要到大队的油房里换成花生油，用做全家一年做饭时的油水；留出的那一小部分花生，是要到春节时炒炒作为敬天和待客的礼物。如果不用“家法”约束，等不到过春节就会让孩子们偷吃光了。

父亲闲暇时就在牛饲料——花生秧上下工夫，因为不管花生秧上的花生择得多么干净，总有一些落果成为“漏网之鱼”。父亲心中惦念着他的儿子，这些原本存留在花生秧上作为饲料的小瘪花生就进了我的肚子。那时，一放学我扔下书包就往牛栏跑，当父亲掏出一小把花生递到我的手里时，我如同捧着一件宝贝。如果有那么几个比较饱满的，就先挑出来装到裤兜里，舍不得马上吃掉，好第二天在同学面前炫耀一番！

俗话说，“马不吃夜草不肥”。喂牛也是同样的道理。轮到夜里值班的时候，父亲就住在牛棚边的一间草屋里，每夜都要按时起来给牛加“夜餐”。春夏秋都还好，最难熬的是冬天。北方的冬夜寒风刺骨、滴水成冰，从被窝里起来，风一吹就是透心凉，一夜起来几次，根本就暖不过身子。因为无人查验，父亲原本可以少起或不起的，但认真的父亲从不肯减少次数。

父亲对牛的照料可谓尽心尽力：牛是食草动物，那时生产队喂牛的草料都是社员上缴的青草和生产队收割庄稼时积累的花生秧、豆秸、玉米秸等。牛要吃得好，讲究“长草短喂”，一般要把草料铡成五六厘米长。每天，父亲和另一名饲养员都要铡草，两人一个扶着铡刀，一个往刀下放草，一铡又一铡，长长的秸秆变成了一堆短短的草料。喂牛时，父亲要把铡好的草料放到牛槽里。那些牛槽都是石头凿的，长的可供两三头牛一起用；夏收秋种时牛出力大还要加上一些豆饼之类的精料，这就是“槽内饲喂”。牛吃料时，每次父亲都要等牛吃完了才离开，夏天还要给牛及时喂水。喂水时，父亲尽量让牛喝干净水，隔三差五地还要喂一次盐。牛的身子底下垫上厚厚的稻草，因为牛爱趴在地上，太湿太潮容易生病。闲下来的时候，父亲就蹲在牛栏外，一边抽烟，一边端详着牛。他对每头牛的脾性都熟记于心，它们一抬足一颔首，一个响鼻一声哞叫，父亲都能领会其中的意思。牛也十分喜爱父亲，远远地瞅着父亲走来，就会发出“哞……哞”的问候声。有一次父亲病了几天再到牛栏时，如同久别重逢的亲人，几头牛前前后后地围着父亲，不住地发出“哞……哞”的叫声，有的还会用舌头不停地舔父亲的手、脚，用头轻轻地蹭父亲的身体，父亲则轻轻地拍打着牛身子说“好了好了”，温柔地如同拍打着自己的儿子。

父亲喂了十几年牛，年年被评为生产队的劳动模范。父亲喂牛的岁月里，他把牛视为亲人，视为儿女。哪一头牛什么习惯，父亲都熟悉得胜过自己的儿女。

上世纪七十年代，别说牛肉就是猪肉都要凭票购买，除了春节吃点猪肉，很少有机会吃上牛肉。我记得生产队曾经病死过一头老黄牛。在那头牛生病的日子里，父亲步行几十里路去请兽医给牛治病，但终未救出老黄牛。当生产队把这头病死牛卖给社员时，我们做梦都想尝一尝牛肉的滋味。一向疼我的父亲却坚决不同意娘去买牛肉。我哭，我闹，我抱父亲的胳膊拧父亲的腿，但父亲就是不同意。我心里很委屈，委屈得带着泪痕入睡。长大了，我理解了父亲,在他心中,喂了十几年的老黄牛已经成了他的亲人,怎么能去吃牛的肉呢?

农村实行生产责任制以后,父亲不喂牛了,他喂养了十几年的黄牛、水牛也都被分到了农户。

“块块荒田水和泥,深耕细作走东西。老牛亦解韶光贵,不待扬鞭自奋蹄。”不知为什么,每当我读起臧克家的《老黄牛》这首诗时,总会想起父亲,想起父亲喂过的牛,想起父亲与牛共同走过的那段岁月。

父亲和“小棉袄”

俗话说,“女儿是父母的小棉袄”。因此,父亲的两个女儿——我的大姐和二姐便成了父亲贴心的“小棉袄”。

父亲在世时经常对我们说:“男人只有当了爹，才真正成熟了，因为有向你要吃要喝的了。”肩头有担子,心中有责任。真正成熟起来了的父亲,在心里却始终有一分对大姐的愧疚,因为作为长女,大姐过早承担起了家庭的责任。

大姐出生于上世纪五十年代初,是父亲和娘婚后六年才有的第一个孩子。对父亲来说,婚后这么久才实现了当爹的愿望,对大姐的宝贝和珍爱可想而知。可是,九岁的大姐,除了替母亲照顾相继出生的大哥、二哥外,她没有上过一天学,就开始参加生产队的劳动了。

父亲的愧疚就是从那时开始的吧?因此大姐出嫁时,父亲应该是倾其所有了,即使这样,也不过是给大姐置办了一个箱子,两身衣裳。出嫁后,父亲更是每隔一段时间就要步行、来回30多里路去看望大姐。大姐从未抱怨过父亲,而是对父亲倍加孝敬。

大姐出嫁于上世纪七十年代初,那时还是人民公社。同许多人一样,大姐家的生活水平也比较低,但大姐总是千方百计地给爹娘送些好吃的。印象中,大姐送过“六月六”的大礼:一次要送一篓的白面馍馍、面鱼、面兔等。平时给父母送一些烧饼、油条、鸡蛋,常年要给抽烟的父亲送一些质量上乘的旱烟叶。

大姐始终是爹放不下的心头肉——大姐婚后接连生了四个女儿,在重男轻女的农村,大姐为此受了很多冤枉气、吃了很多苦。为了少让爹娘担心,大姐从不在爹娘跟前诉说自己的委屈。有一次和姐夫吵架后实在忍无可忍了,领着两个大外甥女步行到了娘家,与世无争的父亲默默蹲在院子里抽烟流泪。然后，他把大哥二哥叫到跟前说:“你姐从小就没享过一天福,现在因为生了几个丫头受了这么多气,你们一定要好好待你姐,要让你姐知道只要有爹有你们亲兄弟,没有过不去的坎。”

后来,大姐终于生了个男孩,外甥女们也逐年长大,日子变得好过多了。到父亲去世那一年,大姐的大女儿已经参加高考了,但父亲对大姐还是格外惦念。

我考上大学的时候,大哥给了我一块自己戴过的手表。我参加工作后就把这块手表给了父亲,这也是节俭了一生的父亲身上最值钱的物品了。在他去世的那个夜里,他把这块手表从瘦瘦的手腕上摘下来,送给了大姐。

给父亲送殡的日子里,大姐不知道哭昏了多少次,此后每次给父亲上坟,大姐都要买上许多供品,跪哭在父亲的坟前,其情之切其悲之深感天动地。

二姐出生的时候,父亲已经有了两个儿子一个女儿。二姐来到这个大家庭,让父亲有了一双儿子和一对女儿。二姐作为父亲的小女儿享受了更多父爱,特别是大姐出嫁以后,二姐在家中的地位猛升,成为父亲心中快乐之源。当二姐也到了谈婚论嫁的年龄时,一向不愿操心的父亲对娘说二姐的婚事要由他说了算。父亲立志要给二姐找个离娘家近的婆家——“将来老了,生个病不能动了,儿子们笨手笨脚的指望不上,儿媳妇不好意思指使,二姑娘安家离得近一些,可以见得多一些。”

按着父亲的意愿,二姐的婆家就选在离家比较近的村庄。父亲给二姐找的夫婿是个高中毕业生,性格温顺,但缺乏闯劲,二姐的日子也过得比较紧巴。父亲既因把二姐嫁到离家较近、可以每天看到而欣慰,也常常为二姐生活窘迫而不安,他所能做的,也就是常常给已出嫁的女儿少许经济资助。

对二姐来说,每天都可以看到父亲是一件幸福的事情。很多出嫁后的女儿常常为回去探望父母需要准备很长时间,而她却比在娘家时更方便照顾父亲。出嫁以后,二姐便负责照顾父亲的生活:无论刮风下雨,无论酷热的夏天还是寒冷的冬日,渴了送水饿了送饭,刮风下雨送雨具。用父亲的话说:养了五个儿女,沾光受益最大的就是二姐。

父亲在解放初期曾摆摊做过针头线脑的小生意。八十年代初,农村实现生产责任制后,他不干农活了,便在洪瑞车站旁摆了个水果摊,一待就是十二年。

父亲刚得病住院时,二姐还盼着父亲康复后再去摆水果摊。父亲得的是食道癌,二姐一直后悔,认为是自己对父亲照顾不周造成的。父亲出院后主要躺在床上,每次二姐去看望时,父亲总要让二姐把他卖水果用的秤擦干净,多次表示还要再去摆摊。父亲手术后的身体一直很虚弱,他也意识到在世的日子可能不长了,便想把自己积攒的一点“私房钱”留给二姐。遗憾的是父亲去世的夜里,二姐因为到城里叫我而没能见父亲最后一面,父亲积攒了一生的几百块钱没能亲手递给二姐。

父亲走了,对二姐来说,过去洪瑞车站旁边幸福的水果摊早已物是人非。当她习惯性地收拾饭菜准备去车站时,猛然想到那里已没有自己的亲人。她是多么想再有一次机会,一边帮父亲料理水果摊,一边看父亲吃自己做的饭菜,特别是父亲吃完饭后,看着他从腰间拿出旱烟袋抽上一袋烟,满意和幸福溢满心头的样子。

盼望门前停辆车

人的一生都充满了梦想。记得我小的时候,父亲最大的梦想是盼着自己家的门前停着一辆车。

上世纪六七十年代,一个普通家庭的门前不是随便就能够停上一辆轿车的。开这辆车的人或门前经常停车的人都是老百姓眼中的“人上人”。所以,一辆停在门前的轿车,一声可以传到很远的汽车喇叭声,在当时成为这个家庭地位的标志和骄傲的资本。记得当时父亲是这样说的:这辆车纵然不是我家拥有,也能给我家带来好声誉。如果我家门前停上一辆轿车,至少说明和我家有关系的亲朋好友开着令人羡慕的轿车。

父亲当年之所以有盼望门前停辆车的强烈愿望，我猜想还与我本家一个大叔家门前经常停辆吉普车有一定的关系。那时，我这个本家大叔从部队转业，在地区水利抗旱防汛指挥部开车，而且是给指挥长开车，他开的是一辆吉普车。每当大叔把车停在家门口，这辆车就成了小伙伴们聚集的中心：放学后书包都来不及往家里放，就直奔停车的地方。那时，大叔家的儿子是最幸福的了，因为他是我们这些小伙伴中第一个坐过吉普车的幸运儿。

想想四十多年前，每当听到那一声既悦耳又刺耳的汽车喇叭声时，父亲那盼着门前停辆车的愿望其实是对一个家庭兴旺的期待。

记得有一年春节前，我和父亲一起赶年集，父亲给我花了两角钱买了个仿汽车喇叭声的小铁喇叭。我对这个小喇叭爱不释手，回来的路上便不停地吹。父亲在我吹了一会儿后，把小喇叭拿过去用毛巾擦了擦，递给我说："别吹坏了，回家到了门口再使劲吹，人家以为我家门前也停了一辆汽车呢！"

我家的门前真正停上一辆轿车的时候已到了八十年代初。1983年春节前夕，在省城工作的哥哥回家结婚，坐着汽车到临沂城后，父母原计划用拖拉机进城迎接哥嫂，但当时地区建行的行长坐着一辆吉普车，行领导安排用这辆吉普车送我哥和嫂子回家举行婚礼。当吉普车载着哥嫂到达村口时，鞭炮齐鸣，锣鼓喧天，在乡亲们羡慕的眼神和称赞声中吉普车停在了家门前。从车上下来的哥嫂在一片欢快祝福声中，被大伯家的嫂子撒了满头满身的"福"，一场隆重的婚礼让全家人乐得合不拢嘴。

父亲多年的愿望终于实现了！儿子坐着吉普车来家结婚，父亲是从心里高兴啊！他嘴里含着旱烟袋，蹲在离车不远的墙边，脸上是一种幸福而满足的表情，不时和乡亲们打着招呼，眼睛一眨不眨地盯着这辆车，恐怕哪个调皮的孩子碰坏了吉普车。

望子成龙的父亲，把这种不甘人后的愿望和追求，以他的言行教育并影响着我们，不管心中的愿望是长大了能够坐上轿车还是拥有一辆轿车，都要求我们付出比别人多得多的心血和汗水。

其实，父亲从未用棍棒教育过我们，他甚至从未对我们喊骂过一句，但常常对我们说起他这个普普通通的愿望。他常说自己已经没有这个能力做到这一点，但我们应该努力做到这一点。这应该也是父亲教育子女的一种手段吧。

当我和许多普通百姓一样，也拥有了一辆轿车可随时回去看老娘、把车子停到院门前时，父亲离世已20多年。每每看父亲的遗照，心中常想让父亲坐上车。给父亲上周年坟的时候，姐姐按农村风俗曾扎过一辆纸轿车。这时，我想得更多的是：因为父亲的愿望，大哥作为我们村第一个大学生成为第一个在省城工作的人；还是因为父亲的愿望，我又跨进了高校大门，父亲也成为周围村庄中一家出了两个大学生的"名人"。然而，父亲的愿望却有了改变："你们都成了公家的人了，爹也曾是公家的人，给公家干事，那是要眼勤心快手老实。我可不管你们哥俩是坐着什么车回来，重要的是干出个样子来，别让村里的街坊们看了笑话，丢了咱祖宗的脸啊！"

父亲的旱烟袋

旱烟袋是父亲的最爱，抽烟是父亲劳作之余唯一的嗜好。

父亲活着的时候,愁了,闷了,闲了,忙了,高兴了,痛苦了,都要找个墙角,慢慢从腰间抽出旱烟袋,使劲摁上一锅烟末,伴着火柴的“刺啦”一声响,便是父亲“吧嗒吧嗒”的抽烟声。顿时,呛人的烟雾一圈圈地向周围扩散,父亲的脸便埋在烟雾中,之后才会慢慢清晰,脸上愁云顿失,失意全无,伤悲化解,快乐倍增……

记忆中,父亲的旱烟袋杆长不足三十厘米,一个铜烟锅,一个白蓝相间的玉石烟嘴,一根细竹的烟杆,一个青布的烟袋包,一个先是靠碰撞产生火花的火石,再是火柴,再是打火机的点火工具;在我的记忆里,节俭的父亲不曾换过旱烟袋,只是烟袋包旧了破了让娘给换过给缝补过。

我曾问起父亲怎么就抽上了这个旱烟。父亲边抽着旱烟边回答我的问题:“小时候,听大人们说抽烟可以驱赶蚊虫,还能防止蝇虻的叮咬;肚子疼的时候抠点烟袋油子抹到肚脐眼上还能止疼;身上碰破了用烟灰或烟袋油子还能止血。有这么多好处,反正男人女人都抽,我也就抽上了。抽烟还真是用处大得很,蚊子从来不咬我。有一次,我和你娘从你姥爷家回来,走到村北,路的旁边就是一片坟地,你娘被盘在路中心的一条蛇吓得不敢往前走,我点上烟一袋没抽完,那条蛇竟掉头就跑了。”

那是个物资相当匮乏的年代,我们村里的男人几乎都抽旱烟。那时,家家户户都有一二分自留地,为了保证自己有足够的烟叶,男人们总要在自留地里种上几沟黄烟。父亲也是根据一年抽烟的需求量种在自留地里。每到春天,他就把地深翻几次,把土杂肥倒在上面,经过晾晒再把地翻一次,等土地完全将肥料吸收后就开始撒种子。小苗出来后,他会小心地除草间苗,遇上干旱就找到水源挑水浇地。到了秋天,烟叶由绿变黄,那叶子长得都有芭蕉树叶子那么大,绿中泛着黄,黄中透着绿,远远就会闻到一股烟叶的清香。这时候,父亲将底部成熟了的烟叶一片片掰下来,不成熟的继续留下等待成熟。然后,把掰下来的叶子用绳索绑好,挂在两棵树中间,晾得半干不湿,拿回家,让烟叶慢慢干透。吸烟的时候,把晾干的烟叶揉碎,把锅里放上油,油烧至八成热,将揉碎的烟叶放到锅里翻炒,待烟叶炒出了香味,就是成品烟了。炒好的烟叶装到烟锅里抽上一口,清香四溢,满屋子都飘着烟香。记忆中,父亲栽种的黄烟每次都长势良好,引得其他男人羡慕。

父亲没有其他爱好,抽旱烟便成为生活中重要的一部分。早上起来父亲是要抽上一袋烟的,夜间不管走多远的路,有烟袋在手,父亲就什么都不怕。他可以天不亮就起床推起装满水果的小车到洪瑞车站;他可以在炎热夏天背着几十斤粮食,一口气走出几十里,中间累了,停下脚步,抽口烟,赶紧回家,儿女们还等着这粮食充饥呢!

记得父亲忙里偷闲抽烟的时候,娘有时会发几句牢骚:“抽烟能替你干活啊?那么多活干不完还要忙着去抽烟。”父亲总是笑着给娘说:“这么些年你还不知道吗?不抽这袋烟更没法干活了。”说得娘一点脾气都没有了。

抽烟似乎真的可以解愁。父亲遇到愁事遇到难事,往往找个墙角一蹲,拿着旱烟锅一袋接一袋地抽,只要看着父亲把烟袋锅子放在脚后跟上磕一磕,那就意味着天大的难事在父亲的心里也化解了。

记得哥哥考上大学的时候,第二天就要去买车票,而买车票的钱还没凑齐,早上起来父亲看着雨下个不停,满怀心事不停地抽着旱烟。过了一会儿,只见他站起来找布袋子,然后对娘说:“好不容易老大考上了大学,活人还让尿憋死了?我不吃不喝也给他把车票买来。”说完，把当年生产队分的麦子装了满满的一袋子，冒雨去集上卖了，哥哥不仅上学的车票钱有了，上学的零花钱也有了。只是当年我们除了过年，没再吃上水饺。

后来生活条件好了，但父亲抽旱烟叶的习惯一直没有变。用父亲的话说，烟卷劲小提不起神来。成年后的我们孝敬父亲就给他买旱烟叶，而且给父亲送烟叶比送好吃的好穿的更容易博得他的欢心。用父亲的话说，饭可以不吃，烟不可以不抽。衣服可以穿得破旧一点挡寒即可，抽的烟叶要好一点。女儿是父亲的小棉袄。大姐出嫁以后，每次回娘家的时候都要拿一些她老公公晒的旱烟叶送给父亲；后来大哥参加工作，也是千方百计地从全国各地给父亲购买旱烟叶。

父亲的旱烟袋还成就了二姐的婚姻呢。他在洪瑞车站旁摆水果摊的那段时间。洪瑞村里一个专门说媒的老头，先是到父亲跟前抽烟"借个火"，然后和父亲拉呱，拉到男婚女嫁。这个老头把他掌握的男方家的情况向父亲作了隆重推介，两人就这样抽完了一锅烟，相互换着再装上一锅，二姐的婚姻就是在父亲的抽烟过程中说成了。

父亲抽了一辈子的旱烟，但他去世前却再也没能抽烟。

父亲患的是食道癌。动手术后，医生告诉他要绝对戒烟。那年，父亲刚好七十岁，他就像个孩子一样，乖巧地听着医生的话，嘴里一连声地答着"不抽了，不抽了"。父亲出院以后，尽管旱烟袋始终放在枕头底下，但烟瘾上来了，也只是把烟袋拿出来看看再塞到枕头底下，从未再抽过一袋旱烟；实在让烟瘾折磨急了，就拿一支卷烟放在口中不点火只做抽烟的动作。有时娘心疼，就劝他少抽一口，父亲就会认真地说："答应医生的话，怎么能反悔呢？男人，吐个唾液砸个坑，这样才能在世为人啊。何况医生不都是为了咱好吗？"抽了四十多年烟、保持了四十多年的习惯，父亲硬是把烟给戒了。

父亲手术后八个月，就永远地离开了这个让他留恋的世界，离开了他的亲人，连同他一生相伴的旱烟袋。父亲走了，他与旱烟袋相连的愁闷喜悲，我们不曾忘记；父亲沉默却坚韧、勤劳却朴素的品性，让我们不敢偷懒，更要掷地有声地活着。

（冯连伟，中国国土资源作家协会会员，现就职于山东省临沂市国土资源局。出版有散文集《静水流深》。）

雾与霾

■乡乐土

我比较喜欢雾，一来身处雾中如有天宫般的感觉，许多电影电视里的天宫与地面最大的区别就是有云雾，神仙们在天宫里腾云驾雾地来去，甚是飘逸洒脱；二来身处雾中有湿气迎面扑来，深吸一口气后，水的精华便进入肺腑，给人清爽的感觉。

久居南方的人，会不会因雾气太重潮湿得难受我不得而知。身处北方的我，却因空气干燥经常会感到不爽。尤其在冬天，长久不下雨雪，我就会鼻干唇燥，常要给嘴唇涂上润肤油，晚上睡觉得开加湿器，或端一盆水放在房间，或浸湿了毛巾挂在床头，否则半夜里就会因喉咙干燥而难受得醒来。

烟当然也能制造出天宫的感觉，不同的是它让人睁不开眼，不但呛人，还会使人因缺氧而窒息。追究根由，雾以露水为质，因而清爽；烟以浊气为质，因而呛人。那以尘埃为质的霾如何呢？虽不太呛人，亦不清爽，看上去像个老好人，内里却是能粘在肺叶上的气溶胶粒子，实为潜在杀手。

平日里，若站在西安古城的和平门向南眺望，可清楚看见大雁塔巍然耸立，霾一来就变模糊了。在霾严重的那几天，网上有人发出图片——大雁塔发射成功，也和“嫦娥三号”一起上月球了。看不看见大雁塔对西安市民来说是无所谓的事，但霾袭大地损害了空气质量却得警惕了。那些天，西安市政府立即叫停了危旧建筑物拆除工程。但农历十月初一那天，却仍有不少人依照旧风俗，在地上画圈烧纸，说要给天堂里的亲人送寒衣。要我说，天堂里的人也不喜欢烟雾，倒不如烧些水蒸气送上去好。

连续数日霾天气，让人的心情很不敞亮。待在家里照日光灯吧，可家里总是不开窗户行吗？不打开窗户憋得慌，打开窗户进来的却是霾。于是，睡觉前我便提了洒壶挨房间喷水，窗纱上、窗帘上、墙上、柜上喷得水花四溅、雾气腾腾。

晚饭后，妻子照例要去建国门外环城公园跑步。我说你是想自杀吗？健身不科学就如同毁身！她不以为然，照样我行我素。我儿的学校在西安东郊的白鹿塬，哪料到塬上的霾气更重，但我儿却和许多同学一样偏不爱戴口罩。我儿的不听话，如霾一样粘堵在我心口，不知何时天能放晴霾能散净。

霾与雾是同样的形态，也顶着个“雨”字头，实质却是与水无关的尘埃，真是埋汰人来了。话又说回来，“雨”字当头不正预示了霾的克星就是雨吗。若是来一两场风雨，定能让它消失。但要真正让霾消失殆尽，我们必须保护好人类的生存环境，消除人为破坏和污染，大地才能永葆山清水秀的原貌。

（乡乐土，原名李胜利，中国国土资源作家协会会员，在国内报纸杂志发表散文等文学作品多篇，现供职于陕西省地矿总公司。）

踏雪寻梅（组章）

■于佳琪

傲雪红梅

超越了生命的花季，面对岁月深深的凝思，如霞锦般灿烂。萧瑟寒冷的冬季里，我看见一团团火在冬天的枝条上燃烧。

为什么红得像血，为什么如此高傲？假如不曾受过什么伤害，不可能有这身傲骨。

雪地里，一朵梅站立的姿势，令我深深地沉思。这一朵朵血色的花瓣，在寒风中绽放。遍野皑皑的白色中，闪着刺眼的红光，像身上流出来的血，红得让人揪心。

谁能看出，这些朴实而苍老的树干，内心装着火一样的情感，明明知道风霜似剑，依然无怨无悔，依然默默守望，在这个没有温情的季节里，迎接着凛冽的风，冰冷的雪……在风雪中绽放！

一朵梅的姿态

在冬天的深处，在季节的枝头，你毫不矜持，怀着刻骨的相思，昂起高傲的头颅，在风雪中绽放。

没有什么可以形容你的气势，以及你优雅的姿势。作为一种植物，你充满了矛盾，你属于冬天，却离春天很近，一场雪攥着季节的两端，你把寒冷藏在怀里，你以火的青春与生命，向人们展示春意。

洁白或者红润，清爽而又热烈，皑皑的雪地上，一朵梅花绽放的姿势，令我深深地沉思，我似乎窥见了它温暖的内心，这应该是它的呼吸，吸着冬天，呼着春天。

这些高傲的梅花，作为一种象征，你与怯懦无关，在寒冷的正面，在目光的背后，在充满活力的每一个细胞当中，以一场风的速度，正在赶往快乐春天的路上。

一剪梅开

皑皑的雪地上，在没有任何花叶的季节里，你却在风雪中独自绽放。宛如红妆素裹的少女，从遥远的天际翩跹而来。你冷傲的品质，顿时让所有的眸子变得更加清亮，因为你的到来，令寒冷的冬天，更加亮丽而精彩。

没有一条河的宽度,也没有哪座山的高度,可以阻挡一剪梅的盛开。现在,梅站在一种高度,在寒风中,隐隐的花语仿佛天籁之音,这些沉默言辞,像芳香一样弥漫。

从一根枝,到另一根枝,从一棵树,到另一棵树,我听到了一剪梅开的声音。那种细微,是一层冬天的深处,也是一层春天的表面。

梅的遐想

酝酿了整整一个冬季,穿越风,穿越雪,穿越严寒。你静静地在枝头上绽放,多少岁月凝成的一朵朵血色的花瓣,短暂的花季成为永恒的仰视。

你忍受着漫长的孤寂,傲然屹立。如火一样的激情向文明报告一个春的信息。

你让人们懂得,花开并不需要多少温度,你用单薄的身躯,遮挡冰霜的侵袭,你的脸上写着一份潇洒与从容,平凡的生命也能创造伟大的奇迹。

在思想结冰的日子里,你如天使,迎接春天,却以谦虚的姿态,在悄无声息中隐去,仿佛在告诫我们,不该拿昨日的辉煌张扬自己。

真不知道,你从哪里来,也不知道你到哪里去。当你的花瓣开始凋零,有谁知道,你的身躯里,正在酝酿一种新的传奇,为了下一个寒冷的冬季,绽放出更加惊心动魄的美丽。

梅雪情思

总有一缕永远的芳香,在严寒,在春天,飘逸在我心灵的梦想里。

岁月淡化了许多记忆,但梅花结蕾和绽放的姿态,她纯洁孤傲的容貌与骨骼,已深植在我灵魂的土壤。

经受了多少风雨霜雪的抚摩,相逢在生命的美好时光,你羞涩地绽放痴然的微笑,孕育了心心相印永恒的飞扬。

寒梅啊!伴我人生旅途中难忘的地标,那是珍藏着冬天寒梦里,你留给我的永远的陶醉与清香。

(于佳琪,吉林市作家协会会员,中国乡土诗人协会会员,曾在多家报刊发表散文、诗歌多篇。)

兴旺不再话六畜

■邓　强

说起“六畜”，相信大部分人都知道“六畜兴旺”这个成语，也知道“六畜”指的是马、牛、羊、猪、狗、鸡。我记得从懂事起，家里过年的时候，都贴“六畜兴旺，五谷丰登”的春联，因此在很小的时候就知道了六畜。但说来惭愧，直到长大当家做主了才发现，在南方的很多地方包括我的老家广西界岭，长久以来是没有马和羊的，所以充其量只是“四畜兴旺”。而当年曾经真正“兴旺”过的“四畜”已很难再“兴旺”。

首先是牛。《三字经》曰：马牛羊，鸡犬豕。此六畜，人所饲。按照上述如果扣除马和羊不算，牛排“四畜”之首。这不奇怪，牛在整个人类历史发展过程中所起的作用是人所共知的。《训诂》也把牛放在首位：“牛能耕田，马能负重致远，羊能供备祭器。”牛在古代是如何的重要我不得而知，但在上世纪的大集体年代，我目睹了它们当年的兴旺发达。

记得那时乡亲们习惯把牛叫做耕牛，自然是指犁地耙田的意思。耕牛包括黄牛和水牛二种。黄牛的皮毛一般是黄颜色的，角比较短，生性怕水，一般用于犁旱地；水牛的皮毛是黑颜色的，角不但很长而且弯曲，比较怕热，喜欢在水里泡或在泥潭里打滚，多用于耕耙水田。人靠牛种田，生产队的200多亩田地主要靠耕牛去耕种。耕牛也的确能干，除了耕田耙地，拉车拖磙等，可以说样样农活都离不开它。正因为如此，耕牛绝对是乡亲们的宝贝，也因为如此，生产队十分重视耕牛的养育，专门组织一个放牛倌团队负责放养耕牛。这个团队一般由1至2名比较有经验的中老年人和2至3名少年组成，由其中的1名大人为组长。这可是当时生产队最好、最令我们小孩们羡慕的活路：既可以挣工分，又能趁机砍柴甚至读书。读初中那几年的暑假，我每年都向当生产队长的大伯请求当牛倌，记得放一天牛能挣4分工，折合人民币大约8分钱。

除了专人负责照看，生产队还给耕牛盖了牛屋，垒了稻草棚。牛屋为泥砖瓦房，主要供耕牛夏秋季节住；稻草棚实际为木头架子上盖稻草，用土坯秸秆做围墙的架空稻草垛，主要供耕牛冬春季节住，这是住的方面。吃的方面，不仅村民们有口粮，冬春季节耕牛也是有“口粮”的，包括豆类、麸皮等，主要供给一些待生产或刚生产不久的母牛和一些年老体衰的牛吃。由于生产队重视，耕牛逐年增加，上世纪70年代中期，生产队共有耕牛50多头，其中大牛牯10多头，大母牛20多头，小牛犊近20头。这是全队耕牛发展的最辉煌时期。此后，开始走下坡路。1982年村里实行家庭联产承包责任制，耕牛随之分配到农户，由于劳动力不够或田地过少等原因，一些农户开始卖牛。再往后，随着农业机械化推进，以及养牛成本增加，尤其是很多家庭弃耕进城打工，村里的大部分家庭已不再养牛，这种曾为我国农村经济发展作出过重大贡献的大功臣，已逐渐淡出农村了。据刚从老家回来的母亲说,整个界岭村仅剩下3头耕牛了。

其次是猪。古人把六畜中的马牛羊列为上三品,鸡犬猪为下三品,猪列末位。《三字经》训诂也是把猪排列最后一位。之所以如此,大概是在人们的观念中,猪往往和懒惰、愚笨联系在一起,且仅有"庖厨之用"。古人的观点是否正确姑且不说,但就影响而言,猪恐怕要排名六畜之首。特别是上世纪五六十年代出生的人应该有更深刻的印象,那年代,猪可谓是全国"最有影响力的家畜"。当时的许多口号,如"六畜兴旺猪为首,五谷丰登粮领先"、"扫盲不离书,增产不离猪"、"若要穷,提鸟笼;若要富,去养猪"、"种田不养猪,十有九年输"、"种田不养猪,好比秀才不读书"等等,足以见证猪的影响力是何等巨大。

养猪的高峰期应该是上世纪70年代。当时,村里几乎家家养猪,养猪的目的主要有三个:一是养大了卖给公社食品站,这样可以折算抵缴公粮,这叫"上缴";二是积猪粪,即如毛泽东主席所说:"一口猪就是一座小型的化肥厂";三是为了过年用,当然一家人不会过个年自家吃完一头猪,多半是根据需要只留下一半或大半,剩下的拿去市上卖。由于我所在的界岭村远离集市,所以基本上都在村里卖。又因为大部分买肉的不是左邻右舍就是亲戚熟人,所以往往是好卖不见钱,每每有超过一半的肉被乡亲们"记账"去了,而这些"账"往往是三年五年都收不回来的。这是另一个话题了。

记得那些年我家每年都养猪,而且是两头,一头上缴食品站,一头自家杀。当时实行的是大集体,生产劳动记的是工分,报酬是仅仅勉强够养家糊口的口粮,日常的补贴开支,大部分就靠那两头肉猪了。为了能够多攒点钱,记得有好几年家里除了喂养两头肉猪外,还喂养了一头母猪。这头母猪可不赖,每年可生产两胎,每胎产崽10头左右,为我家的生活作出了不小的贡献。

几乎和耕牛的衰落时间同步,随着我国改革开放,在乡村越来越难看到家猪的身影,许多人认为主要是受到越来越多养猪专业户的冲击。这是个不可否认的事实,但猪仔和饲料太贵,饲养成本远远大于回收,而且养一头猪需要一整年的时间,实在过于耗费人的精力,也是很重要的原因。和耕牛不同的是,或许是千百年来已形成习惯的缘故,人们可以一天两天甚至长期不吃牛肉,但似乎少不了猪肉。于是,少了农户们养的猪,城里人只能吃那些速成猪,所以常常发生瘦肉精事件。可悲的是,瘦肉精的问题不但没控制和解决,还不知不觉波及乡村。

从老家到城里来看望我们的大伯告诉我,其实不仅是城里的猪肉不敢买了吃,即使是在乡下,当下也是万万不敢随便买了吃了。见我一副吃惊的样子,大伯不无忧心地说,不瞒你说,整个村里,真正用草料粮食饲养的猪也很少见了,绝大部分都是学那些养猪专业户,4个月就可以催肥了出栏上市,上餐桌。而从前的那些猪你是知道的,可以在野外放养奔跑,而且都要养至足年才算是成猪。

是的,我就是在那样的环境里吃着那样的猪肉长大的,那肉的香味,可以透翻整个村庄,连睡梦里也会磨牙,也在"反刍"那肉香。只是,那样的香味已成历史。

与牛、猪相比,狗的情况也好不到哪里去。按古人对六畜的分等定级,狗虽然排名不是最后,但名声却是最差的。比如,大家平日所说的狼心狗肺、狗苟蝇营、狗胆包天、狗皮膏药、狗血淋头、狗仗人势、狗嘴吐不出象牙等等,几乎全是贬义。而且,这些说法常常被人挂在嘴上,我们从小就在不同的场合听到,因而对狗的坏印象可以说自小就有。只是,随着年龄的增长,以及和狗接触,越来越感觉人们的说法不靠谱,许多说法甚至是莫名其妙,比如我们完全可以把狼心狗肺、狗胆包天、狗嘴吐不出象牙说成狼心虎肺、豹胆包天、猪嘴吐不出象牙,也可以把虎、豹、猪换成其他动物。

事实上,六畜中,狗和人的饮食最相近,和人的生活关系也最为密切,优点也是显而易见的。比如《训诂》中所说的“守夜防患”。记得改革开放以前,山村人家每家每户大都是养有狗的,可以说它们是最佳看家护院“人”。特别是在物资匮乏的年代,大人们都要上山干活,家中除了不能出工的老人外,连小孩都要上山放牛砍柴打猪草,许多人家干脆只留下狗看守家门,而狗们总是尽职尽责,圆满完成任务,当然主要的原因是当时大家都穷,没什么值钱的东西可偷,也绝少偷鸡摸狗的人。但狗并不只是防小偷,还防狐狸、黄鼠狼到家里抓鸡叼鸭等。当然更为重要的,是告诉别人这是一户有人居住的人家。

通人性是狗的另一个优点。我家曾养过三只大黄狗,和家里人相处久了,全家人没有不喜欢它们的。那些年我父亲是公社电影队队长,阿婆是村里的接生婆,常常要赶夜路。为他们壮胆、陪伴他们的就是家里的大黄狗。特别是阿婆,一个女人家,走在漆黑的山路上,难免有时会听到什么声响或遇到不明的山猫野兽等,刚开始时阿婆被吓得惊恐万分。后来,每当阿婆去接生,大黄狗都会跟着,一会儿跑到前边开路,一会儿又跑回来,围着阿婆摇着尾巴跑来跑去。为了避免和当地的狗发生冲突,大黄狗总是待阿婆到了产妇的村子路口,便躲到一个角落里静静地就地休息,阿婆接生完毕,便又陪伴阿婆回家。有时天亮了,阿婆工作还没有结束,或者阿婆有了新任务,直接从另一条路去了别的村子,大黄狗便沿着原路自己跑回家。正是在大黄狗的陪伴下,阿婆安全地走过了一程又一程漆黑的夜路,把一个又一个新生命迎接到这个世上。难怪阿婆常常说:这些小生命能够顺利来到世上,有大黄狗的一分功劳。

如果说大黄狗晚上属于父亲和阿婆,那么白天无疑属于我。不管是到山上放牛、砍柴,还是和小伙伴们到河边摸鱼,或到外村玩耍,大黄狗总是屁颠屁颠地紧跟着我,形影不离。大黄狗不仅仅陪伴我,还是我的得力帮手,常常在我和小伙伴们到深山摘野果的时候帮我们看管牛群。大黄狗还是捕猎高手,常常出其不意地捕获竹鼠、松鼠等小动物,不但给我挣足了面子,还改善了伙食。最辉煌的一次是,大黄狗居然逮住了一只足有四五斤重的穿山甲,让我们全家人美美地打了一顿牙祭。最令人兴奋也是大黄狗大显神威的是秋冬季节,我和小伙伴们到收割后的稻田里捕鼠,找鼠窝、扒土、守洞口、抓捕等大黄狗几乎样样在行。有了大黄狗的积极参战,我们每次都大有收获。大黄狗陪伴我度过了一个充实快乐的童年。

然而,大黄狗陪伴我的快乐童年一度中断。上世纪70年代初,我们的国家掀起了一场类似于50年代灭杀麻雀的“打狗运动”。那时尽管我还是个不懂事的孩子,但至今仍隐隐约约记得,母亲收工回来没多久,便听到大队支书通过高音喇叭喊话:“社员们,大家注意了。大队刚刚接到县革委会和公社革委会的紧急通知,由于近期不断出现恶狗咬人伤人传播狂犬病的情况,为了杜绝此类事件,限定今天晚上各户把自家喂养的大狗、狗仔统统打死,并在明天天亮之前,将死狗送往大队部统一组织销毁。若有行动迟缓或是私自藏匿、隐瞒不报的,各生产队民兵连要积极组织基干民兵,强行将‘顽固分子’扭送到大队部关押,并召开群众大会进行彻底地批斗。”结果,狗们的命运和当年的麻雀差不多,几乎被赶尽杀绝。我家的大黄狗也不能幸免。从此以后,一直到上世纪70年代末的七八年时间里,再也难听见“呜汪——呜汪——”的狗叫声,整个村子一片沉寂。

那场“打狗运动”虽然猎杀了数不清的大狗小狗,但猎杀不了人们对狗的喜欢和信任。随着“打狗运动”的逐渐远去,狗又悄悄地出现于城乡大地,并有许多讨人喜欢的种类荣升为宠物,甚至名正言顺地登堂入室,和主人平起平坐。事实上,狗对人的贡献并不仅仅局限于我所说所经历的那些。狗作为人类最忠实、最古老的朋友,它与人的情感交流,尤其是对于老人、孩子、残疾人、孤独者的慰藉乃至精神治疗作用,早已为人们所共知。

这只是在城里。在乡下,家狗大都遭遇着与城里狗截然不同的命运。客观地说,由于青壮年大多外出打工,只剩老人和小孩留守的农家大多养有一条狗看家,因此在村头村尾也还能看到狗在游弋,但可惜的是那样的情景只局限于春夏季节,待秋冬一到,天气转凉,饭店酒家推出火锅,乡村里的狗们便悄然消失了。我留守老家的母亲所养的第三条大黄狗就是这样成了人们餐桌上的菜肴。从此,母亲不敢再养狗。

牛、猪、狗的情况如此,鸡尚还勉强算得上“兴旺”了。鸡是“四畜”中最为特殊的“另类”,那是因为它是两条腿的而其他都是四条腿的,按现代科学分类它应该属于“禽”类而非“畜”类。之所以把它归到“畜”类来,并与牛、猪、狗并起并坐,自然有它的独特作用。首先是“摆宴”。俗话说,“无鸡不成宴”。乡下逢年过节或摆酒席,尤其是清明和过年祭祀天地祖宗绝对是少不了鸡的,所以家家户户无论贫富总少不了养上几只鸡,以备不时之需。即便如此,随着外出打工人员增多,养鸡的人家也逐渐少了,许多家庭需要时,也多是到市场上买。由于有养鸡专业户供应,市场上是不缺肉鸡卖的。只是,那些从小就圈在大棚里靠饲料喂养、三四个月即长成的鸡,其味道无论如何是不能与在房前屋后树林底下放养、靠吃糠谷虫子长成的土鸡相比的。

除此之外,鸡还有一样绝活是令人好生敬佩的,那就是“一唱天下白”的技能。按照古人对六畜的分等定级,鸡列下三品的首位,居狗、猪之前,而它凭借的就是《训诂》所说的“司晨报晓”这项独门绝技。这的确是项很了不起的本领,记得小时候,我最爱听公鸡的啼叫了。俗话说“鸡啼夜半,狗叫天亮”。至今,我还清楚地记得每个夜晚那此起彼伏鸡啼的情景:大约凌晨左右,整个村庄一片沉寂,人们都在梦中的时候,不知是谁家的公鸡率先亮开嗓子,悠长、明快地唱出了第一声、第二声,而后三五声跟随,再往后是整个村庄的啼鸣连成一片,掀起一个鸡叫的高潮。整个夜晚,公鸡要先后啼鸣三遍,每遍大约间隔一个半小时,三遍啼过,天色即逐渐微明,宣告新的一天到来。“一日之计在于晨”,人们陆陆续续起床,开始一天的劳作。可以说,没有了鸡叫声,村庄的夜晚是不完整的,村民的生活是欠缺的。

除了“司晨报晓”,人们普遍认为鸡在农业时代的家庭经济中,只起到拾遗补缺的作用,位列下三品之首只是空有名头而已。这个说法或许有一定道理,特别是在我生活在乡下的那个特殊年代里,鸡是无法和上升为城市居民凭“肉票”才能买到肉的猪们相比的,也无法和昼夜帮人们看家护院的狗们相比。但认真细究起来,鸡的地位似乎也是家猪家狗不能代替的。首先是鸡比较容易养。猪是大牲畜,圈养需要建设猪圈,食量又大,而且往往要养上整整一年才可出栏,非常折磨人。在那人都吃不饱的年代,普通家庭一般一年只能养一头猪,条件稍好、人口偏多的家庭最多也只养两头,喂养两三头以上的家庭极少见;狗虽然食量不大,吃的也是杂食,但毕竟属于食肉动物类别,养多了难以承担。鸡则不同,不仅食量小,而且以谷糠及剩饭剩粥、粗粮为主,还采食青草、草籽、枯叶、虫蝇等,所以就算一般家庭,每年都会养上一群鸡。而事实上,当时不但农户们养鸡,城里的人家也在想方设法利用杂物房、过道、通道等有限的空间,搭建个简单的鸡笼,养上三五只,以供逢年过节用。所以实际上,养鸡的范围远比养猪大得多。其次是鸡更容易起到立竿见影的作用。那年代农户人家穷，但如果逢年过节宰只鸡也要到墟场买，那日子如何过是无法想象的。因此，那年代里一个家庭可以不养猪，因为生产队养有年猪，过年时会分配猪肉，但不能不养鸡。据我小时候所见，村里有不少没养猪的家庭，其实我家在70年代中后期就多年没养，但没见过不养鸡的家庭。不但家家户户养鸡，而且养的多是母鸡，这其中的原因不言而喻：母鸡可以下蛋。你可别小看了这一枚枚小小的鸡蛋，在那一年到头不能吃上几次肉的年代，平日的营养大部分来自于鸡蛋。不但如此，日常的许多开支包括每餐所吃的盐、油、酱、醋及孩子们读书的学费、课本费等等，亦大都来自于鸡蛋。当年我家如此，相信整个中国的千千万万个乡村家庭亦如此。可以说，如果没有鸡们所作出的巨大牺牲，许多家庭是难以挺过那段艰难的岁月的。

家畜的兴旺发达曾催生了诸多上下游"产业"，其中给小孩子们印象最深的是专门给畜生们做阉割手术的兽医。这个经常在各村行走的兽医是邻村的，我已记不得他的姓名，但还清楚地记得，他是个兼做补镬营生的。每隔个十天八天，便会听到他尾音拉得长长的喊声："阉猪哎——啊——"顿了顿，接着喊："补镬头哎——啊——"兽医拖着悠长的声音绕着村子转了一圈之后，便在村前的那棵龙眼树底，卸下那个印有红十字标记的兽医箱子和补镬用的风箱炉子，麻利地把将要使用的刀具利器一溜儿摆开。他喊的是阉猪补镬，但阉的范围实际还包括牛、鸡等家禽家畜，补的范围还包括铁锅、铁桶等铁制器具。一方面是禽畜兴旺，一方面是无钱换新锅镬，兽医的生意异常红火。据说，在最兴盛的时候，方圆几十里的禽畜都挨过他的劁刀，每家每户的锅镬都经他补过。而不管他到哪个村子，都会被一群小伙伴们围得水泄不通。也难怪，在那个几乎没有娱乐活动的年代，看他的表演，无异于是看一场免费的大牌歌星演唱会。可惜的是，随着禽畜业凋零，这种下游"产业"也随之逐步退出历史舞台。据说，当年那位纵横乡野的兽医早已辉煌不再，最后不得不加入了外出打工的行列。

以上是我对"六畜"的一些记忆和印象。当然，虽然没有马和羊，但是"六畜"体制之外却有两种家禽，鸭和鹅曾经与体制之内的"四畜"一样活跃于乡村，只是这两种家禽大致因与"四畜"同样的原因难觅踪影。

禽畜的衰落自是经济社会发展的结果，是不以人的主观意志可逆转的。在现实生活中，虽然六畜日益少了，但丝毫不影响乡村生活档次的提高。只是，在一座村庄里，如果晚上没有狗吠，清晨没有鸡鸣，晨昏没有炊烟，甚至见不到果园和菜园，还会是什么样子呢？

（邓强，曾在国内报纸杂志等发表散文多篇，出版散文集《回望故乡》。现供职于广西国土规划院。）

蒲公英的重量

■于永海

大学毕业后，我来到西部山区的一个小村子里支教。说是学校，其实就是几间土坯房里砌了几垛矮墙，孩子们就趴在这些被村里的泥水匠抹得还算光滑的“课桌”上写写画画。

几天后，我已经可以叫得上全部二十一个同学的名字，并基本上摸清了其中二十个同学的脾气秉性，只有坐在教室最后面角落里的桐子，像是一潭望不到底的水，让我捉摸不透。

那是一节语文课，我正在讲着一篇名为《植物妈妈有办法》的小诗，就在我读到“蒲公英妈妈准备了降落伞，把它送给自己的娃娃。只要有风轻轻吹过，孩子们就乘着风纷纷出发……”时，桐子突然站了起来，没等我反应过来便开口问道：“老师，蒲公英妈妈的种子会飞到哪里去呢？”我回答：“有了妈妈给的降落伞，它们可以飞到天涯海角，但是，不论飞到哪里，妈妈的爱都会跟随在它们身边。”得到我的回答，桐子若有所思地点了点头。

从那天开始，桐子仿佛变得深邃了。于是，我更加关注他，但我许多次试着与他亲近，却全都被他冷漠的目光逼退，我想，他心里可能藏着什么心事，这才让他有了与年龄极为不符的心性。

终于，在一节体育课上，我发现了一些端倪。我带着孩子们来到校舍前的山坡上，做了一套广播体操后，便让他们自由活动了。其他的孩子都三五成群地做着自己编创的游戏，而他，却独自寻找着张开了伞的蒲公英，并且小心翼翼地采下来装进衣兜里。

叫过他，我们来到山坡的另一头。

“桐子，是不是想妈妈了？”我问道。

桐子张大嘴看着我，一脸不可思议地问：“你怎么知道？”

“因为我来这里这么久，你唯一提的问题便是关于蒲公英妈妈的种子！如果我没猜错的话，你这些天一直在采集蒲公英，就是在收集它们身上蕴涵着的妈妈的爱吧？”听着我的话，桐子两个眼眶渐渐泛红。我接着说：“桐子，妈妈虽然不在你的身边，但她的心一直都牵挂着你，你是她孕育出来的种子，是她生命中最重要的存在，只要你把爱说给她听，她一定会感觉得到的！”

这时，桐子的目光变得灼热起来，他急切地说：“老师，快教教我，我要对妈妈说，我很想她！”

我轻抚着桐子的头说：“蒲公英是大自然的信使，你把想对妈妈说的话说给它听，再把它吹到风里，它就会找到你的妈妈，把你的爱带到她的心里!”

听我说完，桐子颤抖着小手从衣兜里掏出一大把蒲公英，嘴里喃喃地说着什么，过了一会儿，他深深地吸了一口气，把这些满含着爱和思念的蒲公英吹到了风里……

那节课后，我让学生们填写了一张登记表，表格里除了他们的姓名、年龄和家庭住址之外，还有一项：家长联系方式。

两个星期后，桐子收到了一封妈妈寄来的信，信中说，前几天她又梦见了桐子，梦中的桐子站在山坡上，把对妈妈的爱说给蒲公英听，并让它们把自己的思念告诉妈妈……等到梦醒后，妈妈竟然真的从枕边找到了一朵蒲公英的种子，她知道，那是桐子放飞的无数朵蒲公英中的一朵！妈妈说，她要回来了，她不能让自己最心爱的孩子再过没有妈妈的生活，她要用爱滋养他，让他长成一棵参天大树！

看完信，桐子高兴极了，他一遍一遍地对我说：“老师，我妈妈要回来了！老师，我妈妈要回来了！”从他兴奋的目光中，我再也找不到一丝先前的忧郁……

能在风中飞舞的蒲公英是很轻很轻的，但当它们携满了爱，却会变得很重很重，重到就连呼啸的山风，都无法改变它们传递爱的方向！

（于永海，曾在国内报纸杂志等发表散文多篇，现供职于河北省黄骅市杨庄东中盐长芦盐场电管处。）

难忘老茶炉

■杜永生

每次回老家,必须经过这里。尽管当年喧闹的景象不复存在,尽管老茶炉已经销声匿迹,可是那些场景依然鲜活在我的记忆里:排队打水的人们,老陈父子拉水的镜头,熟悉的街坊邻居……

那时候,居住在街上的人家很多,生活较贫穷。即使家家户户有小煤炉,可因为煤是紧缺货,价钱也高,所以自家烧开水、吃开水就成了问题。老陈看出了一个商机,就在原先老澡堂的外间基础上,简单改造了一下,迎街开了一家茶水炉,专门烧开水供应。

茶炉的开业当时颇引人关注,场面也非常热闹,就连乡政府也送来了祝贺的牌匾。显然,街上的诸多住户是兴高采烈的。其实,茶炉比较简陋,也就是用砖头砌成大灶台,镶上两口硕大的铁锅,一个烟囱通向屋顶。

既然烧茶炉了,那么就得有一些设备。其一就是拉水用的水桶(当时没有自来水)。这个水桶实际就是供销社废弃的大油桶,自己加工一下就成了大水桶。甭说,还非常实用。老陈把这个油桶躺着固定在板车上,在油桶的上端开一个碗口大小的进水孔,再在油桶底部开一个拳头大小的出水孔,两个旧板车内胎粘连后固定在出水孔上,这样出水就更方便了。屋内再砌两个大的蓄水池,一个蓄水用,一个遇到井水紧张的时候,可以澄净下塘水。每个蓄水池能容纳十大桶的水量。

开茶炉是比较辛苦的事情。自从开了茶炉,如果不是冬天,其他时候老陈就关闭里面的澡堂子,只有到了冬天才开放。当时,老陈的儿子已经小学毕业了,十二三岁的年纪就跟着父亲经营这个茶炉。父子俩可谓起早贪黑。他们每天要忙到晚上十一点,一要及时地清除煤渣子,茶炉的外面堆积的渣子像座山;二要封堵好炉子,凌晨四点多起床,捅开炉子,不到半个小时,就有滚开的水供应了。整条街道上,大家都在用这里的开水,附近的卫生院需求量更大。当时的价格是 1 分钱一壶水。每天清晨和傍晚,是茶炉生意最好的时候。这时候,茶炉里里外外都是人,摆台上放置颜色各异的水壶,有木质的,有铁皮的,有塑料的,有竹编的。当时,两个地方的水壶比较引人注目。一是医院的,上面用红色的油漆写着"乡卫院"还有编号;另是乡政府的水壶,同样用红色油漆写着"乡政府"。还有西街老茶馆的水壶比较扎眼,是清一色的铁皮外壳,许多外壳已经生锈,拎起来有种瓶胆欲坠的感觉。来冲水的孩子或老人,一手拎一个水壶都很吃力;那些年轻人则每只手能拎上四个水壶毫不费力。

拉水的地点是乡供销社的院子。那里有口水井,水源充足。当然,这水也不是白用,需要付一定费用。听小陈说,当时每车水 1 角钱。不过,要是遇到多日无雨,井水相对就少,短绠汲深，打起来就很吃力。于是，就到附近的草塘里拉水。当时的粮站还没有封围墙，老陈和小陈父子俩一个拉车，一个推车，成为当时的一道风景。那些塘水，刚拉回来有些浑浊，倒在蓄水池里不能立即下锅，还要经过明矾澄清或过滤。澄清往往需要一个晚上，次日，这些浑浊的水就清清亮亮的了。这样的水烧开后比井水好喝，有股子鲜甜的味道。这也是大家伙喜欢的。西街茶馆的老王一个劲地要求老陈今后使用塘水，也许这样的水泡茶更合适。可是老陈有自己的打算，毕竟去街外拉塘水不仅多跑路，沿途还要经过一个缓长的上坡，还要一定量的明矾澄净，费事，费时，费力，除非万不得已。

烧水的灶上两口大锅并排，烧开一锅水需要半个多钟头，等待的时间是最热闹的。男女老幼把这里当做一个小集市：孩子们玩乐，大人们聊天。话题五花八门，既有国家大事，也有家长里短；既有斗嘴抬杠，也有打诨调笑。他们唠嗑着乡村趣事，描述着道听途说，也绘声绘色地聊着老掉牙的神话与传说。有些人说到激动处，声音洪亮，特别是那几个爱抬杠的，常为某件事情或某个看法争得脸红脖子粗。这里又是民间新闻发布会现场，小镇上的新闻大多是从这里发布出去的。到了晚上十点多，当送走了所有客人，老陈父子俩才把摆放在台面上的铁皮罐子拿在手，精心盘点一天的营业收入。几乎都是硬币和毛票，尽管收入不多，却给街坊邻居带来了极大的方便。

随着居民生活水平提高，自家烧开水的越来越多，茶炉在热热闹闹经营了五年多之后，很快就关闭了。老陈终于可以赋闲在家安享天伦之乐了，小陈把茶炉拆掉，改成了修车铺；后来，他将茶炉整体转让。现在的茶炉，已被三间大瓦房彻底掩盖了，曾经的痕迹荡然无存。而街上许多上了年纪的人还非常惦念这个老茶炉，它毕竟是一段难忘岁月的见证啊。

（杜永生，中国国土资源作家协会会员，有多篇作品发表。现供职于安徽省来安县国土资源和房产管理局。）

农民代表

川 原

1 日 外

金秋的黄土高原,一望无际的田野。

从一片绿色的包谷地里走出一位三十岁出头的汉子，望着眼前糜子地里翻起的金色波浪思索着,风梳卷着他的头发。

一位瘦小的男人拨开玉米株走出来,看着眼前的汉子:王支书——

王支书:噢,二喜来了。秋收得咋样了?

二喜走过去:快收完了。你的糜子也到收的时候了。

王支书望着远远的天际,沉默着。

二喜从耳朵上取下抽了半截的喇叭筒叼在嘴上,取出火机点燃:大哥,你也别想不开,赔了就赔了,咱这地方可能就是不适合种植香菇和木耳。

王支书没有说话,目视前方。

二喜:尽管有人说,你当上了支书带领大伙种香菇,种木耳,是逞能,结果赔了。可我能理解你,你是真心想让咱农民致富呐!

王支书仍然看着远处,点了点头。

二喜:咋说你也是好心,时间长了,人都会理解你的。你不要心事太重,想开些!

王支书回头看了一眼二喜:我是琢磨,咱们致富的出路到底在哪里!

二喜吐出一口烟:唉,咱这黄土高原靠天吃饭,交通不便,要把日子过得红红火火,难啊!

王支书:我总觉得,现在的政策这么好,咱们一定要行动起来。我是支书,是当家人,老百姓说什么都是次要的,关键的是要找对一条适合咱们的致富路。

二喜扔掉烟头:咱们从小一起念书,我了解你,想干什么就一定要干成。你也别着急,慢慢来。

王支书看一眼二喜,情绪有些激动:现在的日子是好了,人们再不为吃饭发愁了。可是咱们不能就满足了。想念中学那阵,就那高粱面做的转转,到了星期五六,就断了顿。

二喜:遗憾的是你没有上大学!

王支书:生活困难,家里又缺劳力。改革开放二十年了,人们吃穿不用愁了,可是农民手里没有收入呀。

二喜:要交农业税,加上娃娃上学,要用钱的地方多,来钱的路子少。

原川，本名白洁玉，男，另有笔名秦榛，甘肃省地矿局职工。二十岁开始文学创作，著有长篇小说《梦恋》，发表短篇小说《与鹿同舞》、《筛沙子》、《山谷里的闲话》，散文《锦鸡与猎枪》、《芦苇荡自语》、《刘家峡断想》等。近年来，发表电视剧本《惊蛰白露》(26集)、《活在未来》(22集)，电影剧本《木匠儿子和吉他》等。

王支书：所以我一直想，咋样才能使农民有稳定的收入。

二喜：现在村里好多青壮年都外出打工了。

王支书：打工么，挣不了多少辛苦钱，遇上个黑心老板还空手回来了。

二喜：那可不？虎娃兄弟前几年跟着工程队出去干，不就是让人家给骗了么？

王支书：现在大虎和二虎都在新疆种棉花。

二喜：也只能挣个辛苦钱。

王支书沉默。

二喜：总觉得你几年高中白上了。

王支书：书是没有白念！我从书上学会了一句诗，一直记着：为什么我的眼里常含着泪水，因为我对这片土地爱得深沉！

2 日 外

连接村口柏油马路的土路边长着几棵高大的白杨树。树下的土路让雨水冲出一个土坑。几个人凑在树下抽烟聊天。

一位三十岁上下的后生耷拉着脑袋走过来。

人群中一位头发花白的老农民问：胡子，今儿手气不行吧？

胡子摇了摇头：背！

青年后生虎娃：一看你低着头，像霜打过的茄子蔫着，就知道又输完了。

胡子走到花白头发男人前，伸出手：袁大爷，给卷棒烟！

袁大爷：咱这老旱烟，你能抽习惯吗？

胡子：抽着才过瘾呐！

袁大爷：你不是抽黑兰州吗？

胡子笑了一下：那是赢了钱么！

袁大爷掏出烟袋，递给胡子。这时，一辆装满陶盆的“康明斯”汽车开过来，鸣了一声喇叭。大家伙起身让道。

袁大爷：人家老高家又出了一窑成品。

胡子边卷烟边让道。司机又冲着胡子打了一声喇叭。

胡子不满地抬头看了一眼司机,才慢慢地走到一旁,嘴里嘟囔:我以为火车过来了!

司机看到前面有土坑,停下车,打开门看了看,又关上门,准备向后倒车。人群散去。

一个十岁上下的小男孩低头滚着铁环向车尾小跑过来。

铁环碰在向后倒的"康明斯"车轮上,小男孩儿抬起头,急忙向后退。

司机还在倒车,把小铁环压在下面。小男孩试图捡铁环。向车后走来的胡子看见,急忙对小孩喊道:快让开!

小孩抽身向后退。车停下,慢慢向前开。

胡子对小男孩使眼色:快躺下!

男孩好像明白了意思,就地躺下,半闭着眼睛。

胡子很快跑向车头,对着司机大声叫:快停车!停车!

司机的头探出窗外:有事?

胡子:快下来看,把娃给碰倒了!

司机急忙打开门,下了车:不会吧?我没有看见后面有人。

胡子:快去后面看看!

司机疾步走到车后,俯下身,用手试了一下小孩的鼻息,又摸全身:娃娃子,碰到哪了?

胡子也俯下身:我看见了,你这车向后一倒,碰到他的头了。

司机有些疑惑:不会吧?咋能碰到头上呢?再说头上没有疤痕呀。

胡子:你还有啥不相信的?你回头看看,娃娃的铁环都压扁了!

司机回头看了一下压坏的铁环:那咋办?送医院吧!

胡子:先别急。我看看。

胡子蹲下身子,摸着小男孩儿的额头:喂,青娃——

小孩紧闭的眼睛慢慢睁开,看了眼司机,嘴角有一丝忍不住的笑意。

胡子给青娃使眼色:是不是把头给碰着了?

小孩看出了胡子的意思:就是,头里面还痛呐!

司机好像看出了点什么:再没有碰到哪儿?

小孩:没有。

胡子:我看你整个人都给撞上了。

青娃:嗯,对对对,就是。

司机站起身:那这样吧,快把娃娃家长叫来,看咋解决。

胡子也站起身:这娃是我的亲侄子,我做主。

司机:那你说咋办?送医院吧?我这还急着赶路。

胡子:我亲眼看着了,你倒车速度慢,娃娃是碰了,不过不是太严重。要是送到医院,多花钱不说,你也得陪着,走不了。

司机:那你说咋办?

胡子:我是个痛快人,干脆给点钱,你赶路,我带着去前面的诊所看看,我想可能伤着孩子的大脑了。要是弄个呆傻白痴的,你怕是走都走不了!

司机:那你说多少钱?

胡子:最少一千吧?

司机:啊?一千?太多了吧?

胡子挡在车前:那你看着办!娃娃还躺着呐!

司机看着胡子,无奈地叹口气:我这里也只有八百多了,你看行不行?

胡子的脸色好转,看了一眼司机。

司机走过去,掏出钱,塞给胡子:八百块,拿上吧,留下一点,我路上还要吃饭。

胡子让开路。司机上车,开车走了。

胡子看了一眼车尾,脸上有了笑意,把钱装进兜里,向小男孩走去:快起来,还躺着干啥?

小男孩坐起身,笑着看胡子。

胡子掏出一张十块钱给青娃:给,拿着买糖吃去。

青娃接过来钱,高兴地站起身,捡起铁环看了看。

胡子:回头我给你弄好。

青娃高兴地转身跑了。胡子得意地走了。

3 日 外

村子小路上,王支书和一位五十岁上下的男人说话。

王支书:真的么,高大叔?

高大叔:可不是?明明就是讹人么!司机很生气,说这地方他再也不来了。

王支书:这不是给我们玉寨村人抹黑吗?我这就去过问,你回吧。

4 日 外

王支书走过路边商店,迎面碰见青娃走出来。

王支书:青娃,过来。

青娃嘴里吹着泡泡糖:王叔叔,啥事?

王支书:我问你,是不是胡子讹了人八百块钱?

青娃面露胆怯之色。

王支书拉住青娃的胳膊:说实话!

青娃支吾:是胡子让我装作被车碰了。

王支书:八百块是真的?

青娃点点头。

王支书脸有愠色:那你怎么不上学去?

青娃:咋上?学校门让包工头给锁上了!

王支书吃惊:什么?校门给锁上了?

青娃:是啊!我们上学去,校门就锁着。老师都进不了门,让我们回家。

王支书什么也没说,疾步走了。

5 日 外

村学校门口,王支书正和包工头争吵。

王支书:刘老板,钱归钱,你不能这么做事。把学校门给锁了,娃娃上不成学,这能行吗?

刘老板:王支书,我也是有娃娃的人,可我实在没有办法了!欠我工程款三年了,给民工付不起工资,我连家都回不成啊!我天天在外面躲债,大年三十还在亲戚家。你说我咋办?

王支书:无论咋说你也不能不让孩子上学,咱不能耽搁下一代啊!钱你找有关部门要嘛!

刘老板:我鞋底子磨破了,嘴也磨破了,一分钱也没有要回来!我是被逼无奈啊!

王支书态度坚决:你先把门打开!

刘老板跨过去挡在两扇门中间:王支书,你也别怪我不给你面子,今天不管是谁,就是天王老子来,不给钱,我也是不开门!当年我也是看到娃娃在危房里上课,不忍心就借钱垫资修教室,没想到把自己给垫进去了。

这时,围过来好多大人和小孩。

王支书:你先把门打开,我陪你去要钱。

刘老板靠在门上:我哪都不去,谁也不认,就他妈认钱!

王支书无奈地看了一眼刘老板,走出人群,从围观的一个农民手里抓过自行车,骑上车子飞一样走了。

6 日 外

校门口围着一群人。一辆小车停下来,走下一位干部模样的人。

王支书迎上去:陈乡长,刘老板还在门口蹲着呐!

陈乡长大步走过来,人群让开一条道。

陈乡长:刘老板,你咋能这样呢?

刘老板靠门坐着,吐出一口烟:我咋就不能这样?

陈乡长:我都给你协调了好多次,他们答应最近给你钱。

刘老板打断陈乡长:最近这话我听烦了!

陈乡长:原来说好的这一阵子要给你钱的,听说后来又周转不开。这样吧,刘老板,你把门打开,让娃娃上学,我保证一个星期之内给你工程款。

刘老板想了想:这保证我也不想听,就是要钱。

王支书说:刘老板,陈乡长都给你作出承诺。

陈乡长:你总得讲理吧?

刘老板:讲理?讲理弄不来钱呀!

王支书:你起来,咱们到村委会去,想办法解决。

刘老板:我哪都不去!我哪也去不成。就我家里,现在还有人等着要钱呐。我连一口老婆做的热饭都吃不上。

王支书:那我也给你保证。你跟我走,我今天给你先弄两万块,你拿回去。

陈乡长看了一眼王支书:刘老板,话都说到这份上了,你还让我这个乡长给你咋做?

刘老板脸色有些缓和:不见钱,就是说破天,我也不走!

王支书和陈乡长无奈地走出人群。

王支书:陈乡长,你先回,我给他找些钱。

陈乡长:你从哪弄那么多钱?

王支书:我想法先给借点。你先回,不是还急着开会么!

陈乡长:那行,回头再说。

7 日 内

一个堆放着缸盆的院子,王支书正和高大叔说话:我找过袁老四了,他不在家。再说,他去外面打工，也拿不回来几个钱。咱村里就你有手艺，有收入，你就相信我吧！

高大叔：我相信你，也相信你这个村支书。可钱是个硬头货啊！那我也只能给你凑一万。

王支书：那好，一万就一万！我再去别处找找。

8 日 外

学校门口。王支书把一沓钱塞给刘老板。

刘老板站起身，长长地吐一口气，什么也没说，从包里取出钥匙，打开大锁，出了人群。

王支书：老刘，明天我就去帮你找上面要钱。

刘老板看了一眼王支书，摇了摇头：我也不想这么做啊！王支书，那剩下的钱，也只有靠你了。

王支书：好的。你先回家吃饭吧！

刘老板转身把手里的大锁扔向田野。

9 傍晚 外

西边的天空一片灿烂云霞。王支书有些疲倦地走在村子小路上。

一个五岁上下的小女孩在路上捡拾烟头，后面跟着一位老头，手里提着篮子。

王支书迎上来：武大爷，吃过了。

武大爷抬起头：才回家呢！

小女孩把从地上捡起来的烟头扔进了老汉挎着的小篮里。

王支书走到老汉身边，看了一眼篮子里的烟头，问：大爷，你弄这么多烟把把干什么？

武大爷：这可是个秘密。

王支书：集上有人收购这东西？

武大爷摇了摇头。

王支书：你义务给咱们村搞卫生？

武大爷又摇了摇头。

王支书：那你这是做什么？

武大爷：准备织件毛衣。

王支书睁大眼睛：毛衣是用这织的？

武大爷：就是年轻啊！

老头说着话从篮子里取出一个烟把，去掉了上面的纸，又轻轻地将过滤棉撕成絮状，右手熟练地从腰里取下捻毛的线杆，把絮状物接在线头上捻了起来。

王支书：就用这织毛衣？

武大爷：这咋了？又不花啥钱。

王支书：那你要真织成毛衣穿在身上，烟熏气那么大，受得了吗？武大爷，你就让虎娃给你买一件算了么。

武大爷：虎娃结婚这几年，日子过得还很紧张。

王支书：那叫大虎和二虎给你买一件嘛！

武大爷：那两个外出打工三四年了，只接到过几封信，过年都没有回来过。我想手头可能也不宽裕啊。

王支书看着武大爷佝偻着腰在路边寻找，沉默。

10 夜 内

一处陈旧的庄院,院子里几间土坯房。一位六十多岁的老人躺在炕上,一脸病容。

王支书坐在炕沿上扶着老人头喂饭。

王支书的妻子走进来:志良,你赶快回厨屋里吃,给你舀出来了。

王支书:我来喂,你看着叫明明先吃。

妻子:明明已经吃完了,在院子里耍呢。你一天忙啥呢,连饭也不回来吃了。

王支书:那你先吃。

妻子:我不饿,一会儿再吃。

王支书把碗递给妻子:我看爸这病很有起色,以前那条胳膊和腿完全动不了。

妻子:我今天还把爸扶起靠着被子坐了坐。

王支书眼睛里有了亮光:真的?

妻子看了一眼丈夫:你就整天知道忙你的支书!

老人停止吃饭,看了看儿子,又看看儿媳妇,眼里含着感激。

王支书对老人说:爸,我明白你的意思。明明妈把你侍候得好。哎,那中药抓回来没有?

妻子:我早都熬好了。

这时,一位中年男人走进屋子。

妻子:哟,王大哥来了!

来人走进屋:我听说王支书找我呢!

王支书站起来:下午去你家,听说你出去收秋了。

王福厚:去塬上割糜子了。

王支书:走,到那屋里咱说说话。

王支书领着福厚走进另一屋子,坐在破旧的沙发上。

王支书:今儿的事情你知道吧?

王福厚:听说了。

王支书:我本来想去你家借钱,给刘老板垫付些工程款。哎,今年出去咋样?

王福厚:还在那个养猪场干,收入还可以,老板那才叫挣得多。种香菇赔了,是不是有些短精神?

王支书:赔不怕,就怕找不到一条致富路。有时觉得自己像瞎子看场院,拿个麻袋乱扑呐。

王福厚:是啊,找出路可不容易。我常年在外,有时想,咱村要是有什么营生做,用不着跑那么远的路来回折腾,日子过着,钱挣着,多好啊!

王支书蓦地眼睛一亮:哎,福厚哥,你说咱们也养猪行不行啊?

王福厚:行啊!不过,他们已经发展了好多年,形成了规模。咱村人都经济困难。

王支书:钱是个问题,但话说回来也不是个问题。

王福厚:要是有启动资金,那咱肯定也能发展起来。

王支书想了一下:这次,我想先要好好地考察一下,论证一下。

王福厚:是的,好好看一看,学一学。我过两天就走,你先跟着我去宁夏那边转一转。

王支书:好好好!不过这事可先得替我保密呀。

王福厚:快吃饭去。我回了。

11 夜 内

王支书两口子躺在炕上,妻子已经睡着。

王支书睁眼想着什么,翻了一下身子。

妻子醒过来,抬起头看着丈夫:三更半夜,你不睡觉,眼睛骨碌碌的,想啥呢?

王支书:我在想武大爷领着孙女满村子捡烟头,说是要织毛衣。

妻子:已经织了一疙瘩线了。

王支书:那里面全是尼古丁,能穿吗?

妻子:他家里紧张,不到十年娶了三个儿媳妇花了好几万呢。

王支书:哎,我以前穿过的一件毛衣,要不给武大爷?

妻子:你只穿了几次呀!

王支书:去年你又给我织了新的么。

妻子想了想:那我改天就送给武大爷。

王支书:今天看见武大爷捡烟头,我这心里猛地一酸。

妻子:我明天就去给,你别不好受。

王支书:咱农民什么时候能富起来,不再为交农业税、给娃娃交学费、买一件衣服犯愁了。

妻子:你别想那么多,天下农民不都这么过着?

王支书:我从电视上看,人家南方有些农村比城里还好。

妻子:那毕竟是少数呀。咱这里么,谁要过不去了就只能帮衬着往前走啊。

王支书:日子要是靠别人那只能是解个急,要富起来,还得靠自己一双手。像我现在学习的农大课本里讲的,输血只能维持生命,自身造血才能健康成长。

妻子:现在的日子和过去相比好到哪去了。想当年,我二十岁嫁到你家是个啥样子?那时刚包产到户,除了一囤粮食,屋子里就剩你和爸两个人,炕上铺着一片烂席,连一页毡都没有。

王支书:我几岁就殁了妈,高中没念完就回家帮爸种地,一直觉得这家里理不顺,自从你进家门,这人生好像重新开始了。十年了,常悄悄地想,都是我娶了你这么个好媳妇!

妻子:你啥时候也会说些好听的了。不会是有啥事了吧?

王支书笑了:你明天给我准备些钱,我想跟着福厚哥出去转转。

妻子:出去打工?

王支书:我走了,这摊子给谁撂下?五个自然村,几千号人呐!再说还有咱爸和明明。

妻子:你不当这支书,人还都不过日子了?那你去干啥?

王支书:去宁夏、四川、河北,开开眼界。

妻子想了想:我知道你最近压力大,出去散散心也好,别把你给压垮了。种香菇木耳赔了,你心里有疙瘩,出去走走。就是那一点钱,怕你不够路费呢。

王支书:我再想办法借点。这一走,你就得辛苦了,秋才收了一点。

妻子:只要你心里畅快,我累点有啥呢?

12　日　外

村口树下,王支书和胡子说话。

王支书:这事能是咱们玉寨人干的吗?

胡子一副无所谓的样子:王支书,君子生财,取之有道。

王支书:你还君子呐?分明是敲诈勒索,是讹人!你让一个外地人咋看咱们玉寨人?

胡子:支书,没有那么严重吧?他无非恨我一个人,关别人啥事?
王支书:咱玉寨不就是一个个人组成的吗?你不是其中一分子吗?
胡子:王支书,说那么多我也不想听,你叫我咋样?
王支书:好好给人家把钱退了,道个歉!
胡子瞪圆了眼睛:啥?你这不是开玩笑吧?说实话,就那八百块钱,当天去翻金花就输完了。
王支书:那你想办法,就是借钱也要给人家还上。
胡子伸出手:好啊,那你给我借点。
王支书:你知道我赔惨了,现在还借路费呐。
胡子:那你说,谁会给我借钱?
王支书:那倒是,谁会给你借钱呐!哎,我说了多少次,让别再赌,咋就不听。
胡子:支书,我知道你是个大忙人,别在这耽搁时间,快忙你的去吧,我还有事。
王支书:你有什么事,又去赌?
胡子:兜里空了,拿啥赌?肚子还饿着呢。
王支书:反正咋说,迟早你也得给人家把那八百块钱给赔上。
胡子边走边回头:王支书,快忙去,别大天白日的说梦话咧!

13　日　内

王支书家院子里,王支书的妻子在剥玉米棒子上的皮。
一个七八岁的小男孩背着书包走进院子:妈,看看我的红领巾!
妻子抬头:老师发的?
儿子得意地:我们班上有的同学还没有红领巾呢。
妻子:看来明明表现不错呀。
明明:妈妈,爸爸什么时候回来呀?
妻子:应该快回来了吧?明明,进去看看爷爷。
明明跑进了爷爷住的屋子,王支书的妻子边剥玉米棒子皮边思考着。
明明高兴地喊:妈,快来看呀!
王支书妻子停下手里的活,一脸紧张,向屋子跑去。
明明蹦出了屋子:妈,快看——
王支书妻子:咋了?爷爷咋了?
明明指屋里:爷爷站起来了!
王支书妻子迈进屋子,一眼看见公公手扶炕沿站着,脸上微笑:爸,你能站起来了?
老人点点头,口齿有些含糊:我——试——了——试,就——起——来——了!
王支书妻子一脸兴奋:你卧床几年了,第一次下炕呀!
王支书妻子走过去扶住老人,走出屋子。
明明高兴说:爷爷,你腿疼不?
老人:不疼。
妻子:明明,快去给爷爷端个马扎。
老人有些颤抖的样子:想——看——看,走——走。
妻子扶着公公慢慢走到院子里。

老人像重新见到分别多年的朋友一样,看了看院子四周,向院外走去。

明明高兴地跑出大门:爷爷站起来喽——

王支书妻子扶着公公走出大门。

老人看着大门外的树木和远处的庄稼地,眼里有亮色。

武大叔和小孙女低头寻找烟头,慢慢走过来。

明明对着武大叔:武爷爷,我爷站起来了。

武大叔抬头看见王支书的父亲,吃惊地走过来:你、你真的能走了?

王支书父亲笑了笑,轻轻地推开儿媳。王支书妻子慢慢地放开手。王支书父亲独自走了几步。

武大叔惊喜地:我以为你老哥只能床上等死了,没想到又活过来了。

王支书的妻子:武大叔,我爸才六十出头。

武大叔:这半身不遂的病人,我活了五十多年,没见过还能下床的呐!

王支书父亲:我——有——好——儿——媳——妇——呀!

武大叔:是呀,还有个好儿子呢。

14　日　外

村口树下,几个人在说话。

"听说支书他爸卧床多年,最近能站起来了?"

"可不?我都见过了,都能走路了。"

"就是还有些颠。"

"真是奇迹啊!"

"志良两口子多孝顺呢!这老汉是个有福人。"

"哎,那不是王支书回来了吗?"

王支书背着包走进村口。有人对王支书喊:志良,快回家看看,你爸能站起来走路了!

王支书不相信:逗我开心?

武大叔:真的。

15　日　内

王支书家院子里,王支书和妻子坐在小马扎上剥玉米棒子皮。

王支书:我真的感谢你呀,咱爸能有今天,全凭你精心照料!

妻子:说这些话做啥?是咱爸的命大。哎,你回来,我还没问你,到外面出去转了一圈,是不是又有啥打算?

王支书:我想在咱村里推行养猪。

妻子:养猪过年?

王支书:养猪挣钱!

妻子:养猪能挣钱?咱不是没有养过猪,一头猪从正月里养到腊月,能杀多少肉?可要喂几袋子玉米呢!

王支书:你不知道,我出去考察的是温棚养猪,可不像咱们以前养的猪,半年就能出栏,保证能赚钱。

妻子:我可不相信。

王支书：那咱们试养着看吧。我知道你还会像以前那样支持我的。快，做点饭吃，晚上还要开会呢。

妻子：啥事，这么着急？你前脚进门后脚就急着要开会，就不能缓一缓？

王支书吐出一口长气：有重要事情要商量！

16 夜 内

村委会屋子里，王支书和众人开会，二喜在其中。

王支书：我出去考察的情况就是这样。今天把大伙召集来，村班子成员，还有自然村村长、党员都发表意见，商量一下在咱们村推广温棚养猪这事。

一位四十岁的男人：王支书，你别嫌我泼凉水。你这上任两三年，折腾来折腾去，老公公背儿媳妇过河——出了力也没有讨来个好，倒是招来群众的意见。依我说，各人把自己家的那几亩地种好，有时间出去打工挣几个钱，就行了。

王支书：老方，你可以不同意养猪，要说咱什么都不干，那我可坚决不答应。我还是一句话，要带领咱们农民致富，奔小康。

老方：你的心情我能理解，你是个好领导。咱们老祖辈都知道一句话：养猪为过年，养鸡为了换零钱。养猪真的像你说的那么好？

王支书：我是亲眼看的，还这么多资料！

一个留着胡子的男人：王支书说的那个什么长白、约克还有杜洛克猪，到底适合不适合咱这里养？

王支书：没问题。

一男人：温棚养猪是不是太讲究了？

王支书：那是别人总结出来的经验。

另一个男人：我觉得这个事情可行，咱也可以先引进来，试一试嘛！

王支书：我也是这么想的，咱都是赚得起赔不起的。先弄几户试点。

有人问：谁会当试点户？成本这么高，先修猪舍，再引进种猪和母猪，还要买饲料，钱从哪来？

王支书：这也是我唯一重点考虑的事。我初步想，找信用社贷点钱。

老方：怕是不好贷。再说，贷下钱还得还不是？

王支书：咱们现在只能是借鸡下蛋了！

一位与会者：贷款是要利息的。划算不划算？

王支书：这个账我都算过了。

老方：借了鸡下了蛋当然好，要是没下蛋，还把母鸡给死了，那可不赔大了？

有人笑。

二喜：人么，要是害怕放屁砸着脚后跟，那就只有四条腿走路了！

王支书：这么多年的经验告诉我，喊破嗓子不如做出样子！我带头养猪，也希望在坐的带头。大家都给农民做工作，有问题及时反映。

17 日 外

王支书庄院后面的空地上，王支书夫妇和几个农民在修猪舍，旁边围着一群人。

“王支书，养猪真的要盖个塑料大棚？”

王支书：当然。要不影响猪生长发育呀！

“这倒新鲜,见过大棚种菜,还没有见过里面养猪。”

王支书停下手里的活:这是科学!我给你们说了几次,咋都不行动?

“我可不养!”

“我也不做那种秋鸡娃打鸣——按不住钟点的事。”

“猪就是个猪么,还养到棚子里,这老几辈没有听说过。”

王支书:那天晚上开会,我不是给大伙都详细讲了吗?

“你那都是鬼话!”

王支书欲解释,一位留着胡子的老人:王支书,我还是叫你良良顺嘴。我说句话别不爱听噢,依我说,你就把这温棚再盖大些,做成像房子那样。

王支书:袁大爷,那倒没有必要。

袁大爷:听我把话说完。弄大些,里面再盘个炕,到了冬天让你爸住到里面,你娃可就算把孝行喽!

围观的人们哈哈大笑。胡子走过来:干脆你们一家都搬进去,直接奔小康!

王支书的妻子也无奈地笑了。

王支书:大爷,你这不是抬杠吗?

袁大爷:哎,大爷这把年纪了能胡说么?你就比那二十四孝还孝顺!

胡子:那就不是二十四孝了,是二十五孝!

袁大爷:良良,我记得你以前挺老实的小伙子,咋现在像是变了个人似的?

虎娃:嘿,人家现在是支书,是领导!

袁大爷:再是领导,他娃还得管我叫大爷呀!以前我就喜欢良良,还爱听他吹笛子!

虎娃:支书的笛子吹得是好。

王支书:现在哪有时间?

袁大爷:现在是没有时间了,只忙着吹牛喽!

王支书笑:袁大爷,那你就看着我是咋样吹牛的!

18 日 内

王支书和二喜站在修好的猪舍前说话。

二喜:我很想养,唉,就是屋里人咋说不让养,气得我一点办法也没有。

王支书:那就算了。号召了半天,也只有我一个人养了。

二喜:我相信你一定能养成,也肯定会给别人做出样子的!

19 日 外

白雪覆盖着黄土高原,落光了叶子的白杨树将枝桠伸向碧蓝的天空。

王支书家里。王支书和妻子走进修好的猪舍,看着引进的几头白白胖胖的猪。

王支书:母猪快要生产了,可得仔细了。

妻子:你也别太劳累了,眼睛都熬红了。

妻子说着话拉着丈夫走出了猪舍。

20 夜 内

王支书家里。王支书和妻子躺在炕上。王支书把书放在一边,思索着。

妻子:掌柜的,快休息吧。

王支书吐一口气:睡不着啊。

妻子:不就是养猪么,用得着操那么大的心吗?

王支书:你不知道,这养猪的学问多着呢。这一次,一定得干成这事。再不能带着农民瞎忙乎。以前,让农民种香菇、木耳赔了,我这心里一直觉得像是欠人家什么。

妻子:你也别太往心里去,人都能理解。

王支书:我琢磨着要把这温棚养猪的事做成,还得相信科学。寻思着咱家的猪下仔后,我去一趟省城,找甘农大的教授请教一下。

妻子:行啊。不过我可有一句话,你要注意身体。

王支书看了一眼妻子:好,睡吧。

21　夜　内

屋里光线暗淡,妻子已经入睡。

王支书依然躺在炕上睁着眼睛,想了想,轻轻地起身下炕。

王支书拿手电走进猪舍,看了看:这母猪好像是要生了。

王支书不放心地出了猪舍,走进院子,从另一屋子取出一张钢丝床。

22　夜　内

屋子里。妻子醒过来,不见丈夫,立刻起身。

23　夜　内

猪舍淡淡的灯光下,王支书躺在钢丝床上睡着了。

妻子站在床边无奈地摇了摇头。

24　日　内

院子里。王支书父亲、虎娃和袁大爷坐在小马扎上,看着支书做手里的活儿。

王支书在钉木箱。

父亲:良——良——你——这——是——干——啥?

王支书:母猪快要生产了,我给猪仔做几个育儿箱。

袁大爷:看你费的那劲,还不如到集上买个婴儿车。

虎娃:再买几个奶嘴,把猪娃一推,满村子转。

25　夜　内

猪舍灯光下,王支书在给母猪接生。

妻子走进来:啊,生了?

王支书用手腕擦拭头上的汗水:快来帮忙。

26　日　外

院子里飘落雪花,王支书看了看天气,急忙走进猪舍。

王支书看着躺在箱子里的小猪仔:这里面肯定冷。

王支书用灯泡为小猪仔加温。突然,慢慢地倒下去。

27　日　内

屋子里,王支书昏迷。父亲坐在炕上看着儿子。妻子一脸着急。

王支书慢慢睁开眼睛。妻子兴奋地叫了一声:娃他爸,醒过来了!

老人看着儿子,眼睛里也有了光亮。

妻子:看你都累成了什么样子了!

王支书:猪娃咋样?

妻子:你放心,都好着呐。

28　日　外

喧闹的城市。王支书背着包走进了甘肃农业大学校门。

王支书在校园里向学生打听着。

29　教授家　日　内

王支书正和一位头发花白的老师谈话。

王支书:刘老师,您讲得太好了,只是我怕一下子记不住。

刘教授:我这里有书,你带上回去再看看。好好干。有时间,我去你们那里看看。

王支书高兴地站起:刘老师,您真要能去我们那现场指导,我一百个欢迎。

30　王支书家猪舍　日　内

王支书对着妻子:我都打听好了,就这种饲料好,要按比例配方,再给猪喂食。不能再用那种老办法,让猪吃糠和麸子皮,喝那些涮锅水,那出不了效益的。

几个人走进来。

王支书:来,进来,看看。

"我们也参观一下王支书的温棚猪舍。"

"这里面暖和啊!"

"呵,这里面还挺全乎的,啥都有!"

"要不咋村子里人都说,王支书养猪,住的是玻璃房,睡的是钢丝床,喝的是自来水,吃的是配方粮。"

王支书和大伙都笑了。

虎娃说:支书,听说这些小猪娃都是你接生的。

支书妻子:他都累倒了。

虎娃:哎呀,要说我们的支书是个能人,可一点都不假。嫂子,你以后再生娃,就不用去医院了,直接让支书给你接生!

人们大笑。

支书妻子:虎娃,你那一张嘴就损人!

王支书:哎,虎娃,我正想找你说个事。

虎娃:啥事?

王支书:咱们去外面谈。

王支书和虎娃走到院子里。王支书:乡上已经通知咱村里了,你成了计划生育的典型户了。

虎娃:要说起这事,可不能怪我,要怪也是我媳妇和老岳父,是他们不同意。

王支书:你老岳父为啥不同意?

虎娃:我可不知道了。

王支书:你媳妇一儿一女给你生全了,还不去动手术,人都想不明白呀?

虎娃:我媳妇说怕疼。

王支书:胡找理由么!哎,听说你小舅子考上了大学?

虎娃:去年考上的。我把家里一个大麦草垛都给卖了,还把几年存下的钱都送去,这还不够。连给我爸和媳妇买件衣服的钱都没有了。

王支书:你岳父我知道,刘组长说过,那家里也穷呀。现在供个大学生,一年可是一半万呀。

虎娃:说心里话,我也想养猪,可现在空空的了。

王支书:我先养,要能赚钱,就动员大伙都养。不过,计划生育这事你可要想好。按照规定,像你这种情况不去结扎,就要交罚款。

虎娃:支书大哥,你说做啥都行,交钱可是一个子没有。

王支书:那就去动手术?

虎娃:支书,我也想了,媳妇不结扎,我保证再不生就是了。

王支书:那我就想不明白了。

虎娃:唉,现在挣下几个钱就是给小舅子。

王支书:怪不得你爸一天引着你哥的女子拾烟头要织毛衣。

31 日 外

夏天来到黄土高原,一望无际的碧绿庄稼地。

从王支书猪舍前开走了四辆农用三轮车,车上拉着大白猪。

王支书坐在前面的三轮车上。

32 日 外

夕阳给高原的庄稼和白杨树涂上了一层淡淡的粉红,村口的树下一群人在聊天。

虎娃:哎,支书今儿卖猪去了,不知道情况咋样?

“猪价这么好,可是一笔收入呀!”

“这猪养得精心,四五个月就出栏了!一个个又大又肥,有好几百斤呐。”

“咱等着看看,回来问问啥情况。”

胡子在人群中听着。这时,四辆三轮农用车开进村子。王支书坐在车上,面露喜色。

车停下来,开车的小伙子高兴地说:支书成了万元户喽!

虎娃急忙走过去:支书大哥,卖了多少钱?

王支书掩饰不住心头喜悦:一头净赚了200元,总共一万多利润。

二喜挤出人群:咋样?

王支书忍不住从衣兜里掏出厚厚一沓钞票:一万二!

人们围过来。

“王支书,我也想养猪!”

“王支书,这温棚养猪的利润好呀,能赚那么多钱!”

“看来让猪住这么好的温棚是对的。”

王支书欣慰地:我很高兴大家有这积极性。你们知道不,今天去卖猪,人家问我村子里还有没有。

“王支书,能不能想办法也给我们贷些款?”

王支书:今晚回去就报名,只要愿意养猪的,咱们想办法筹集资金。

胡子走到王支书面前:支书,我想向你汇报一下我最近的思想。我想了大半年,觉得去年那事做得不对,确实是讹人。这心里有愧呀!

王支书:认识到错了,那就是一大进步呐!想办法给人家把那八百元还上。

胡子:我也想很快给人家还上。那师傅今儿又来拉缸了!干脆,你先给我借八百元钱,现在就把这心愿给了了,以后还你。

王支书:你可不许再去赌博。

胡子:我向党支部书记保证,再不去翻金花。

王支书数出八百元钱正要递给胡子。

一旁的虎娃:这八百元钱要扔进沟里了。今儿就没有见什么司机呀?

王支书:没有来车?

虎娃:老高家这个月还没有出窑呢!

王支书收回钱,对着胡子:撒谎你!

说完,走了。

胡子对虎娃:你那张嘴比驴嘴还长啊!

虎娃:人家支书辛辛苦苦挣下钱,你弄去又给扔了。一天一件正事不干。

胡子:你说啥是正事?养猪,咱又没有钱。出去打工么,连个路费都寻不下。

虎娃:咱要干,就得寻那没有本钱的生意。

胡子:哎,我想起来一个挣钱的路子了。

虎娃:啥路子?

胡子:抓蝎子!

虎娃:那行吗?

胡子:前几天我去赶集,街头上专门有人收,价钱好得很。

虎娃:那也行,等过几天把麦子收了,咱晚上去捉。

胡子:听说捉得好,一个月能弄近一千元。咱抽时间买个矿灯。

虎娃:买矿灯?

胡子:那灯光蓝蓝的,一照到蝎子身上,黄亮亮的。

虎娃:好。

33　夜　内

王支书家,灯下,王支书和妻子躺在炕上。王支书正看一本《养猪知识》。

妻子:睡吧,都几点了。

王支书合上书:你说这次号召村民养猪能行吗?

妻子:我说,咱自个养赚了,别人都看见了,愿意就跟着养;你要是再号召别人养,万一有什么差错,又要说你长短。

王支书:听着呱拉鸡叫,还不种庄稼了?

妻子:上次种香菇亏了,有些人话说得难听,说你脑子进了水,不是想折腾人,就是想捞点政绩。

王支书笑了:我一个农民,捞政绩又不升官,只为咱乡邻能发点财罢了。

妻子:我说,你以前在村里当文书还好,也不操啥心。现在你看你,不是在猪舍里,就是忙着村里的事。有时候咱晚上学习,不会做题,想找你人都找不到。

王支书:我不图干什么惊天动地的事,就是看着村里的人整天为钱犯愁,心里就着急呐!

34 夜 外

弯月照临玉寨原。胡子和虎娃打着矿灯在村子小路边的土坎上寻找蝎子。

胡子:虎娃哥,你捉了几个?

虎娃:三十几个。

胡子:今晚咱捉够一百只再回。哎,我进青娃家去捉,那庄子向阳,崖面破,蝎子多。

胡子走进了一个开着大门的庄子。

胡子走到窗户前,在墙面上寻找蝎子。半开的窗户透出淡淡的灯光。胡子无意向里面看了一眼——一位年轻妇女正在灯光下擦洗身子。胡子放下装蝎子的瓶子,眼睛盯着里面看。

虎娃走进了院子:哎,你干啥呢?

胡子示意虎娃别出声:看——

虎娃也伏在窗前窥视。胡子挤着虎娃,不小心把脚下的瓶子踢翻,几只蝎子爬出来,顺着两人的腿爬上来。两人看得津津有味,先是虎娃叫了一声,接下来胡子叫了一声。

屋里的青娃妈也叫了一声,急忙裹上衣服,跑出了屋子。

虎娃和胡子正抖身上的蝎子。

青娃妈出屋一看:你们两个不要脸的东西,偷看我洗身子!

胡子用手捂着脖子:我们是捉蝎子。

青娃妈边哭边大声地:走,你们两个流氓,咱们找支书去。

两人急忙跑出了院子。

35 夜 内

村部屋子里灯光亮着,王支书在召开党员大会。

王支书:一个人富了不算富,要带领群众走致富路。在我们欠发达的黄土高原,要走出一条致富路不容易,养猪半年来,我赚了一万多元,决定在咱玉寨村推广温棚养猪,今天就是把大伙召集起来讨论一下。

"王支书,这还讨论啥呢?你给群众把样子都做出来了。"

"以前人们还有疑虑,现在都忙着要养猪。"

"现在老百姓凑到一块儿,就是养猪一个话题。"

二喜:已经有好几户人跑来问我养猪的事。现在还是资金问题。

王支书:那就好。我想,先鼓励经济条件好一些的养猪,最好是我们党员干部带头,点燃一盏灯,照亮一大片。还是那句话,村帮村,户帮户,乡邻看的是党员和干部。至于钱,我再找乡上的领导,找一找信用社,想办法给咱们解决一些。

"这个温棚养猪和咱们传统养法区别大,还需要技术。我看咱们村上也就是支书一个人懂行呀。"

"支书能不能给我们教一教?"

王支书:我不仅要手把手教大伙,还要请甘农大的刘教授来给咱们讲课。一定要把温棚养猪当做产业来做,做大做强。

会场上一片掌声。

突然,青娃妈哭泣着跑进会场:王支书,我找你有事。

人们看着青娃妈。

王支书:有事我开完会再说吧。

青娃妈:我可活不成了。

王支书急忙走过来:出啥事了?

青娃妈拉着支书出了门:支书,你可得给我作主。胡子和虎娃两个不要脸的东西,趁我在屋子里洗身子,溜到我窗台跟前看。你说我这在村里可咋做人呢?青娃爸在外面打工,回来知道这事, 我咋活人呢?

王支书:这两个家伙,到你家干啥去了?

青娃妈:他们俩说是来抓蝎子。

王支书:我回头给你处理。

青娃妈:王支书,你可得还我清白呀!

36 夜 内

夜色下,虎娃走进自家屋子。一位二十三四岁的女人坐在炕上看两个小孩睡觉。

虎娃捂着半个脸:媳妇,快给我找个蒜来。

媳妇下炕:蝎子蜇了?

虎娃:可不,蜇到脸上了。嗨,这蝎子蜇得真不是时候!

37 日 内

乡信用社。王支书和一位梳着背头的工作人员谈话。

王支书:吴主任,我们发展养猪业是经过认真考察的,前景好,您就放心吧!

吴主任:必须有抵押!

王支书:那我把庄院和家产抵押上。

吴主任笑了:你是在开玩笑吧?你们玉寨村我又不是不知道,到现在除了几户人家住的房子,多数人还住在地坑庄里。几天连阴雨,就心慌慌的连觉也睡不着,那玩意值几个钱?

王支书:那多少还有些家当吧?

吴主任笑道:家当?你们有啥家当?是不是最近从地下刨出文物了?

王支书:那倒没有!

吴主任:那是发现墙壁里面有夹层,放的尽是些金罐子和银碗子?

王支书:吴主任,您就别开玩笑了,我是认真的!

吴主任:小伙子,我是开玩笑吗?我比你还认真!一句话,没有什么抵押,贷不走一分钱!

38 日 内

陈乡长的办公室。王支书坐在沙发上和陈乡长说话。

陈乡长吐出一口烟:王支书,我最近一直为钱的事忙得不行,你这今天又来说钱的事,我头都大咧!

王支书:乡长,你也认可我们发展养猪业。

陈乡长:这是个好事啊,再说我也明白你的心思。唉,就是背锅子作揖——钱紧!哎,你们能不能自己想办法筹集?

王支书:我们就是筹集了一部分,才找你再想办法贷点。

陈乡长:贷款很难的。要抵押,你们什么都没有。

王支书:上面不是有扶贫资金吗?

陈乡长笑：就那点钱，撒胡椒面还不够呐！

王支书：陈乡长，还得你给我们再想想办法呀！

陈乡长思索了：说实话，你当了村支书，玉寨村的工作方方面面都进步很快，你也是一心扑在致富上，肯干也敢干，有魄力，能成气候！咱们就是需要你这样的人当农民的带头人。你说的温棚养猪这项目，一听我这心里就是一热。

王支书：我真的觉得这事能干！

陈乡长：我立个项，想办法找一下县上，争取给你扶持一下，看能不能贷点款。

王支书：那就好！

陈乡长：你可要稳扎稳打，一步步想好了再做，保证赚钱，还要还贷！

王支书：我保证！

陈乡长：你拿什么保证？

王支书想了想，激动得举起右手：我以共产党员的身份作保证！

陈乡长站起身：这保证好！胜过所有的抵押！

39　日　外

村里树下，王支书和虎娃谈话：你说你都结了婚的人了，咋能做这么无聊的事？

虎娃脸上肿个包：我们俩真的抓蝎子，根本就没有看窗户里面。

王支书：再别狡辩了。胡子呢？

虎娃：去集上卖蝎子了。

王支书：总之，这事你俩必须给青娃妈道歉。

虎娃：哎，支书大哥，这道歉就不必了吧？我们以后保证再不看她就是了么！

王支书：你设身处地想想，青娃爸不在家，她一个女人，碾了一天的场，又累又脏，回家洗一下身子，就让你们偷看了，她心里多窝火？传出去让她咋做人？

虎娃：大哥，还没有看清什么，就让这蝎子给蜇了，疼得一个劲地叫，哪有工夫仔细看。

王支书：这行为本身对青娃妈就是伤害。

虎娃：又不伤筋动骨的，能有什么伤害呢！

王支书：虎娃，你都毛三十岁的人了，这个道理还要我给你讲？

虎娃：好了，王支书，那我道歉。不过你得陪我一起去。

40　日　内

青娃家院子。

王支书叫了一声：嫂子，虎娃来给你道歉了。

青娃妈手里提着棒子走出来。虎娃转身想跑，被王支书一把抓住。

王支书：嫂子，他是来给你道歉的。

青娃妈：我就是想说，他们再敢做这种缺德事，我就用这个对付。

虎娃看着青娃妈手里的棒子：嫂子，对不起，上次确实不是有意的，你就原谅我。我以后绝对不再干那种没名堂的事，再不进你家院子捉蝎子了！

青娃妈：胡子呢？

王支书：他不在家。

青娃妈：你给他带个话，要是不来道歉，我跟他没完！

41　日　内

二喜家新修的猪舍前。

王支书指着猪舍:再好好根据要求修理一下,按尺寸按标准做好。

二喜:好的。别人修得咋样了?

王支书:明天母猪和种猪就要拉来了。

二喜:那就好!

王支书:我还要对养猪户进行指导,要科学喂食。

42　日　内

一农户猪舍前。王支书和二喜在检查养猪情况。

王支书:喂养的饲料和饮用水都要按照指导手册上去做,可不能像以前那样随意喂。

农民:放心,王支书。东拼西凑借钱买来的猪,还不得好好供养。

二喜:下崽了没有?

农民:看样子就在这几天。

王支书:那多用心。我们走了,还要去别人家看看。

43　日　内

王支书和二喜走进了另一位农户家。一对三十多岁的农民夫妇领二人走向新猪舍。农民打开猪舍。

王支书:猪娃下了没有?

妇女面有喜色:昨天下了,这一窝就是十五个。

王支书:那好!

王支书走进猪舍,看着母猪正喂小猪崽:要注意母猪的营养,饲料要搭配好。

农民点点头:好的。

王支书仔细看了看猪舍:小刘,你猪舍里卫生很不过关呀!

小刘媳妇:这么干净!

王支书:我还是那句话,猪舍里面打扫得一定要比住人的屋子还干净。

小刘媳妇笑:支书,你这话说得也太过分了吧?

王支书:一点都不过分。脏了影响生长,猪容易得病!

小刘媳妇:猪就是个猪么,还和人比呢!

王支书:在我眼里,它们就不是猪。

小刘媳妇:那还是人不成?

王支书:它是钱,是我们致富的希望!

小刘:我今儿就好好收拾一下卫生。

几人走出猪舍。王支书对小刘媳妇:今天我来还有个事。你生了二胎,是要结扎的。

小刘媳妇:支书,我就是想生一个儿子么。

王支书:政策我也不给你多讲,你肯定知道,我就是想说,生儿生女一个样。

小刘媳妇:那咋能一样?养儿为防老。

王支书:你不看看,以前咱们村里老侯家生了七个儿,有在省城干事的,有在县上当局长的,还有在地区医院里当院长的,个个都事业干得不错,可最后呢,没人养活老爸,老汉五黄六月的上吊死在了门前枣树上。再看看张老五,生了三四个姑娘,人家现在过的啥日子?今天这个女儿女婿来送钱;过几天那一对又来送衣服,老张头两口子无忧无虑地过得不很好么?

小刘媳妇:你说的有道理,可等我们两口子老了,女儿要是嫁远了,有个什么病的,要照顾一下,怕是不方便了?

王支书:国家现在对没儿户都有优惠政策的。以后肯定会逐步解决这些问题,会有养老保障的。

小刘媳妇:支书,要说你这人,有时候真的不能理解么,猪仔下得多了你高兴,多生一个娃娃你就像是屁股上着了火,好像这猪比人还重要。

王支书:这道理还用我给你讲么?说什么再也不能生了!

44　日　外

轻风吹拂着路边的垂柳,武大叔的小孙女拉着牛走过支书家门口。

小明明正在树下玩耍,脖子上戴着红领巾。

小女孩看了一眼明明,停下来:今天是星期天,还戴着红领巾呀?

明明:我喜欢。你还没有呢!

小女孩:老师说了,下个星期就给我发。

女孩说完拉着牛要走,牛却低头吃路边的草。

小女孩拉不动牛:明明,你帮帮我,赶一下牛。

明明捡起一根树枝走过去,赶着牛向前走。

明明:蕾蕾,你拉牛干什么去?

蕾蕾:到涝巴去饮水。

蕾蕾拉牛在前面走,明明跟在后面,顺手取下脖子上的红领巾,边走边舞动。

到了涝巴边,牛低头饮水。

明明站在水边舞着红领巾:蕾蕾,你说我的红领巾好看不?

蕾蕾看着:我很快就会有的。

明明无意当着牛挥舞了一下红领巾。那牛突然停下喝水,像疯了似地冲向明明,一头顶到明明的肩膀和头部。

明明还没反应过来,就倒在池边,半截身子浸在水里,头枕在一簇水草上,眼睛紧闭,昏迷过去。

蕾蕾急忙松开缰绳跑过来,将明明的腿拉出水面,叫着:明明——

看明明不省人事,蕾蕾急忙起身向村子跑去。

松了缰绳的牛跑进不远处的苜蓿地。

45　日　内

王支书的妻子在猪舍里给猪喂饲料。

蕾蕾跑进来,气喘吁吁:大妈,明明——明明——

王支书妻子:明明咋啦?

蕾蕾:让牛给顶到涝巴里了。

王支书妻子手里的饲料盆掉在地上:啊?咋样了?

蕾蕾:昏过去了。

王妻急忙跑出猪舍。

46 日 内

村委会办公室。

王支书跟两对农民夫妇谈话:都是亲门党家,住的房前屋后,就为这么一点事闹成了这个样子?仔细想有意思吗?做事总得讲道理吧?你不让别人从你家地边过去,那你说拉粪、收庄稼怎么办?总不能弄个直升机来吧?

两对夫妻都忍不住笑了。

王支书:多琢磨怎么把日子过好,再别为这些鸡毛蒜皮的事伤和气,闹别扭。回去好好反省反省。

四个人站起来走出了屋子。王支书倒了一杯水,坐在桌前,拿起桌子上的一本《养猪知识》看起来。

二喜走了进来。

王支书见二喜进来合上书:来,那边事情处理完了没有?

二喜:处理好了。

王支书:我正想和你好好谈谈。你当选新的村主任,咱俩就是玉寨的当家人。我想咱们村上的工作千头万绪,也就是常说的,上面千条线,下面一针穿。回头把工作详细整理一下,分个工,分个农闲农忙,分出个主次。

二喜:是啊,我也觉得不能这么瞎忙。

王支书:我想除了做好日常事务,重要的是要把致富当做头等大事来抓。

二喜:咱们找到了温棚养猪这条路,就一定要走好。

王支书:要走出一条致富之路。另外,二喜,我这几天学习农大的函授课本,觉得缺的知识太多了。就说咱养猪,这里面的学问多着呢!你也抽时间学习学习,充实一下,我想咱还得培养一些技术人才。

二喜:是啊,要讲究科学。

王支书:一句话,咱得科学致富啊!

47 日 内

王支书家。王妻坐在炕沿边焦急地看着躺在炕上的明明。一位中年男人在给明明把脉。

明明慢慢地睁开眼睛:妈妈。

王妻:明明,醒了!哪疼?

明明轻轻摇了摇头:不疼。

王妻:儿子,真的不疼?

明明:就是头有些蒙。

把脉的男人:不要紧,我开些中药。可能是脑震荡!

王妻:春选大哥,不会有什么毛病吧?

春选:没有什么,你放心。

王妻:那你就给开些药。

春选取出了处方笺:娃娃拉牲口,就是危险。我儿子前几天拉驴去饮水,差点让驴给踢了。以后我再忙也自己去。

王妻抱起明明:可不是吗?这武大爷今儿咋指蕾蕾干这事。

春选:昨天感冒了,我还去给开药了。武大妈风湿病犯了,走路不方便。

王妻:春选哥,嫂子还在天津打工吗?

春选:在天津给一个老太太当保姆,我在家里要种地看病,供娃娃念书,当男人又当女人。

蕾蕾跑进来,手里拿着红领巾:明明哥,给,红领巾还在涝巴里,我给你捞上来了。

王妻:谢谢蕾蕾!哎,蕾蕾,你帮忙叫一下明明爸。

蕾蕾:在哪?

王妻:还能在哪?就在村委会的屋子里。

小姑娘跑出了院子。

明明爷爷慢慢地走到屋门口。

48 日 内

王支书家。王支书坐在院子里,怀里抱着明明,旁边坐着明明爷爷。

王支书妻提着纸包草药走进院子,看了一眼儿子:明明,妈妈给你煎药。

王支书放下儿子:大小伙子了,坚强一点。

爷爷对着明明说:过来。

明明走过去依偎在爷爷怀里。

王支书走向妻子:来,我煎。

妻子板着脸:你还能顾得了这个家?依我说,就卷上铺盖,去村委会住算了。

王支书赔笑:村里有些事刚处理完,晚上刘教授要来讲课。

妻子不悦:那你去啊?

王支书:好媳妇,别生气了。我给明明煎药。

蕾蕾哭着跑进院子。

王支书妻子:咋了,蕾蕾?

蕾蕾:我爷打我了。

王支书:为啥?

蕾蕾:我家牛死了。

王妻:啊?咋死的?

蕾蕾:我爷爷说是牛吃了嫩苜蓿,给胀死了。

王支书:在哪?

蕾蕾:在涝巴边的苜蓿地里。

49 日 外

涝巴边的苜蓿地,黄牛倒在草地上。武大叔和老伴愣愣地呆坐。

王支书走过去:大叔,牛已经死了,你也别难过。

武大叔:大虎在外面打工,我给他看家,把牛给死了!

武大妈:唉,他还说过几天就要回来,咋交代吗?

王支书:要说蕾蕾也是为了我们家明明,要不然也不会把牛给胀死的。这事我们有责任。

武大爷:啥责任,牛都死了!两三千元呐!

王支书:我给你赔。

武大爷:让你赔啥?也没有这个理呀!明明都让牛给顶了。

武大妈:哎,娃娃好了没有?

王支书:明明没事的。

武大爷:都怪我这感冒!怪我老不中用。

王支书:大叔,你先回家,以后再说这事。我晚上还要去村委会,刘教授来讲课呢。

50 日 内

村部一间大房子,几十个农民坐在屋子里,其中有王支书和二喜。

刘教授在讲课:我们一定要运用科学的方法来喂养,首先我们从长白、约克、杜洛克三种猪的特点讲起……

51 日 内

袁大爷家,王支书和袁大爷谈话。

袁大爷坐在小马扎上,咂着烟锅:良良,你说啥我也不养。

王支书:大爷,你经济条件不错么!

袁大爷:我可没有钱弄那没把握的事。

王支书:大爷,我把养猪的收入都给你说了,给你算了一笔账啊!

袁大爷:你挣一万,那是运气好,碰上了。你说让大家都养猪,养多了卖给谁去?

王支书:猪肉的市场潜力很大。

袁大爷:我就相信物以稀为贵,啥东西多了就不值钱。你就说咱们村前年有人种西瓜挣了几个钱,结果去年一窝蜂全种,最后三分钱一斤还卖不出去,烂到地里看得人心疼!

王支书:大爷,这养猪和种西瓜不一样。养猪咱可以面向外地,面向全国销售,再说人可以天天吃肉呀。西瓜季节性强,地域局限性大。

这时,走进一位四十多岁的男人:王支书也在。

王支书起身让座:老刘,来坐。我还正想找你呐!

老刘:我不坐,在这蹲一会儿。你找我有事?

王支书:我想给你说说,你也养猪。

老刘:我不养。

王支书:为啥?

老刘:咱可是只赚得起,赔不起呀!

王支书:这个利润可以,我开会时都算过账了。

老刘:这一年一年的行情不一样,投资这么大,要赶上猪肉掉价,怕是哭都没有眼泪了!再说,儿子在外面打工挣得几个钱要好好存着,准备着给娶媳妇呢。

王支书:儿子才十七八岁么,趁这几年养猪好好挣些。

老刘:万一王八抓不住,再弄个一身泥,就不划算了喽!

袁大爷:是啊,反正别人要发财就去好好发,我们做个本本分分的农民。

老刘:支书,你还是去忙吧。村领导一天事情多,刮宫流产、催粮要款的,那么辛苦!

52 日 内

王支书的妻子在打扫猪舍卫生,一位三十岁上下的妇女走进来。

王妻:哟,大嫂子来了。啥时回来的?

妇女:前天回来的。养猪呢?

王妻:正打扫卫生。好几年没见你了,外面情况咋样?

妇女:也没挣下几个。哎,我今天来是想问问你,牛把明明牴了,好了没有?

王妻:已经好了。

妇女:那就好。我要说的是,我家的牛死了,你说咋办?

王妻:要说,你们家的蕾蕾真是个好孩子,可她也拉不住一头牛呀。

蕾蕾妈:谁说拉不住?是你们家明明手里拿着红领巾招惹牛的!

王妻:拿条红领巾就惹了牛?

蕾蕾妈:你没有看过电视上么,那斗牛士手里可不都拿块红布子挑逗牛吗?

王妻:依你这么说,全赖我们家明明了?

蕾蕾妈:那蕾蕾也是为了明明,才放下牛没有管呀,如今我家的牛死了,你说是不是应该给我们家赔呀?

王妻:你这话我就不爱听了,那你说牛重要还是人重要?

蕾蕾妈:是人重要。可是人好了,我家的牛却没有了,三千元啊!我在外面打工几年还没有攒下那么多钱。

王妻:明明看病吃药也花钱啊!

蕾蕾妈:能花多少?就吃了几包草药,百八十块多了去了!

王妻:我总觉得不是这个理呀!

蕾蕾妈:那好。你不愿意赔,我找王大支书去。

53 日 内

王支书站在二喜家的猪舍前。

二喜:这一窝又下了十三个猪娃。孩他妈昨天后悔地跟我说,去年没有听王支书的,错了!今年要多养,要好好养。

王支书:我们村领导,一定要给大家伙做出样子。你昨天下去检查情况咋样?

二喜:热情都很高。

王支书:目前只有二十四户人家养猪,和我想的差距很大!

二喜:你别着急。好多人还持观望态度。这二十几户养好了,自然就带动起来了。

王支书:我想咱们应该成立一个技术小组,挑选一些年轻、有文化的,尤其是党员干部,多学养猪知识,进行义务指导。

二喜:好啊,我也正想这事。

54 夜 内

王支书屋里,王支书和妻子熄灯后在说话。

妻子翻身:不行,天下哪有这样的道理,牛把咱娃娃给牴了,再说牛是自己吃了苜蓿胀死的,又不是咱给毒死的,赔啥钱?

王支书:你别急,咱俩这不是躺着随便说说么。

妻子:哼,你是随便说的么?

王支书:你说咱娃重要,还是牛重要?

妻子:废话。牛算啥?

王支书:这不就对了吗?连蕾蕾都知道。你想,当时蕾蕾不管咱明明,只管去拉她家的牛,你说那牛能跑到苜蓿地里吗? 能胀死吗?

妻子:听你说的,明明都倒了,她还去拉牛?

王支书:正因为她去救咱明明了,才耽搁了照看牛嘛! 现在牛死了,你说咱们有没有责任?

妻子:我说不过你,反正就是不同意赔。睡觉吧!

妻子背过身睡下。

王支书:我想,只要咱明明没事,赔些钱算啥?

妻子:你爱赔就赔!

王支书:再说,我是咱村的当家人,干事总得讲点风格吧?

妻子生气:王志良,你少在我面前说你那支书。整天不管家里的事,一个劲地忙外面,忙别人的事,生怕别人少挣了钱。吃自家的饭,操别人的心。我一个人在家里从早到晚忙碌,我说过什么抱怨的话吗?

王支书伸手拉妻子胳膊,被甩开:你知道么,咱村里谁是最不幸的人吗?

妻子不吭声,背对他睡着。

王支书:就是我呀。我几岁时就没了母亲,爸做饭养活我和姐姐。我最爱吃武大妈做的饭,咱村里好多人家的饭我都吃过。那时,看着别人有妈妈,尤其是逢年过节,这心里特别惜惶!觉得自己是全世界最不幸的人!可是自从娶了你,我又觉得我是咱村里最幸福的人了。你体贴我,理解我,给咱生下宝贝儿子,又孝顺咱爸,能把一个半身不遂的病人侍候得下地走路,我感激得不知道说啥好!现在,就一心想着把咱自家日子过好,把咱村里人日子过好……

王支书又伸手拉妻子。妻子翻过身,钻进了丈夫被窝。

王支书搂着妻子:只要咱明明平安没事,赔几个钱算啥? 钱没了还能挣嘛!

妻子:我这心里就是有些别扭。

王支书:一句话,还是穷啊! 前几年外出打工的多,村子里也就剩下老人和娃娃,土地荒芜了不说,小孩子的学习也放松了,这样下去不行啊!我想着要能把养猪产业做成,这些问题就自然解决了。

55　日　内

王支书和二喜正在养猪的农户家检查。

新修的猪舍里,快乐生长的大白猪簇拥着吃食。

56　日　外

王支书和二喜走过庄稼地边的小路。

王支书:再有一两个月猪就要出栏了。我想过几天带几个人去泾川、平凉看看市场。

二喜:你去,村里的事我操心。

王支书:很多村民对养猪没信心,尤其担心销售。

二喜:最好能组织统一销售。

王支书:是啊,这是最重要的环节。哎,二喜你看,咱们乡间的小路太窄了,要是来了收猪的车走起来有些难啊。

二喜:我明天就组织修路。要想富,先修路,这话可是一点错都没有。

57　日　外

村口白杨树下的一条土路。六辆"康明斯"汽车缓缓开出村子,车上拉着大白猪。

村民们看着远去的卡车,脸上洋溢着喜悦。

王支书和二喜向远去的车招手。

一个青年跑来:陈乡长一会儿要来检查工作。

王支书:二喜,咱们现在就回村部。

王支书和二喜走了。几个村民高兴地议论,有人蹲在树下数钞票。

胡子走过来,盯着别人手里的钱。

"王支书给我们找到的这一条路确实好啊!"

"咱老祖辈从来没有见过这么多钱。"

"想想,支书不愧是个好带头人,是个好党员啊!"

"哎呀,我一直愁儿子娶媳妇没钱,这一下就都有了。"

"你不是一直想着买个电奔子吗?这不是有钱了吗?"

"先不能买摩托,咱要拿这些钱再修猪舍,就是支书的话,还要扩大规模呐。"

"这几天,好多人都来我家猪舍里学习,都准备养猪了!"

"我回去先把家里的电视机换个大的。"

"我娃娶媳妇的钱算是有了。"

"我准备修一处新宅院。"

胡子向一位数钱的男人走过去:哎,挣了多少?

男人:你管得着吗?

胡子:我又不抢你。

男人边走边回头:你不抢,可要借呀!

胡子摇了摇头向另一位走去,还没来得及开口,那人把钱装进兜里走了。

58 日 外

田野里,武大叔放下手中的锄头,看着走过来的王支书:良良,今儿咋有时间了?

王支书:我看见你锄地,就过来了。

武大爷:听说村里好多人都赚了。

王支书:还不错。你想不想养猪呀?

武大叔:你知道,我家里没有钱。

王支书:你要想养,我给你想办法。我最近有点紧张,过几天把牛钱给你。

武大叔:良良,我劝蕾蕾妈,她也同意了,你看这样行不行?她不想再出去打工了,也想养猪。现在我们没有钱,你要觉得可以,就先把你家的母猪和种猪赊欠几头,赚了再还你。要是赔了,能不能还钱就难说了!

王支书:那有什么不行的?只是这样你不是吃了大亏吗?我想就直接按牛价送猪算了。

武大叔:都乡里乡亲的,什么叫亏?

王支书:那就这样,我送你母猪和种猪!

59 日 内

村部里,陈乡长跟王支书、二喜谈话。

陈乡长:我给你们安排的工作就这些,要抓紧时间办好。县上的领导也表扬了咱乡,重点提出了咱玉寨村,我这脸上也有光。另外,我刚听说你们今天销售了一批猪?

王支书:刚拉走了五车。

二喜:大家都高兴得很,二十几户人,正数钱呐。

陈乡长:那就好,我从你们玉寨看到了咱乡上的希望。

王支书:乡长,若有机会,再给我们协调一下,资金上扶持一把。有一部分农民想养猪,可是没有启动资金。各生产组报上来名单,又有几十户着手养猪了。

陈乡长:好,我尽力而为。只要你们找到合适的路子,我想上面是会支持的。

二喜:支书和我商量好了,我们村上今晚开个干部党员大会。

王支书:主要想动员干部和党员帮助困难户养猪。另外,把养猪的农户组织起来,先学习技术。

陈乡长:好啊,今晚我也参加。

60　日　外—内

高原的冬天。玉寨人忙着发展养猪产业。

蕾蕾妈忙着清洁猪舍。

61　日　内

王支书家猪舍前,王支书和胡子谈话。

王支书:你说的是真的?

胡子:真的。我已经认识到翻金花的危害了,打算明年也跟大伙温棚养猪。

王支书:那你今儿来是啥意思?是不是要修猪舍?

胡子:快过年了,想着过完正月十五就动手干。

王支书:还是那句话,修猪舍钱我给你付,母猪和种猪我给你赊。

胡子:那我太感谢你了。不过,我今儿来还有个事。

王支书:啥事?

胡子:我老父亲年纪大了,爱吃好的尤其喜欢吃肉,我也没钱孝敬,眼看要过年了,你能不能把你的猪给我先赊一头,让我父子好好过个年?

王支书:我咋没看出来,你心里还有你爸。

胡子:咋没有呢?亲父子呀!你要赊我一头猪,回去一杀,让我爸端上碗,好好地吃上一顿肉,尽一分孝心。行不行?

王支书:这事我咋能不答应呢?现在就给你赶去!

62　日　外

胡子赶着一头大白猪走到村口,虎娃开着三轮车过来,胡子向虎娃招了招手。

虎娃停下车:你赶猪做啥去?

胡子:你帮我把它拉到集上。

虎娃:这从哪偷的?

胡子:什么话?这是我向支书赊的。

虎娃:要卖掉?

胡子:不是。到街上找个人一杀,把肉拉回去,好好地过个年。

63　日　外

牲畜市场一角,那头大白猪躺在地上。

胡子站在一旁和一位陌生男人说着什么。

陌生男人从兜里掏出钱数了数,递给胡子。

胡子拿着钱走了。

陌生男人把猪赶起来。

64　日　外

王支书向村部走去。虎娃开着三轮车过来。

虎娃停下车:支书,干啥去?

王支书:我到村部有些事。你这是到哪去了?

虎娃:到集上办了点事。哎,支书,你给胡子送了一头过年猪?

王支书点点头:让他父子杀猪过个好年。

虎娃:过什么好年?他让我把猪捎带到街上,说是要找个屠夫。我送到集上,问他回去咋办,他说不用管。我这一边往回走一边心里想,他没准把猪给卖了。

王支书:真的?

虎娃:可不真的。这会说不定正在翻金花呢!

65　日　外

街道一隅,一间屋子后面,胡子正和几个青年翻金花。

王支书看见胡子,疾步走过去,大喊:胡子——

胡子看见了王支书,站起撒腿跑了。

66　日　内

虎娃家里,虎娃媳妇在猪舍里忙着喂猪。

一位五十多岁的精瘦老人推着自行车走进来。

虎娃媳妇看见:爸,来了!

老人走进猪舍里:这些猪啥时候能出栏?

虎娃媳妇:再有两个月。

老人:你弟弟又打电话到咱村商店,说是这个月的生活费没有了。

虎娃媳妇不悦:小鹏花钱太手大了!

老人:手大啥?他是上大学,在大城市里,那里啥东西都贵呀。

虎娃媳妇:三天两头要钱,咱地里又没有种票子!

老人:咱老祖辈多少代好不容易出了个大学生,就是砸锅卖铁也要好好地供他。哎,你这猪出栏卖下的钱就不要乱花了,给小鹏留着。

虎娃媳妇:这好多还是贷的款,等着还账呢。

老人:还账要紧,还是供你弟上学要紧?

虎娃媳妇沉默。

老人:另外,我问你个事。我听说虎娃这小子不学好啊?

虎娃媳妇:咋不学好?

老人:听说半夜三更不睡觉,爬到寡妇窗前看啥呢!

虎娃媳妇:爸,你别听人说那些无聊的话。他是去捉蝎子!

老人:你也别替他说话。我多少年就是瞧不起他,一点本事都没有,你跟着他就是个受穷。依我说,这样和他过,还不如另谋出路。

虎娃媳妇:啥出路?

老人:离了算了!

虎娃媳妇:爸,这话你再别说了,要让虎娃知道了会不高兴的。

老人:我就是要让他不高兴!

虎娃媳妇:那你去打听,要能给我找个百万富翁,我就离了再嫁!

老人:反正我觉得虎娃这小子没出息!计生组最近找你了没?

虎娃媳妇:能不找吗?

老人:反正你一定要记住,说什么就是不结扎。计生组一下乡,你就赶紧回娘家。

67 夜 内

灯下,虎娃和媳妇在炕上吵架。

媳妇:你咋那么不要脸,爬到人家窗户上看啥?

虎娃:我不是给你说了,是抓蝎子,青娃妈误会了。

媳妇:去去去,你肯定有那贼心!

虎娃:那也没有那贼胆呀!

媳妇:还什么蝎子蜇得不是时候?没有看够呀?

虎娃:哎,是不是你爸今天又来了?

媳妇:来了咋的?

虎娃:噢,我说呢,那吵架就正常。反正你爸来一趟,咱们就吵一次。不知道老丈人今天来又谋上了咱家什么东西?

媳妇:他来看看我。

虎娃:哼,不会是看中了快要出栏的猪吧?

媳妇:就是看中了猪,也看不中你!

(未完,待续)

天演剧场(节选)

■殷晓媛

冥古宙:拔丝山楂

山楂内含千钧,穿过明暗界旋转
风声大作。史前宇宙中,它在太阳周边
发出震慑听觉的嗡鸣,逼近而不直奔,远离
而不挣脱,连接它们的细线
不可见,牢固而恒在。看似化石的果肉
不断坍塌与自塑。在近日点,红色的浆汁

从各毛孔里冒出,形成密布孔洞
称为环形山。肌理致密、果肉层单薄,
酷暑严寒交替中,外皮下初次生成
弹性皱褶。在远日点,它开始被
星系内外的光追逐、锤打,蛋白质、核酸

与多糖,这些糖霜般的碎屑
以光速破灭与流失。盛极与湮灭只在
一瞬。残存的液滴
相互聚合,以不死为终极意志,形体如光源
结成。最初的代谢将日光
咀嚼为影子,再吐出,伸展恢复
光芒本质。星际放送古老密码,糖霜被离心力

抛散,日渐稀少。赤道处,出现一圈
参差裂缝,带着光线刀锋般的
削皮轨迹。呼吸,发散,
原始之水,剔除体内褐暗的硫,蓝色玉带
有升腾与解冻之声。到酒神代,流声

依稀可辨,白色被风吹尽,荒芜粗粝中
可听到平滑油层包裹地核,载着坚硬的岩石
在最表层上,滑动飘移。陨石流骀荡,
不远不近跟随地球的星体,在暗调与耀目光
焰切换间
呈现铁红色,半融化,被何处飞来的星体

碰撞,留下坑痕。此后若干纪元
它们面向地球,似宇宙的未完之作,留有
石膏与初步刻痕,被称为危海、
肥沃海与风暴海。

生命,从太古宙开始的序列

阿尔丹地盾宣告沉锚!在西伯利亚地带
鞣酸分解、地壳醇和之前,海洋迁移中
地核暗结珠胎,于永恒奔流途中静止
对抗海洋涡旋。在太阳光芒下
这液态喧沸的星球,平躺的躯体
出现无法推挪的喉结。波罗的海、南非
相继落定。沉积与剥蚀。气流与岩浆

如迸裂的果实纵横穿行。光线从太阳
亿万束并临,清点新隆起的山脊:
黑云母与片麻岩,在熔岩融合或决裂之处
划出地界雏形。细菌是首尾相接
滚动的编码。海洋环节破裂之处

蓝藻云集呼啸,穿越33亿年前的
荒古大地。淹没与征服!从海洋之床升起

如质地坚韧、裹着叶绿素的
细小肥皂泡，游离于万变地形
颠扑不破。它们拥有光亮蛋黄，和一条丝绦状
游动的DNA。在硫化氢与甲烷
弥漫的大气中，它们因微小而隐形

如蜉蝣之卵。太阳——地球的火把，
穿过银河腹地，如烟的光
被引力抽丝剥茧，吸入深邃地带。这个被削
薄的星球
矮小而可疑。在湍急的大气层外
它像即将熄冷的炭团，几度在光芒殆尽边缘
被拉回。失去热量召唤，地球陷入
浅睡眠。大冰期浩荡而来，像一条
孳生剧变的河流。

元古宙，埃迪卡拉种群的黎明

太阳风暴惊破墨绿空间。阒寂的纪元
天体休眠于恒有旋转的晕眩。在多年碰撞后
星际形成完美间距。恒星的程式
在核桃壳下若隐若现运行，行星混入
小行星带，如巨石滚入泥沙，躲避太阳
巨能脉冲的喷扫。伽马射线

横行如蛇，贪婪之舌
令星系呈现毁灭之光。但在
地球表面，它们未曾找到
可供盘踞与摧毁的洞穴。冰雪版图
坚冷似铁。循环之数。热液蚀变。
奔走的岩层、变幻体态与颜色的岩层，在茫
无际涯
固着的白色间，它们传出唯一
活动的声响。堆积太高的光焰当与顽冰

同一纪元消亡，如相互吞噬的元素
缔结古老真核。褐藻抬头。当石青色纹理
在这松花蛋上扩张，它们拼成水上风间的
马尾与巨枝。塑造吧，埃迪卡拉！
罗迪尼亚超大陆已经断裂！向两极

旋转漂移，你正令微薄的
藻红素与叶绿素中，生出光体。球形
与碟形，轴对称的美学如此
细节而宏大。如火苗，生于水，溶于水
并将葬于水。它们的影子，飘散在化石层外
如宇宙略掉的音讯。

在另一端，遥观寒武爆发

乳木果深陷白色瓤絮，运行于零下空间
年轮冻结。不知斧钺之刃
发出电光之声，欲将冰封与升腾的宇宙
一分为二。果仁深怀湛蓝意志，吞并星云
暗物质与太阳黑子的能量，在颅腔内
自觉炼作清澈果油。冈瓦那大陆于雾气中

端倪初显，以离心力驱赶地壳物质
如群马奔向两极。古大陆的冈峦体势
以赤道为界展开。此时生命编码
早已象形迭现，蝴蝶虫与蝙蝠虫旋舞于
元初之水，腕足与古杯动物，从水的结晶体中
分裂而出，繁衍出多边形阵列
如琥珀夜光，在冰纪后的海洋中
举起早期的自我光芒。鹦鹉螺如羊角

点燃旷古繁荣的狼烟。缄默如黑夜的
岩层呢？苯和乙醛夜以继日
构筑它的骨腔。而华夏鳗铸造脊索
如浇油于火把，被第一道日光
点燃之时，宇宙将看见，雷电之火贯穿的
地球之鼎沸煮，亿万泡沫包裹成型生命
从禁锢之洋升起。那些沿着经纬

纵横拖行的冰川铁链啊！它们此时
为长河让出一条大道。残片生根

而成游走水上蜿蜒玉脉。当陨石落下，
不再有岩浆呼应，百里白浪惊心
如海百合怒放。上空隐现
无数空洞：通向更古老、无纪元时空，通往
有生命形态圆润之时，或通往
未曾代入的可能。

奥陶本纪

地球从太阳的铁红光区，缓慢转到
石黄光区。宇宙大齿轮的响声
和角速度，趋近于静，可感而不可见。
巨大、有刻度的大齿上
附生小齿，而小齿之上
布满苔藓与最早的珊瑚礁。海洋尚是

影像变幻的胚胎，日光在昼夜深处
长出稚嫩四足，心律初显、光芒震荡
令海侵加剧、石英裹着泥岩
横行四野。三叶虫有玫瑰般的利刺，蜕下

浑圆茧壳，与酷似树叶的牙形石
一起存入地层。赤铁及石膏矿
似雪被彼此覆盖，红白分明
绵延入海，与火山海水
酣战，塑造古地理轮廓。日光有轮转之大美
将地球冠以赤道，如素银扳指。它套不牢
地台冰盖，在两极间，带着金属钝音
滑动。没有人知道，在它一头
地表肌肤露出之处，未来的撒哈拉沙漠

将如成片明黄之花长出。甲胄鱼
是最初的神祇，五感尚未有具象之形，以铁甲
护住生发之核，捕食日光
洒下的谷粒。如丝笔石漂浮，双壳生物
蕴出均匀的光芒之珠。在水层尽头

海星自球体中破壳而出，向已知三维空间
及两个尚待考证的维度，伸出代表探听
或延展的触角。它身上有亿万吨海水，绕着
每21小时归零的地球，做着循环往复的
长途奔袭。而海水之外的星空，仍是冥古宙
那一个，似乎不曾蜕变
也不曾衰暮。

（殷晓媛，北京作家协会会员，中国诗歌学会会员，中国翻译协会会员。2008年获《世界诗人》杂志最佳翻译家奖。2010年获第四届“蔡丽双博士·世界诗歌奖”最佳翻译家奖。《甘肃诗人》副主编。）

繁花似锦

——游太昊陵

■秋若尘

独　念

又起风了。人间四月
并没有意料中的安逸
花朵们已经濒临绝望的边缘，在风中，它们谨小慎微
尽可能藏起体内的灰尘

来往的游人如织，他们奔跑，欢笑，与花朵们
在镜头里相亲相爱
没有人在乎一朵桃花的咳嗽。它颓废的红
恰好可以粉饰人间

连理枝

在植物园，路遇白居易的连理枝
两棵卑微的树，在阳光下忧伤地对望
因着游人的打探更加卑微
不能再近了
与子缠绕，已经是上苍最大的恩赐

爱情树

爱情树下，相爱的两个人早已作古
还是当年的明月
还是当年的清风
还是当年的槐树
可是，可是，总有什么不一样的吧
我们抱根而眠，在辗转的人间，唧唧复唧唧
之后，你可还记得，我
当年的模样

素　锦

你看，我就在这里，没有更远，也没有更近
这个角度，能一眼看到白驹过隙
桃梨匆匆谢幕，海棠依旧娇嫩
我没有因为一些事物的破灭，而变得更加悲催
风已经越来越暖
我们要尽快抽空多余的麦穗

行　走

天还未明，车子在马路上颠簸
一些风声快速地向后倒退，路边的田野泛着
青色的光泽
我在车里，等着风声把我抛到陌生的地方，与
陌生的人聚会　被人爱上或者遗弃
成为草，或者比草更坚韧的事物
不流泪，也不忧伤

一　念

在这里，我燃下第一炷香
希望能因此而更干净些
不被病魔缠身，不被俗事所扰，不被人忌恨

虚　途

以陵为中心，需绕行三圈，屏气静心
一绕家宅平安
二绕财源滚滚
三绕福气满门
他们说心诚则灵
我跟在众多的香客后面
满心谦卑，绕行三圈圆满
当我重回尘世，落地的瞬间
依然是，万头攒动的喧哗里
见不到你

如律令

在太昊陵的街巷两旁，布满了大大小小的格子
有面目相似的人端坐其中
兜售香烛、供纸、人情和世事
往来的香客不断，整条街被喧哗声所扰
原来，给佛祖供奉的东西，也可以讨价还价
人与神仙没什么两样
都有一颗世俗的心

缠　绕

香火爆破的声音
在风中格外响亮

火势很大。围在火外的香客众多
一些人从缝隙中挤出来,更多的人挤进去
旧的烦恼被挤掉了,新的烦恼
又跟了上去

(秋若尘,女,原名李新艳,生于上世纪70年代,河南省商丘市作协会员,2009年开始接触诗歌,作品见于《天下诗歌》、《大别山诗刊》、《中国诗苑选粹》、《山东文学》等。现为《自然文学》杂志诗歌栏目编辑。)

秦丽月的诗

■秦丽月

入冬的雪野湖

微风 柔波
谁说这不是一个陷阱

爱上高山　你就远离　爱上蓝天
你就珍藏　从有到无　从无到有

每一片落叶飘下 都会击伤一些往事
翻阅沧海　你才会读懂一片涟漪

心中活着的那个村落

想不起
我是哪只脚先踏上这条小街的
在春天　在四月
发芽的诗歌跟在身后
石径　茅舍　翠竹　清泉
这确是我心中活着的那个村落
街头上炊烟升起
母亲正唤着我的乳名

时光流水　几度沧桑
一种久违的温情迎面而来
我的脚步显得有些慌乱

写意的石头

是女娲补天遗弃的那些石头吗
大的　小的　方的　扁的
它们至今在竹泉村里活着

规则的有了名堂
不规则的排成了石径、石墙

我这样描述的时候
西墙上的迎春花就开了

百脉泉咏叹

柳叶是黄的
飘落的姿势很美
蝴蝶是白的
裙裾上有一圈红
泉水碧绿
这里是最有灵气的地方
婉约派词人李易安,
把她的锦词丽句种在了园子里

找到了百脉泉
就是找到了灵感
找到了这丛芭蕉
就找到了雨梦
兰舟和西楼都在
却不见了锦书与满月，
都说绿肥红瘦，
易安，你是那株火红火红的美人蕉
我也想在这里醉酒，入睡
试问卷帘人——
可否？可否？

（秦丽月，笔名秦时月、时月。中国国土资源作家协会会员，山东省作协会员、中国散文学会会员，山东师范大学首届文学创作研究生班学员 。在《中国作家》、《中国诗歌在线》、《中国国土资源报》、《作家报》、《青海湖》、《山东文学》、《大众文学》、《时代文学》、《红豆》等刊物发表作品百余首(篇)。）

佟俊梅的诗

■佟俊梅

一根雁羽

你飘落的时候，雁字已过南山
乡音满地
一枚经霜的叶子，独自
在异乡叹息

做不了一只迁徙的候鸟
只留一枚雪色的书签
一端留在掌心，一端插进故里

寻

春芽还在梦中沉睡，春天那么遥远
除了白和空旷
还是白和空旷

我一刻不曾停止
踩着火红的窗花上路
白色的马，白色的城池，抖落三千丈白发
淡粉的天幕，开启一扇神秘之门，遥远

而不可企及
我脚印中留下的一朵朵红灯笼
就要熄灭

时光的味道

我试着穿过小巷
阳光古老，一条老狗
在老屋的门前伸着舌头
杏花，飘出甜味
屋后的小葱，一点不辣
母亲的唠叨声，渐渐小了
一屋子的娃，不知去向
一起打过的石头，垒上了邻家的猪圈
麦垛的倒塌，与故事有关
一个太阳升起的村落
月亮已经不是昨天的月亮

但是月桂，依然飘香

宁静，如春天的童话

月亮演奏的曲子
落在水中，叮咚的响
沉浸在一抹深蓝
宁静如茶

拥树而坐，黄色的蝴蝶
飘满秋日的絮语
这些，自然的儿女
把一个春天的童话
摇曳成花

凋零，总在烈火熊熊的背后
而春天的草地
因灰烬养育的泥土
肥美而萌芽

枕着一丝不动的秋风，入梦
挨挨挤挤的尘世，因宁静
而幸福洞开

有一个声音是他的

一辆破旧的带车是他的
一个弯曲的背影是他的
集市里，很多人
有一个声音是他的——
自家的小葱，没有化肥，没有农药
八十三岁的年轮，是他的

他，咧开嘴，缺失的牙齿咬疼了一个人
他，没接到女儿的电话
他，不知道一个节日叫父亲节
他，把一个个咸的日子喊出了糖分
他，把一棵棵秧苗喊出了泪水

有一个声音是他的
源于土地，高于山峰

收　割

月光，总是先于你的镰刀回家
你的收割，已经结束
她的收割，才刚刚开始

一壶酒，等待发酵
用高粱，用玉米，用谷子
用小炕桌和女人多情的眼波
哪一种都醉人

此时，你是月亮收割的果实
等着夜，慢慢酿制成酒

大风吹过

母亲的腰，弯了
一棵饱满的谷穗，低下了头
不远处，白云低垂
她亲爱的棉朵，挂在天上

她摘棉朵的手是轻盈的
大风吹起了她的花头巾
吹走了一晃而过的青丝和韶华
如今，她老了
老成了一朵棉花
洁白而温暖

（佟俊梅，笔名佟俊儿，1970年生于辽宁省盖州市，中国国土资源作家协会会员、抚顺市美术家协会会员，出版诗集《草尖上的眼睛》，诗歌合集《中国九人诗选》。现居辽宁抚顺。）

诗博会

喝 酒

■澄 清

这个动词很豪爽
像极了苏北的汉子
木讷地任心事
在心底疯狂地燃烧
尔后 再把身体交给自家的女人
整夜整夜地叙述和放任
一季的爱情

相爱的光芒
映射在每条通往田野和回家的路上
让一夜大风下的宿命
从此心安理得

在风声和田畴边逐次消失的背影里
我终于看出了
故乡在清醒之后
那别样的心酸

这样的反刍值得一提
不能拒绝
最后
还是任远足的步伐渐行渐远
似醒与非醒之间的游离
逐渐消失

大地在低处，匍匐(外一首)

■李王强

最后一缕光亮，在草尖跌落
那些凌乱的脚印，被风摆放整齐。一盏马灯
悠远的
梦境里，一匹马驹正舔着黎明
鬃毛飞扬，大地的根须，扎向天空的闪电和乌云

鸟在飞，树影在晃，天空在倾斜中
持续空旷。石磨压碎民谣，民谣压碎脊梁
匍匐的大地如此干净
你看，白杨身上的伤痕，能住进几粒鸟鸣和
星光

经过，缓缓地

叶子落了，树满身是伤口
它们正朝着西风喊疼

鸟雀，惊起一团雾状的冷
山巅的乔木就是束束烧焦的蒿草

黄狗的尾巴拖着白白的月光
扫过坚硬的大地，留下浅浅的痕

此刻，我经过你，缓缓地
多像裂纹经过瓷器，凋零经过花朵

农家小院

■北 城

记忆中的小院
装满农事
浸在故乡的暮色中
随时光慢慢老去

群鸟归巢 寂静中

日子漫过小屋 悄然延续
只留几点星辰
看守着原始的乡音
偶尔几声清瘦的咳嗽
唤来两三声犬吠应和
剩下的夜
留与梦出没

略显沧桑的小院
已装不下饱满的收成
总有一个声音 徘徊在门外
怯生生地打探 未来的消息

门前的柳树上
又一片新叶展开
老哈河的夜色
离梦最近
只隔一抹淡淡的霜痕
你坐在孤独的灯下
绣着明天

月光下,我在清扫庭院

■徐 泽

月光下
我在清扫庭院
那些白天的风和树叶
都安静下来
像一个流浪的孩子
又回到母亲身边

我把尘埃扫到一起
请蚂蚁重新搬家
庭院亮堂了
风才能
把天窗打开

人只有在月光中
才能看清自己
不比树高
也不比草低

一辈子
心干净了
世界也就干净了

水 稻

■胡济卫

江南雨是多情的
一如温柔的江南女子
望着江南雨妖娆的身姿
水稻不能自已了
不能自已的时候
就落户在江南的稻田里

一走进江南的雨季
你就能嗅到江南的水稻气息
就有头戴斗笠的江南女子
赤足走出江南的小镇
款款步入江南的稻田里
挥舞着秧把
奏一曲江南的丝竹

静静地沐浴在
江南雨的氤氲里
水稻也变得
充实而更江南了

祝愿(外一首)

■滑晓晖

祝 水上行舟 顺风

水下有鱼　鱼有家
水上有飞禽　飞禽有伴侣和自由的天空

祝　春暖花开
花开花败　美丽可以从头再来

祝　你心中有我　我把你放在手心
风雨中不离不弃　走过苦辣酸甜　看月缺月圆

祝　天上人间　美酒飘香　好心人长久
岁月如歌　歌如画　画如绿水青山
青山如醉

祝　五百年后
明月照九州　马蹄踏浪　钟声依旧
我们在马背上　弯弓
弓　可以是上弦也可以是下弦

空　景

飞雪飘零
千里之外　传来谁的声音

雪落湖面
月照寒梅

踏雪寻梅的人
也是雪、梅静候的人

一洼野水　鸟如流星
不见来路　也不见归途

城东古驿道

■彭世学

一根时光之弦
被谁轻轻拨动
似有西汉的驿使
卷一路风尘
仿佛瞅见梁山挑夫
下万县的身影

秋风动
野菊摇
鸟雀一闪而过
野兔一闪而过
影子砸在古琴弦上
琴声——幽远

少女赤脚走在田埂上

■翠　薇

天生丽质　长发披肩
爱穿碧绿的长裙
在阳光里妩媚行走　笑意盈盈

接近白云　亲昵春风
和飞来飞去的鸟雀对歌
她们仰着脸　呼吸轻柔
春风清浅　日子明亮
这一群绿衣少女赤脚走在田埂上
秋天一到就捧出水晶和白银

浩浩荡荡的少女
每年春天都来田野里列队
鸟雀的鸣叫是垂悬在耳边的玉环
叮当着撞响阳光

手拉手比赛着跑过春风 绿过翡翠
蝴蝶翩翩而来
在她们优雅的长发里迷路

诗悦读

夕照寺

■鲁 橹

寺在左安门内板桥，地址至为幽僻，寺旁有居民三五家。每当日光西转，炊烟高升时，被晚日映着丹色，缕缕不绝，与庙墙相映，至为美观。

——《旧京寺坛考据》

夕照。寺。
天上人间的两个物件。
一个是太阳的迟暮。
一个是经卷的灰尘。
相濡以沫。从出生到继续生。
只是这样一直照耀着。
只是你有时能见。
有时不能。

夕照。寺。
天上人间的两件神器。
一个是大光明的最后发言。
一个是大思想的经典总结。
彼此挂念。从出生到继续生。
只是这样一直吟诵着。
只是你有时能听见。
有时不能。

夕照。寺。
夕照寺。

见证并享受这一切。

夕照与寺的画面

■尹才干

《夕照寺》是一首仅有19行的小诗。诗人在诗前引《旧京寺坛考据》中语说，“寺在左安门内板桥，地址至为幽僻，寺旁有居民三五家。每当日光西转，炊烟高升时，被晚日映着丹色，缕缕不绝，与庙墙相映，至为美观。”的确，在北京的众多寺院中，夕照寺是相当美的，其名字也是最富有诗意的。

《夕照寺》一诗情味隽永，意境深远。诗共四节。

一、二节诗的前半部分，诗人运用如椽大笔，点绘了一幅苍凉、悠远的夕照与寺的图画。

第一节诗前半部分：“夕照。寺。”夕阳将柔和的光洒在大地上，给古寺及周围的景物披上了金色的外衣，这样的氛围是十分浪漫的。然而诗人不是简单欣赏，而是深层次的思考，用了比喻句“天上人间的两个物件。/一个是太阳的迟暮。/一个是经卷的灰尘。”“夕照”，是天上的物件，是太阳的迟暮；“寺”，是人间的物件，是经卷的灰尘。比喻新颖，令人叫绝，给诗歌增添了无限的禅意。

第二节诗前半部分，诗人将诗意推进一步。“夕照”与“寺”，不仅是“天上人间的两个物件”，而且是“天上人间的两件神器”。“夕照”与“寺”，是十分尊贵而神圣的，是“神器”。“神器”到何种程度：“夕照”是“大光明的最后发言”，“寺”是“大思想的经典总结”。

一、二节诗的后半部分，诗人采取议论手法，指出了“夕照”与“寺”的局限与困惑，感伤与失落。

第一节诗后半部分，“只是这样一直照耀着”、“只是这样一直吟诵着”，“从出生到继续生”，表面上是在写“夕照”、“寺”，实际上是以“夕照”、“寺”喻人生。试想大千世界，有多少青梅竹马？直至终老，以及再生，其间的“相濡以沫”、“彼此挂念”，令人向往与感动。然而，世事难料，人生有涯，力量有限，当“你有时能见／有时不能”、“你有时能听见／有时不能”的事情发生后，你就会明白，天长地久是一件多么不可求的事情，“相濡以沫”、“彼此挂念”，是一种多么玄妙多么脆弱的东西，包含了多少感叹与无奈。

最后二节诗将“夕照”和“寺”进行了画意般的诠释，同时把“夕照寺”喻为一个历经沧桑的长生不老者。“夕照。寺。／夕照寺。//见证并享受这一切。”在历史的时空里，大自然，是永恒的；美，是永恒的。大自然创造美，也欣赏美。与大自然相比，个体的人生显得是那么的渺小、那么的短暂。时光悠悠，岁月沧桑。这“夕照”和“寺”，不但衬托出了大地的苍凉，而且揭示了天地的旷远，诗人看到“夕照”下的“寺”的种种感受，也就尽在不言中了。

整首诗意象苍凉、朴拙，富有质感。一、二节诗对仗，兼用叙议结合、诗意互用的手法，景物的叙述与人物的心情达到了高度的默契与交融，有效地扩展了诗歌的思想深度和广度，让读者思索与回味不已。

行驶在准噶尔戈壁滩的黑夜里

■马　行

天黑了
没有草木，没有村镇
鹅卵石
一片片的，也黑了

天　更黑了
看不到旅店，看不到女人
我困了
准噶尔的戈壁滩，懒洋洋的，也困了

好多年了，一个人仿佛
只是一辆卡车
哐当哐当地，向前
再向前

望了，再望
天空那么远那么大，只有一点点星星
像露珠一样，湿湿的
小小的

诗歌，总有美的挖掘

■刘亚明

读马行的诗歌《行驶在准噶尔戈壁滩的黑夜里》，分明觉得自己也在与他一路同行，分明觉得这些文字有如车窗外的风景，在我的眼前一一掠过……

“天黑了”天更黑了，这样的自然现象我们司空见惯，没有什么大惊小怪的。然而，当这种自然现象一旦纳入诗歌，被诗人赋予诗意，就会成为风景，变得鲜活灵动，一下子就能把人们带进丰富的情感世界。不用说，戈壁滩人迹罕至、荒芜是其最大特征，“没有草木，没有村镇／鹅卵石／一片片的，也黑了”，一再浓重这里人烟稀少的境遇。“兵马未动粮草先行”，按照出行规则，吃住应为旅行第一要务。所以，马行用诗化的语言，将“天更黑了”“看不到旅店，看不到女人”，在诗歌当中体现了出来。事实上，“看不到旅店”好理解，而“看不到女人”不好理解，这绝不是企盼情色，而是茫茫戈壁，缺少家的味道。诗歌是一种对个人生命与灵魂的体验书写。在这里，马行仅仅截取了“天黑了”的一个时间段，没有提及更多的人和景物，但通过两个“没有”、两个“看不到”和一片片的鹅卵石和懒洋洋的戈壁滩，烘托出戈壁滩的现实情境。

法国思想家卢梭说："空想之乡是这个世界上唯一值得居住之地；人是如此无意义，只有那不存在的，才是美好的。"如果说马行的前两节诗，极为简约地勾勒出了去准噶尔戈壁滩的游历经历，那么，后两节则是虚拟了戈壁滩以外的场景，或者说是跨越了时空的维度，极致地发挥了诗歌的想象空间。在这首诗的第三节，马行"偷换概念"，如此直言："好多年了，一个人仿佛 / 只是一辆卡车 / 哐当哐当地，向前 / 再向前"，把诗歌写作中的幻想与现实结合在一起，形成了诗歌写作的灵感——把人比作卡车，是否暗喻自己行走在戈壁滩？而第四节，"望了，再望 / 天空那么远那么大，只有一点点星星 / 像露珠一样，湿湿的 / 小小的"，是否创造着一种宏大与微小事物的对比？偌大的天空与星星相比戈壁滩与"我"是一样的？"像露珠一样，湿湿的 / 小小的"，写得很柔性，让人很心疼的感觉。马行这次行驶在准噶尔戈壁滩黑夜里的经历，从一种真实存在的场景，附之以一种创造性的意境，阐释了作者对生命的体验，这也不失为对戈壁滩的一种理解性感受。

诗歌阐述美，让读者享受美，是诗歌写作者最重要最应该把握的主基调。从这首诗歌当中，我们可以看到，马行很好地把握了生活实际的情境创设，以情渗透，使诗歌描述对象生活化、诗意化，收放自如，游刃有余。我想，从马行这首诗的意境中，我们还是能得到很多启示的。

七层塔顶的黄桷树

■傅天琳

七层塔顶的黄桷树
像一件高高晾着的衣衫
旷野
拖着它寂寞的影子

许是鸟儿口中
偶尔失落的一粒籽核
不偏不倚
在砖与灰的夹缝里
萌发了永恒的灾难
而它稀疏的桠枝上
麻雀吵闹着
正在筑巢
而它伸直的手臂
像要抓住破碎的云片
捎去
并不破碎的盼望

它盼望什么呢？我不知道
犹如我不知道
它摇曳的枝叶
是挣扎，还是舞蹈
是的，它活得多别扭
但绝不会死去

它在不断延伸的岁月
把孤独者并不孤独的宣言
写在天空

夹缝中的生存

■徐　峙

对生命的探索是一个永恒的主题，千百年来就一直是人们思考、感受的对象。由于前人已经留下了太多的篇章，因此，后人在面对这一主题时，如何挖掘出其中的新意和深意来，使之与众不同，就成为关键所在。《七层塔顶的黄桷树》正是这方面的典范之作。

从作者选择的意象来看,"七层塔顶的黄桷树"是作者的一个独特视角。一棵树生在七层塔顶,这本身就是一个奇迹,因为它的萌发意味着太多的偶然因素,而它的成长又意味着太多的艰难和坎坷。"许是鸟儿口中/偶尔失落的一粒籽核/不偏不倚//在砖与灰的夹缝里/萌发了永恒的灾难。"作者用35个字对黄桷树的来历作了概括性交待。一只鸟儿衔着一枚籽核,正好经过这座塔,正好在飞跃塔顶时籽核落下来,正好落在了砖与灰的夹缝里,这是多么偶然的事情。但更令人感叹的是,没有肥沃的土壤和人类的浇水、施肥,它竟然在这样的夹缝中活了下来,而那里原本被当做是生命的禁区。这不能不说是生命的奇迹。从这一独特的视角出发,作者确定了自己独特的立意。首先,他围绕这棵树给全诗定下了基调:"七层塔顶的黄桷树/像一件高高晾着的衣衫/旷野/拖着它寂寞的影子"。旷野——寂寞,我们不难想象,在无垠的旷野上,只有一座七层高的塔顶上的一棵黄桷树,为这旷野保留着一份难得的绿色,它的身影是多么的寂寞啊。当然,作者的目的不是述说这种寂寞,而是在接下来的叙述中展示一种深层次的矛盾冲突,从而将主题引向深入。"破碎的云片"和"并不破碎的希望"形成鲜明对比,展现了现实的残酷,也展现了一种绝不甘于绝望的意志;"是挣扎,还是舞蹈"反映了一种苦中作乐的生活态度;"活得别扭/但不死去"说明的是一种积极向上的人生观、生命观;"孤独者并不孤独的宣言"表明的是以事实行动来对抗命运、追求自我价值的价值观。四组矛盾冲突从四个角度和侧面揭示了作者心目中的最高人生追求:坚持自我,实现自我,不以周围的环境而改变,不以人生的遭遇而改变。这种境界不禁想起诗人杨炼的几句诗:"为绝望而期待,为期待而绝望;绝望是最完美的期待,期待是最完美的绝望。"

诗雅韵

2014年1月22日，中国国土资源作家协会会员、诗人张人人走了。

1969年出生的他，去年还“狂傲形骸浪/飘然直欲仙”，而今再寻，已是“怅望陵园多少泪/纷飞风雨尽哀思”。手捧他的诗集《满月雕弓》，余墨犹遗淡淡清香。也许他“性本云霞客”，驾鹤西去，“但与白云相往来”。

张人人遗作

■张人人

春　日

花径落残红，悲风鸟语空。
常因春不住，抚卷望园中。

采石矶仰太白像

狂傲形骸浪，飘然直欲仙。
高歌千盏酒，醉倒抱松眠。

梅

梦觉冰姿艳，鸿惊月影昏。
雪风香沁远，独醉一枝春。

山　行

援木攀藤踏厚苔，崖边石上路犹开。
山深不问南和北，但与白云相往来。

农家晚景

斜阳短巷鸟飞回，缕缕炊烟向晚开。
青菜拾归犹未洗，邻家飘过饭香来。

清　明

春朝陌上草萋萋，寒食冷烟新火迟。
怅望陵园多少泪，纷飞风雨尽哀思。

怠饮惜春兼怀友人

春归何处可为家，芳草萋萋绿满涯。
一曲笙歌怨杨柳，几番风雨惜韶华。
行云有意惊寒梦，流水无心伴落花。
残酒已消人不寐，相思难尽月西斜。

临江仙·秋江暮望乡

万水千山迢递隔，谁怜江畔思家。浮萍漂泊误生涯。霜凝千滴泪，梦杳半天霞。

幼伴伊人今可在？秋风仍采蒹葭。欢歌岁月忆无邪。恨难衣锦昼，血透夕阳斜。

临江仙·风雨寻醉呓语

贪恋君家陈酒好，姗姗荷伞过桥。来时风雨正潇潇。人生知己共，一任海江潮。

洗尽尘嚣斟绮梦，愁消白发眉梢。青云只剩享烹调。古今多少醉，不及与今宵。

喝火令·江南春

融雪梅枝早，烘云日色晴。东君快意展欣荣。尽遣芬芳蜂蝶，更啭燕和莺。

雨润寻香辇，风流赏画屏。江南如梦好多情。绿染山川，绿染柳烟盈。绿染凤箫余韵，醉去可心倾。

（张人人，中国国土资源作家协会会员，广西第四地质队工程师。曾游学于古都金陵，受六朝古风熏陶，喜欢并坚持诗词创作。2014年1月22日不幸因病去世。生前获十大草根写手、十大网络诗人称号，获华人情诗大赛特等奖，“诗文杯”诗词大赛一等奖。）

元　宵

■缪旭照

火树银花炫月来，龙狮舞处画图开。
时将赐福天官拜，还把扬清灯虎猜。
成祖元魁钦定矣，荆公双喜玉成哉！
更欣团聚融融乐，直把新禧满屋栽。

夏日偶题

■张永光

庭户接田园，鸟鸣绿树间。
风来莲弄影，蝉语柳垂弦。
偶尔花中坐，时常月下眠。
棋声敲竹影，画境乐陶然。

清明扫墓

■汪正清

杨柳风吹锦羽斜，山行一日尽鹃花。
壮观犹似先贤血，相映江天万缕霞。

画

■张　静

摇曳春光柳若烟，桃花着墨尽嫣然。
小桥流水春常在，岁月无痕又一年。

拜烈士陵园

■宋贞汉

豺狼当道日，壮志拯黎民。
不惜头颅贵，都缘主义真。
千山青郁郁，万水碧粼粼。
烈士今堪慰，神州处处新。

清明瞻仰凤凰烈士纪念碑

■夏明江

又见春回绿泛新，清明祭扫泪飞频。
征衣抖落尘嚣远，梅骨修来竹菊邻。
热血曾浇三尺土，荒村已脱百年贫。
凤凰岭上群松动，料是英灵幻化身。

临江仙·元宵

■董一佐

雪洗冰轮出瀚海，云衣雾裾高悬。远阁近树处处烟。星河照影，摇动醉时天。

水马龙游络绎，飞灯过宇如鸢。画楼频倚夜阑珊。蟾归兔隐，拢幕静心禅。

鹧鸪天

■侯　颖

曲未终时泪已盈，屏前独坐念君名。寻将梦里相思调，散作人间零落声。

吟短句，赋深情。诗心渐老怯寒生。窥帘飞雪如知意，双结窗花心字形。

浪淘沙·登山南扎西康后山

■王　剑

薄日出山峦。欲上雄关。横峰万仞路难攀。绝壁千寻云截断，遥见神仙。

天外有青天。风月无边。人生何苦总相怜。不为幽寒鸣厄运，心地怡然。

阴阳两性的较量

——《迷园》人物塑造中的荒诞意识呈现

■宋一娴

《迷园》是女作家李昂历时4年完成的第一部长篇小说。通篇展现了一座古老的、“谜”一样的故园与两代人的生命情感纠葛，拉开迷园的重重剧幔，清晰可见的历史伤痛、两性周旋在此交替上演，成功将读者引入“迷阵般”复杂的阅读体验中。

《迷园》有两条主线，第一条主线是女性的自我追寻与台湾历史政局变迁的揉和辉映。主要以朱影红和林西庚的情感博弈为主线，暗伏朱家几代人与菡园的故事来整体呈现的。值得一提的是，性别论述与民族论述的等同，一直以来都是分析台湾小说的切入点，《迷园》也丝毫不掩饰作者将个人与政治、两性与政治“交相辉映”的意图。女主人公朱影红作为朱家的后世子孙，是迷园中的一抹亮色，她用她的激情使原本密不通风的神秘家族打开了一扇迎接新世界的窗。叙事线索也自然围绕她而展开，第三人称的全知视角与朱影红第一人称的内心独白交替上演，读者在朱影红的成长与挣扎中，看到了女性的自我追寻，并触摸到台湾百年历史挣扎后的重建之痛。

和中国绝大多数女性一样，朱影红女性意识的确立和自觉，也是通过其生命中最重要的两个男人来实现的，即她的父亲朱祖彦和爱人林西庚。父亲和丈夫，是决定中国传统女性思维情感的重要“导师”，在他们面前，传统女性往往甘居“退而求其次”的地位，习惯于这种在男权社会、家族下的依赖与崇拜。这是几千年中国家族的传统定式，即便是有着激进思想的朱影红也不能“免俗”。从这个角度我们很容易联想，父亲和丈夫，在女人少女时代和婚姻生活中角色的重要意义。小说章节上，便有这种思维定式的体现：每一部分分为两小节，第一小节是上演在鹿城的朱影红对父亲和菡园的童年回忆，第二部分是发生在台北的与林西庚的情爱较量。虽然朱祖彦与林西庚这两个男人没有交集，但他们却通过女主人公的回忆和内心独白巧妙地共存于同一时空里，记忆与现实在朱影红的眼前交织、融化，令我们清晰地看到，两个在她看来最重要的男人在她生命中缠绕展现的无形的力量。从作者本人的生命体验看——李昂的哥哥施叔青便是台湾著名的现代派作家，不得不说作者这种意识流式的构思，意识流式的人物塑造方式以及意识流式的内心独白，深受现代派小说创作的影响，这也打破了传统现实主义叙事模式的特征。

“父子相继”可谓中国伦理文化的重要组成部分，父权社会决定着父亲地位的至高无上和不可撼动。父亲代表着权威、统治、话语权，代表着对女性的控制。一个女人从出生到死亡就是一个在男权中辗转迁徙的过程，而人生的第一阶段，作为一个“女儿”，其成长自然是处于父亲的监督和掌控之下的。

朱影红的父亲朱祖彦是鹿城朱家的掌管者，是菡园的最后一位男主人。他从小成长环境优越，赴日留学主攻政治，年轻时曾对改革社会和教育机制有着美好的设想和极大野心，但却在国民党政府上台后遭到迫害，失去了人身自由，终生软禁在菡园之中。这是一个充满了矛盾的人物，作为一个大家族的统领，一个颇有野心的富家少爷，朱祖彦无疑应该是强硬男权的代表，在他身上，早年曾体现出极强的自控能力和远大的政治抱负，希望通过自己这一代人的努力来改变台湾政局现状、为台湾创造一个美好的未来。

朱祖彦的一生是在激进与压抑中的无奈挣扎，从他对朱影红讲述朱家没有被列入祠堂的先祖——海盗朱凤的故事中，我们便能看到这一点：“我们要记住，是像朱凤这样惯于乘风破浪、不怕牺牲生命的硬骨汉，才能克服种种艰难，成为海外移民先驱，开辟了新航线，并且繁荣了海上贸易……绫子，你一定不能忘记，早期的台湾移民，不全是穷人与难民，当中不乏像朱凤这样的冒险家，他们企图在大海阻隔的远方，寻找一处新乐园。台湾，便是他们找到的新乐园。”

在这段对话中，朱祖彦对一个被视为家族耻辱的海盗先祖表现出极大的尊敬与赞赏。他钦佩朱凤的胆识与魄力以及大无畏的开创精神。他曾教育幼小的女儿说：“绫子，记得，台湾不是任何地方的翻版，任何地方的缩影，它就是台湾，一个美丽之岛。”这无比鲜明地展现了他对民主与自由的向往。他认为甲午战后台湾人在日本的殖民统治下过着有苦不能言的日子，然而这种被压迫的生活在改了政权换了天下以后，依然没有好转。因为是知识分子，因为是台湾本土人，他受到了国民党政府的政治迫害，短暂的牢狱之灾后，是终其一生的软禁，摆脱了异邦的统治，却又受到同胞的压迫，他的政治抱负和人生理想随着自由的剥夺而消失殆尽，因此这位父亲的身上逐渐流露出阴性的特质。

朱影红有记忆以后，父亲的大多数时间都在菡园中读书、拍照，家中事务都交给她的母亲。他不再过问世事，也和大多数人断绝了往来，沉浸在收集相机和音响设备的爱好中，将人生抱负转向了美学领域。朱影红的母亲变卖家产来供养丈夫的挥霍，正如她所说：“他们没有看到他在菡园里，那样无所事事地熬日子……他的一辈子都浪费了，我怎忍心再让他受苦，没有一点寄托。”这位苍白颀长的父亲从家族的掌握者沦为依靠者和索取者，命运不再掌握在自己手上。他之所以送走了两个儿子而独独将小女儿留在身边，也许正是他对自己弱势地位的一种潜在的心理认同，一种对温柔的、没有威胁与戕害的依赖。

朱影红一次次回忆起，记忆中父亲被绑缚着走出菡园进入吉普车中从此一去不回的场景，那苍白纤细的手腕和悲哀的表情，正是父亲被捕后长久幽居在她心中的创痛。父亲的阴柔特质在朱影红身上影响颇大，她从小就极其乖巧听话，文中不止一次出现她低头静静聆听教诲即便并不十分明白而懵懂的描写。

然而正如前文所说，朱祖彦的人物心理是矛盾的，他一方面在现实中处于受迫害的弱势地位而产生阴性心理表征，但另一方面内心深处还根植着“海盗血统”，他在菡园中种满了凤凰木，并意欲将“菡园”改名为“凤园”，正是照应了祖先朱凤中的“凤”字。他的父亲在日踞时代曾经禁止家中说日语，而在国民党统治迫害下的朱祖彦又下令全家只准说日语，对现实社会的反抗令他投入了之前同样被反抗的对象怀抱中，颇有“认贼作父”之感……这种小说语言意识的错乱，恰恰反映了主人公认同上的迷惘失措。他总是教导朱影红台湾的历史与政治,这也无形之中造就了朱影红的矛盾性格:一方面懂得如何示弱,期望像小小女儿一般被安排被摆布;另一方面又懂得追求与争取,从而达成“被动的主动性”。

小说的另一条主线是在台北上演的朱影红与地产巨子林西庚的爱情纠葛。林西庚这个男人一出场就“倔傲目空一切,伟岸的身材使他在人群中无可置疑地出众”,令朱影红对他一见倾心。林西庚是一个浑身上下充满了阳性特质的人物:强霸、炫夸、果敢、快速、凡事做主,人长得高大,拥有庞大的事业和钱财……他与朱影红相处时永远在谈论他的野心、他的事业帝国、他卑微的过去和傲人的现在,他有着目空一切的自信。这些让女人欣赏推崇的特质,令朱影红不可自拔地爱上了他:

“不曾有一个男人像林西庚,仿若引导我走入往日时光,重回我的少女时期,一切俱被安排、被决定,所需要的只是依赖、听话并顺从,少有,也无需有自己的想法,甚且,倦懒于做判断与决定。而要命的是我感到快乐,是的,真正的快乐。可以不用想,无需操心,世界自有人替代面对,屈从于一个所爱的男人,是一种怎样无忧的、甜蜜的快乐,特别是这个男人如此具有能力,可以依赖、值得崇拜。”

可以看到,原本在阴郁气氛中成长的朱影红,在与林西庚的交往之中更加处于完全阴性的被控制的位置,太过容易顺从、讨好、失去主见。朱影红在男女关系中具有的轻微受虐心理很容易在其童年找到根源，父亲对她从小顺从的培养令她产生依赖心理，这在中国大多数“女儿”身上都不难找到。在与林西庚的交往中,她总是轻易地想起童年与父亲有关的种种回忆,尤其是父亲被捕的场景。佛洛姆(Erich Fromm)提出了“神经紊乱性爱情”(neurotic love)的说法,他认为有时恋爱的一方或双方会把孩童时代对父母的感觉、期望、恐惧等转移为对爱人的态度。不难看出,朱影红确实下意识地在林西庚身上找寻父亲的影子,只不过林西庚更加强硬,与父亲相比更加“阳性化”。也许正因如此,当林西庚抛弃朱影红以后,她会主动出击,变“守候”为“狩候”,当年父亲的离去是她无能为力的,那弃绝之感萦绕于心,令今日的她不再甘心忍受这份孤独,遂要变被动为主动去将幸福抢回来。

林西庚认为自己在感情中永远应处于主动的控制地位,他从不想丧失主动。因此,朱影红的“反攻”策略便是令主动性披上“被动”的外衣,她策划着重新夺回林西庚,却又让后者觉得这份感情仍以他为主导，朱影红仍是那个对他毫无办法只能任由他摆布的女人。朱影红“永远懂得怎样示好”、“永远懂得怎样示弱”,她一步步让林西庚重新回到她身边,而后者却对这些毫不知情,其实从二人复合开始,他们的地位就开始发生变化,这从林西庚男性能力的变化上就能清楚地看到,他“那方面不太行了”,阳性力量正在开始消解。二人地位的变化直到朱影红拿掉孩子,与林西庚重回菡园达到顶峰。与朱影红同回菡园,林西庚发现了她的变化:

“她先是明显的不再以他为中心、一切配合着他的生活,事实上,回‘菡园’纯是朱影红的决定。她亦不再刻意的以他的喜恶来说话,甚且对他所说,也不甚在意。她亦一舍平日他喜爱的柔媚衣物,回复到他初识她时爱穿的黑白颜色。”

他甚至担心她从此高不可及,因此迅速提出求婚。然而朱影红甚至都不觉得自己曾爱过他。到了这里,林西庚已由主动完全“跌为”被动,最后,在菡园的捐赠仪式过后,林西庚完全失去了性能力,这也象征着朱影红的最终胜利,她将朱凤列为先祖,她与林西庚不会再有孩子,而这个男人也终将无法离开她了。

总之,性的政治化与政治的性别化是《迷园》的一大特点,朱祖彦与菡园代表的是旧式台湾文化,精致、固守,代表着一种阴性的力量。而林西庚则代表着台湾新兴资本,蓬勃、扩张。在新兴资本与旧日文化相遇时,一开始是后者占了上风,但是最终又折服于传统文化的内涵,这似乎也体现了李昂对快速发展的台湾经济最终总要臣服于传统内在文化的这一观点。小说通过女主人公将两位男性联系在一起,上演了阴柔较量。

性别是文化产物,“男性”或“女性”并不取决于生理构造,一个具有男人生理构造的人也可能处于女性地位,扮演女性角色。通过以上解读我们可以看出,《迷园》中的两个男性角色的性别意识都是不完整的,都是被“阉割”的男性。他们的阳性特点一步步衰弱、变异,作者通过对两个男人的文本阉割成就了女性的“上位”,正是这两个不完全的男性形象,成就了女主人公朱影红的成长和生命的自觉。

(宋一娴,1984 年 2 月生于河南省许昌市,2005 年毕业于北京师范大学文学院编辑出版专业。)